O Impulso

Ashley Audrain

O Impulso

TRADUÇÃO
Lígia Azevedo

paralela

Copyright © 2021 by Ashley Audrain

A Editora Paralela é uma divisão da Editora Schwarcz S.A.

Grafia atualizada segundo o Acordo Ortográfico da Língua Portuguesa de 1990, que entrou em vigor no Brasil em 2009.

Título original
The Push

Capa
Terri Nimmo

Foto de capa
Matt Devino Photography/ Getty Images

Lettering
Jason Ramirez

Preparação
Antonio Castro

Revisão
Renato Potenza Rodrigues
Jasceline Honorato

Dados Internacionais de Catalogação na Publicação (CIP)
(Câmara Brasileira do Livro, SP, Brasil)

Audrain, Ashley
　O impulso / Ashley Audrain ; tradução Lígia Azevedo. — 1ª ed. — São Paulo : Paralela, 2021.

　Título original : The Push.

　ISBN 978-85-8439-198-1

　Ficção canadense (Inglês) I. Título.

20-49607　　　　　　　　　　　　　　　　CDD-813

Índice para catálogo sistemático:
1. Ficção : Literatura canadense em inglês 813

Cibele Maria Dias – Bibliotecária – CRB-8/9427

5ª reimpressão

Todos os direitos desta edição reservados à
EDITORA SCHWARCZ S.A.
Rua Bandeira Paulista, 702, cj. 32
04532-002 — São Paulo — SP
Telefone: (11) 3707-3500
editoraparalela.com.br
atendimentoaoleitor@editoraparalela.com.br
facebook.com/editoraparalela
instagram.com/editoraparalela
twitter.com/editoraparalela

Para Oscar e Waverly

Diz-se com frequência que o primeiro som que se ouve no útero é o das batidas do coração da mãe. Na verdade, o primeiro som que faz vibrar o aparato auditivo recém-desenvolvido é o do sangue da mãe pulsando nas veias e artérias. Vibramos com esse ritmo primordial antes mesmo de ter orelhas para ouvir. Antes da concepção, experimentamos uma existência parcial como óvulo no ovário da mãe. Todos os óvulos que uma mulher produzirá se formam quando ela é um feto de quatro meses no útero da mãe. Isso significa que nossa vida celular como óvulo tem início no útero de nossa avó. Todos passamos cinco meses no útero da avó, que por sua vez foi formada no útero da avó dela. Já vibrávamos ao ritmo do sangue de nossa mãe antes que ela mesma nascesse [...].

When the Drummers Were Women: A Spiritual History of Rhythm, Layne Redmond

Sua casa brilha à noite como se tudo dentro pegasse fogo.

As cortinas que ela escolheu parecem de linho. De linho caro. A trama é aberta o bastante para que eu quase sempre possa identificar o estado de espírito de vocês. Consigo ver o rabo de cavalo da menina balançando enquanto ela termina a lição de casa. Consigo ver o menininho jogando bolas de tênis contra o teto a três metros e meio de distância, enquanto a sua esposa, de calça legging, se agacha na sala de estar, arrumando a bagunça do dia. Os brinquedos de volta ao cesto. As almofadas de volta ao sofá.

Esta noite, no entanto, vocês deixaram as cortinas abertas. Talvez para ver a neve caindo. Talvez para sua filha poder procurar renas no céu. Faz tempo que ela parou de acreditar, mas finge que acredita por você. Qualquer coisa por você.

Vocês estão todos muito arrumados. As crianças usam xadrez combinando e ficam sentadas na otomana de couro enquanto sua esposa tira uma foto delas com o celular. A menina segura a mão do menino. Você mexe na vitrola no fundo do cômodo. Sua esposa fala alguma coisa, mas você levanta um dedo — está quase conseguindo. A menina pula, sua esposa pega o menino, e eles giram. Você ergue um copo com uísque e dá um, dois goles, então se afasta da vitrola como se ela fosse um bebê dormindo. É sempre assim que você começa a dançar. Você o pega. Ele joga a cabeça para trás. Você o vira de cabeça para baixo. Sua filha se estica para ganhar um beijo do pai, e sua esposa segura o copo para você. Ela se aproxima da árvore e ajeita as luzinhas para que fiquem perfeitas. Então vocês todos param, inclinam-se uns para os outros e gritam algo em uníssono, alguma palavra, em perfeita sincronia, depois todos voltam a se mover — conhecem bem a música. Sua esposa deixa o cômodo e a cabeça do filho dela a segue, automaticamente. Eu me lembro dessa sensação. De ser necessária.

Fósforos. Ela volta para acender as velas sobre a cornija decorada da lareira, e eu me pergunto se os ramos retorcidos de pinheiro são reais, se cheiram a árvore. Por um momento, permito-me imaginar a mim mesma vendo os ramos queimando enquanto vocês dormem. Visualizo o brilho morno e amarelo-manteiga da sua casa se transformando num vermelho quente e crepitante.

O menino pegou um tiçoeiro, que a menina tira dele com cuidado, antes que você ou sua esposa percebam. A boa irmã. Prestativa. Protetora.

Não costumo ficar olhando por tanto tempo, mas vocês estão tão lindos esta noite que não consigo me convencer a ir embora. A neve é do tipo que se aglutina, do tipo que ela pode usar para fazer um boneco de neve pela manhã e assim agradar o irmão mais novo. Ligo o limpador de para-brisa, mexo no aquecedor, noto que o relógio passa de 19h29 para 19h30. É quando você leria para ela *O Expresso Polar*.

Sua esposa está na poltrona agora, vendo vocês três pulando pelo cômodo. Ela ri e passa os cachos soltos e compridos para um lado. Cheira seu copo e deixa a bebida de lado. Ela sorri. Você está de costas para ela, de modo que não consegue ver o que eu vejo, que ela tem uma mão apoiada sobre a barriga, que a acaricia com toda a delicadeza e então baixa os olhos, imersa em pensamentos relacionados ao que cresce dentro dela. São células. Mas elas são tudo. Você se vira, e a atenção dela retorna à sala. Às pessoas que ama.

Ela vai contar a você amanhã.

Ainda a conheço tão bem.

Baixo os olhos para colocar as luvas. Quando volto a levantá-los, a menina está parada diante da porta aberta da casa. Seu rosto é parcialmente iluminado pela lanterna acima do número da casa. O prato que ela segura está cheio de cenouras e biscoitos. Você vai deixar migalhas sobre o piso do vestíbulo. Vai se deixar levar, e ela também.

Agora ela olha para mim, sentada no carro. Ela treme. O vestido que sua esposa comprou para ela é pequeno demais, e vejo que seus quadris estão se alargando e seu peito está desabrochando. Com uma única mão, ela passa com cuidado o rabo de cavalo por cima do ombro, e é mais um gesto de mulher que de menina.

Pela primeira vez na vida, acho que nossa filha se parece comigo.

Desço o vidro da janela do carro e ergo uma mão, em cumprimento, um cumprimento secreto. Ela coloca o prato a seus pés, depois se endireita e olha para mim antes de se virar e voltar para dentro. Para a família dela. Fico esperando as cortinas se fecharem de repente, e você vir à porta saber por que diabos estou estacionada do lado de fora de sua casa, em uma noite como esta. E o que eu poderia dizer? Que me sentia sozinha? Que estava com saudade dela? Que merecia ser a mãe dentro da sua casa iluminada?

Em vez disso, ela volta decidida para a sala, onde você persuadiu sua esposa a se levantar da poltrona. Enquanto dançam juntos, próximos, suas mãos tocando sensualmente a parte de trás da blusa dela, nossa filha pega a mão do menino e o conduz até o meio da janela da sala. Como uma atriz indo para sua marca no palco. Ambos enquadrados precisamente.

Ele parece com Sam. Tem os olhos dele. E aquela onda de cabelo escuro que termina em um cacho, o cacho que eu costumava enrolar no dedo sem parar.

Eu me sinto mal.

Nossa filha está olhando pela janela, olhando para mim, com as mãos nos ombros do seu filho. Ela se inclina e beija a bochecha dele. Então beija de novo. E de novo. O menino gosta do afeto. Está acostumado com isso. Ele aponta para a neve caindo, mas ela não tira os olhos de mim. Ela acaricia seus braços, como se para esquentá-lo. Como uma mãe faria.

Você vem até a janela e se ajoelha para ficar na altura do menino. Olha para fora e para cima. Meu carro não chama sua atenção. Como seu filho, você aponta para os flocos de neve, e traça um caminho no céu com o dedo. Está falando do trenó. Das renas. Ele vasculha a noite, tentando ver o que você vê. Você faz cosquinha debaixo do queixo dele. Ela continua olhando para mim. Eu percebo que me recostei no banco do carro. Engulo em seco e finalmente interrompo o contato visual. Ela sempre vence.

Quando volto a olhar, ela continua ali, com os olhos fixos no carro.

Penso que ela iria até a cortina, mas não. Dessa vez, meus olhos não deixam os seus. Eu pego a pilha grossa de papéis no banco do passageiro e sinto o peso das minhas palavras.

Vim entregar isto a você.

Este é o meu lado da história.

1

Você arrastou a cadeira para mais perto e bateu no meu livro com a ponta do lápis. Eu olhei para a página, hesitando em levantar os olhos. "Oi?", respondi, como se atendesse ao telefone. Isso te fez rir. Então ficamos ali, dando risadinhas, dois desconhecidos em uma biblioteca universitária, estudando para a mesma disciplina optativa. Devia haver centenas de alunos na classe — eu nunca tinha te visto. Seus cachos caíam sobre seus olhos, e você os enrolou no lápis. Seu nome era tão peculiar. Você me acompanhou até em casa aquela tarde, e ficamos em silêncio. Você não escondia que estava interessado, sorrindo para mim de vez em quando. Eu nunca havia recebido aquele tipo de atenção. Você beijou minha mão do lado de fora do meu dormitório, o que nos fez rir outra vez.

Logo tínhamos vinte e um anos e éramos inseparáveis. Faltava menos de um ano para nossa formatura. Passamos esse tempo dormindo juntos na minha cama e estudando em cantos opostos do sofá, com as pernas entrelaçadas. Íamos a bares com nossos amigos, mas sempre acabávamos na cama cedo, na novidade do calor um do outro. Eu quase não bebia, e você já tinha curtido o bastante — você só queria a mim. Ninguém do meu mundo parecia se importar muito. Eu tinha um círculo pequeno de amigos, que estavam mais para conhecidos. Vivia tão focada em manter minhas notas altas por causa da bolsa estudantil que não tinha tempo para a vida social típica da universidade, tampouco interesse nisso. Creio que não me aproximei muito de ninguém naqueles anos, até te conhecer. Você me ofereceu algo diferente. Escapamos da órbita social, felizes em ser tudo o que o outro precisava.

O conforto que eu encontrava em você me consumia. Eu não tinha nada quando te conheci, então de repente você se tornou meu tudo. Não que você não merecesse isso — você merecia. Você era gentil, atencioso e me apoiava. Foi a primeira pessoa para quem contei que queria ser escritora, e seu comentário foi: "Não consigo imaginar você sendo outra pessoa". Eu adorava a maneira como as garotas olhavam para nós, como se devessem ficar com inveja. Cheirava seus cabelos escuros e sedosos enquanto você dormia à noite e passava o dedo ao longo da sua mandíbula para te acordar de manhã, sentindo sua barba por fazer. Você era um vício.

No meu aniversário, você fez uma lista de cem coisas que amava em mim. *14. Amo como você ronca um pouquinho bem quando está pegando no sono. 27. Amo o jeito lindo como você escreve. 39. Amo traçar meu nome com o dedo nas suas costas. 59. Amo dividir um muffin com você a caminho da aula. 72. Amo a animação com que você acorda aos domingos. 80. Amo te ver terminar um bom livro e o segurar contra o peito. 92. Amo como você vai ser uma ótima mãe um dia.*

"Por que acha que vou ser uma boa mãe?" Deixei a lista de lado, sentindo por um momento que talvez você não me conhecesse nem um pouco.

"Por que não seria?" Você cutucou minha barriga, brincando. "Você é atenciosa. E querida. Mal posso esperar pra ter filhos com você."

Não pude fazer nada além de forçar um sorriso.
Nunca conheci ninguém com um coração tão ávido quanto o seu.

"Um dia você vai entender, Blythe. As mulheres desta família... nós somos diferentes."

Ainda posso ver o batom cor de tangerina da minha mãe no filtro do cigarro. As cinzas caindo no copo, nadando no último gole do meu suco de laranja. O cheiro de torrada queimada.

Você só perguntou sobre minha mãe, Cecilia, em algumas poucas ocasiões. Só te contei os fatos: (1) ela foi embora quando eu tinha onze anos, (2) só a vi duas vezes depois disso, e (3) eu não tinha ideia de onde ela estava.

Você sabia que eu tinha mais o que contar, só que nunca insistia — tinha medo do que poderia ouvir. Eu compreendia. Todos temos o direito de alimentar certas expectativas em relação aos outros e a nós mesmos. Com a maternidade não é diferente. Todos esperamos ter uma boa mãe, nos casar com uma boa mãe, ser uma boa mãe.

1939-58

Etta nasceu exatamente no dia em que a Segunda Guerra Mundial começou. Seus olhos eram como o oceano Atlântico e seu rosto era vermelho e redondo desde o início.

Ela se apaixonou pelo primeiro garoto que conheceu, o filho do médico da cidade. Seu nome era Louis, ele era educado e falava bem — o que não era comum entre os meninos que Etta conhecia. Louis não era do tipo que ligava para o fato de Etta não ter sido agraciada com a beleza ao nascer. Louis a acompanhou até a escola com uma mão atrás das costas do primeiro ao último dia de aula dos dois. E Etta ficava encantada com esse tipo de coisa.

A família de Etta possuía centenas de acres de milharais. Quando ela completou dezoito anos e disse ao pai que queria se casar com Louis, ele insistiu que o futuro genro precisava aprender a cuidar de uma fazenda. O pai de Etta não tinha filhos homens e queria que Louis assumisse os negócios da família. Mas ela achava que ele só queria provar um ponto para o jovem: cuidar de uma fazenda era um trabalho difícil e respeitável. Não era para os fracos. E certamente não era para um intelectual. Etta escolhera para si alguém que não parecia em nada com seu pai.

Louis planejava ser médico, como seu próprio pai, e tinha

recebido uma bolsa para cursar medicina. Mas ele queria a mão de Etta mais do que a licença para praticar. Apesar dos pedidos de Etta para que o pai fosse brando, ele fez Louis se matar de trabalhar. O jovem acordava todo dia às quatro da manhã e saía para os campos úmidos de orvalho. Das quatro da manhã até o pôr do sol, e ele nunca reclamou, como Etta gostava de lembrar. Louis vendeu a maleta de médico e os livros de referência que seu próprio pai havia lhe deixado e guardou o dinheiro em um pote sobre a bancada da cozinha. Ele disse a Etta que era o início de uma poupança para a faculdade de seus futuros filhos. Ela achou que aquilo dizia muito sobre o tipo de homem abnegado que Louis era.

Um dia de outono, antes de o sol se levantar, Louis se feriu na ensiladeira. Ele sangrou até a morte, sozinho no milharal. O pai de Etta o encontrou e mandou que ela fosse cobrir o corpo com uma lona do celeiro. Etta carregou a perna mutilada de Louis de volta para casa e a atirou na cabeça do pai, enquanto ele enchia um balde de água para limpar o sangue da máquina.

Etta não contou à família sobre a criança que crescia dentro dela. Ela era uma mulher grande, trinta quilos acima do peso, e escondeu bem a gravidez. A bebê, Cecilia, nasceu quatro meses depois, no chão da cozinha, em meio a uma tempestade de neve. Etta ficou encarando o pote com o dinheiro sobre a bancada acima dela, enquanto fazia força para a bebê sair.

Etta e Cecilia viviam tranquilamente na casa da fazenda, raras vezes se aventurando na cidade. Quando o faziam, não era difícil ouvir todos sussurrando sobre a mulher que "sofria dos nervos". Naqueles dias, não se dizia muito mais — não se suspeitava de muito mais. O pai de Louis fornecia um suprimento regular de sedativos à mãe de Etta, para que ela os desse à filha conforme julgasse necessário. Etta passava a maior parte dos dias na pequena cama de latão do quarto em que crescera, enquanto sua mãe cuidava de Cecilia.

Mas Etta logo se deu conta de que nunca conheceria outro

homem se continuasse deitada na cama e dopada daquele jeito. Ela aprendeu a funcionar bem o bastante e eventualmente começou a tomar conta de Cecilia. Etta empurrava o carrinho pela cidade enquanto a pobre menina gritava pela avó. Ela dizia às pessoas que sofria de uma dor estomacal crônica e terrível, que não pudera comer por meses seguidos, e por isso havia emagrecido tanto. Ninguém acreditava, mas Etta não se importava com as fofocas indolentes. Tinha acabado de conhecer Henry.

Henry era novo na cidade e frequentava a mesma igreja que ela. Ele gerenciava uma equipe de sessenta pessoas em uma fábrica de doces. Gostara de Etta assim que a conhecera — ele adorava bebês, e Cecilia era especialmente encantadora, então acabou não sendo o problema que todos diziam que seria.

Não muito depois, Henry comprou para eles uma casa em estilo Tudor com detalhes em verde-menta no meio da cidade. Etta deixou de vez a cama de latão e recuperou todo o peso que havia perdido. Dedicou-se por completo a transformar a casa em um lar para sua família. Ali havia uma varanda robusta com um balanço, cortinas rendadas em todas as janelas e cookies com gotas de chocolate sempre no forno. Um dia, a mobília da sala de estar foi entregue na casa errada, e a vizinha deixou que os homens a colocassem em seu porão, ainda que não a tivesse comprado. Quando Etta descobriu, correu pela rua atrás do caminhão, com um penhoar e bobes no cabelo, gritando profanidades. Aquilo fez todo mundo rir, inclusive, ao fim, ela mesma.

Ela se esforçou muito para ser a mulher que esperavam que fosse.

Uma boa esposa. Uma boa mãe.

Parecia que tudo ia ficar bem.

2

Coisas que vêm à mente quando penso no começo do nosso relacionamento:

Sua mãe e seu pai. Talvez isso não fosse tão importante para outras pessoas, mas você vinha com uma família. Minha única família. Presentes generosos, passagens de avião para passar as férias com todos vocês em algum destino ensolarado. A casa deles sempre cheirava a lençóis lavados e quentinhos, e eu nunca queria ir embora. O modo como sua mãe tocava as pontas dos meus cabelos me fazia ter vontade de me sentar no colo dela. Às vezes, parecia que ela me amava tanto quanto amava você.

O fato de aceitarem sem questionar quando eu dizia onde meu pai estava, e a ausência de julgamento quando ele recusou o convite para passar o fim do ano conosco eram bondades pelas quais eu era grata. Cecilia, é claro, nunca era um assunto; você havia tomado o cuidado de falar com eles a esse respeito antes de me trazer em casa. (*Blythe é maravilhosa. De verdade. Mas só para vocês saberem...*) Vocês não fofocavam entre si a respeito de minha mãe; nenhum de vocês se interessava por nada desagradável.

Vocês eram tão perfeitos.

Você chamava sua irmã de "querida", e ela te adorava. Você ligava para eles toda noite, e eu ficava ouvindo do corredor, desejando poder escutar o que sua mãe dizia que te fazia rir daquele jeito. Você os visitava a cada dois fins de semana, para ajudar seu pai com a casa. Vocês se abraçavam. Você tomava conta dos seus priminhos. Sabia a receita de bolo de banana da sua mãe. Mandava um cartão para seus pais a cada aniversário de casamento. Meus pais nunca sequer haviam mencionado o casamento deles.

Meu pai. Nem respondeu minha mensagem dizendo que eu não iria para casa naquele feriado de Ação de Graças, mas eu menti para você e disse que ele tinha ficado feliz por eu ter conhecido alguém e que mandara seus cumprimentos a sua família. Na verdade, não nos falávamos muito desde que eu e você havíamos nos conhecido. Eu e ele nos comunicávamos geralmente através de nossas secretárias eletrônicas, e mesmo isso havia se tornado uma série de trocas genéricas e sem graça, que me deixariam envergonhada se você ouvisse. Ainda não tenho certeza de como chegamos a esse ponto, eu e ele. A mentira era necessária, assim como a profusão de outras mentiras que eu havia contado para que você não desconfiasse de quão problemática minha família era. Família era algo importante demais para você — nenhum de nós podia pagar para ver como toda a verdade a respeito da minha família mudaria a forma como você me enxergava.

Aquele primeiro apartamento. Lá, o momento em que eu mais te amava era de manhã. O modo como você puxava o lençol sobre a cabeça, tal qual um capuz, e dormia mais um pouco, o cheiro denso de menino que deixava nas fronhas. Eu acordava cedo na época, quase sempre antes de o sol nascer, e ia escrever nos fundos da pequena cozinha sempre tão fria.

Vestia seu roupão e tomava chá em uma xícara que havia pintado para você num daqueles lugares de porcelana. Depois você chamava meu nome, quando o piso já tinha esquentado e a luz que atravessava a persiana era suficiente para você enxergar os detalhes do meu corpo. Você me puxava de volta para a cama e fazíamos experiências — você era ousado e assertivo, e sabia do que meu corpo era capaz antes que eu mesma soubesse. Você me fascinava. Sua confiança. Sua paciência. A necessidade primal que tinha de mim.

As noites com Grace. A única amiga da faculdade com quem mantive contato depois da formatura. Eu não deixava claro o quanto gostava dela, porque você parecia ter um pouco de ciúme do tempo que passávamos juntas e achava que bebíamos demais, embora eu me dedicasse muito pouco a ela, considerando como as amizades femininas são. Ainda assim, você deu flores para nós duas no Dia dos Namorados, naquele ano em que ela estava solteira. Eu a convidava para jantar mais ou menos uma vez por mês, e você ficava sobrando, sentado sobre o cesto de lixo virado de cabeça para baixo. Você sempre parava para comprar um bom vinho na volta do trabalho. Quando as fofocas começavam, quando ela pegava os cigarros, você educadamente pedia licença e abria um livro. Uma noite, ouvimos você falando com sua irmã na sacada, enquanto nós duas fumávamos do lado de dentro (dá para imaginar?). Ela havia terminado um relacionamento e ligara para o irmão, seu confidente. Grace me perguntou o que havia de errado com você. Era ruim de cama? Esquentado? Tinha que haver alguma coisa, porque nenhum homem podia ser tão perfeito. Mas não havia. Não na época. Não que eu compreendesse. Usei a palavra "sorte". Eu tinha sorte. Não tinha muita coisa, mas tinha você.

Nosso trabalho. Não falávamos a respeito na época. Eu invejava seu crescente sucesso e você sabia disso — você era sensível às diferenças entre nossas carreiras, nossas rendas. Você ganhava dinheiro e eu sonhava. Eu não havia feito quase nada desde que me formara, a não ser por alguns pequenos projetos freelancers, mas você nos sustentava generosamente e, quando me deu um cartão de crédito, disse apenas: "Use para o que precisar". Àquela altura, você tinha sido contratado pelo escritório de arquitetura; fora promovido duas vezes só no tempo que eu levara para escrever três contos. Que não haviam sido publicados. Você saía para o trabalho com a aparência de alguém que pertencia a outra pessoa.

Minhas cartas de rejeição chegavam, como esperado — era parte do processo, você me lembrava, gentil e frequentemente. *Vai dar certo.* Sua fé incondicional em mim parecia mágica. Eu queria desesperadamente provar a mim mesma que era tão boa quanto você pensava. "Lê pra mim. Qualquer coisa que tenha escrito hoje. Por favor!" Eu sempre te fazia implorar, e você ria quando eu concordava, fingindo estar exasperada. Nossa rotina tola. Você se encolhia no sofá depois do jantar, exausto, ainda com a roupa do trabalho. Ficava de olhos fechados e sorria nas melhores frases, enquanto eu lia meu trabalho para você.

Na noite em que te mostrei meu primeiro conto publicado, sua mão tremeu quando pegou a revista de folhas grossas. Pensei nisso muitas vezes. No orgulho que tinha de mim. Eu veria aquela mão trêmula anos depois, segurando a cabecinha molhada dela, marcada pelo meu sangue.

Mas antes disso:

Você me pediu em casamento no meu aniversário de vinte e cinco anos.

Com uma aliança que às vezes ainda uso na mão esquerda.

3

Nunca perguntei a você se gostou do meu vestido de casamento. Comprei usado, porque vi na vitrine de um brechó e não consegui tirá-lo da cabeça enquanto visitava butiques caras com a sua mãe. Você não sussurrou, como alguns noivos impressionados fazem, suando no altar enquanto balançam os pés: *Você está linda.* Nem mencionou meu vestido enquanto nos escondíamos atrás da parede de tijolos vermelhos nos fundos da propriedade, aguardando para entrar no pátio onde nossos convidados bebiam champanhe, falavam sobre o calor e se perguntavam quando viria o próximo canapé. Você mal conseguia tirar os olhos do meu rosto rosado e brilhante. Você mal conseguia tirar os olhos dos meus.

Eu nunca tinha te visto tão bonito, e posso fechar os olhos agora e te ver aos vinte e seis anos, com a pele radiante e o cabelo ainda caindo em cachos sobre a testa. Juro que você ainda não tinha perdido totalmente as bochechas redondas de criança.

Ficamos apertando a mão um do outro a noite toda.

Sabíamos tão pouco um sobre o outro, sobre as pessoas que nos tornaríamos.

Poderíamos ter contado nossos problemas nas pétalas da

margarida do meu buquê, mas logo estaríamos perdidos em um campo cheio deles.

"Não vai ter mesa para a família da noiva", eu entreouvira a assessora dizer em voz baixa para o homem que dispunha as cadeiras dobráveis e colocava os papeizinhos com os nomes dos convidados em seus lugares. Ele assentiu sutilmente.

Seus pais nos deram as alianças antes da cerimônia. Entregaram ambas em uma caixinha prateada que fora dada a sua bisavó pelo homem que ela amava e que havia ido para a guerra e nunca voltado. Dentro, ele havia mandado gravar para ela: *Violet, você sempre vai me encontrar.* Você disse: "Que nome lindo ela tinha".

Sua mãe, envolta em um xale fino cor de estanho, fez um brinde: "Casamentos podem nos dispersar. Às vezes, não notamos para quão longe flutuamos até que, de repente, só resta água e horizonte, e parece que nunca mais encontraremos o caminho de volta". Ela fez uma pausa e olhou para mim. "Ouçam as batidas do coração um do outro na corrente. Vocês sempre vão se encontrar. E assim sempre encontrarão a costa." Ela pegou a mão do seu pai e você se levantou para erguer sua taça.

Acabamos fazendo amor aquela noite porque era o esperado. Estávamos exaustos. Mas parecia muito real. Tínhamos alianças de casamento, uma conta de bufê a pagar e dor de cabeça por conta de toda a adrenalina.

Eu o aceito para sempre, meu melhor amigo e minha alma gêmea, como meu parceiro na vida, em toda alegria e em toda dificuldade, e nas dezenas de milhares de dias que cairão em algum lugar entre esses extremos. Você, Fox Connor, é quem eu amo. Eu me comprometo com você.

Anos depois, nossa filha me viu enfiar o vestido no porta-malas do carro. Eu o levaria de volta ao lugar onde o havia encontrado.

4

Lembro exatamente como a vida era no período que se seguiu.
Os anos antes de nossa própria Violet chegar.
Jantávamos tarde no sofá, assistindo a programas de atualidades. Toda noite, Anderson Cooper. A comida apimentada comprada fora na mesinha de centro de mármore preto, com as quinas perigosas. Bebíamos taças de espumante às duas da tarde nos fins de semana, então cochilávamos até que um de nós acordasse, horas depois, com o barulho das pessoas lá fora indo para o bar. Fazíamos sexo. Cortávamos o cabelo. Eu lia a seção de viagens do jornal e sentia que fazia uma pesquisa, uma pesquisa realista sobre o próximo lugar para onde iríamos. Eu entrava em lojas chiques para dar uma olhada, com uma bebida quente e espumosa nas mãos. No inverno, usava luvas caras de couro italiano. Você jogava golfe com amigos. Eu me importava com política! Nós nos aconchegávamos na poltrona reclinável e achávamos gostoso ficar juntinhos. Eu via filmes e eles levavam minha mente para longe de onde eu estava. A vida era menos visceral. As ideias eram mais brilhantes. As palavras vinham mais fácil! Minha menstruação era leve. Você punha música para tocar, coisas novas, artistas que alguém havia mencionado para você enquanto bebiam uma cerveja em

um estabelecimento repleto de adultos. O sabão da máquina de lavar não era orgânico, então nossas roupas tinham um cheiro campestre artificial. Íamos para as montanhas. Você me perguntava como andava a escrita. Eu nunca olhava para outro homem e me perguntava como seria trepar com ele em vez de com você. Você dirigia um carro muito pouco prático todos os dias, até o quarto ou quinto dia de neve do ano. Você queria um cachorro. Prestávamos atenção aos cachorros na rua; parávamos para fazer carinho neles. O parque não era meu único alívio das tarefas da casa. Os livros que líamos não tinham imagens. Não pensávamos no impacto da tela da televisão no cérebro. Não compreendíamos que as crianças gostavam mais das coisas se fossem produzidas para um adulto usar. Achávamos que conhecíamos um ao outro. E achávamos que conhecíamos a nós mesmos.

5

O verão dos meus vinte e sete anos. Duas cadeiras dobráveis desgastadas na sacada que dava para o beco entre nosso prédio e o do lado. O cordão de lanternas de papel branco que eu havia pendurado de alguma forma tornara palpável o cheiro do lixo fermentado que se insinuava lá embaixo. Foi ali que você me disse, depois de algumas taças de vinho branco seco: "Vamos começar a tentar. Hoje à noite".

Já tínhamos falado a respeito, muitas vezes. Você ficava todo alegre quando eu pegava o bebê de outra pessoa no colo ou me ajoelhava para brincar com uma criança. *Você leva jeito pra coisa.* Mas eu era a única que visualizava. A maternidade. Como seria. A sensação. *Combina com você.*

Eu seria diferente. Seria como outras mulheres, para quem tudo vinha fácil. Eu seria tudo o que minha própria mãe não era.

Ela mal passava pela minha cabeça naquela época. Eu me assegurava disso. E, quando ela aparecia sem ser convidada, eu a afastava. Como se ela fosse aquelas cinzas caindo no meu suco de laranja.

Naquele verão, já tínhamos alugado um apartamento maior, com dois quartos, em um prédio com um elevador muito lento; um carrinho não daria certo no prédio sem elevador em que morávamos. Chamávamos a atenção um do outro para coisas relacionadas a bebês com leves cutucões, nunca palavras. Roupinhas da moda na vitrine das lojas. Irmãozinhos de mãos dadas. Havia expectativa. Havia esperança. Meses antes, eu tinha começado a ficar mais atenta à minha menstruação. A acompanhar minha ovulação. A marcar as datas na agenda. Um dia, encontrei rostinhos felizes desenhados ao lado dos meus círculos. Sua animação era cativante. Você ia ser um pai maravilhoso. E eu seria a mãe maravilhosa do seu filho.

Eu olho para trás e me admiro com a confiança que eu tinha na época. Não me sentia mais filha da minha mãe. Eu me sentia sua esposa. Fazia anos que eu vinha fingindo que era perfeita para você. Eu queria que você continuasse feliz. Queria ser qualquer outra pessoa que não a mãe que me deu à luz. E então queria um bebê também.

6

Os Ellington. Moravam a três portas da casa onde cresci, e seu gramado era o único na vizinhança que permanecia verde durante os verões secos e implacáveis. A sra. Ellington bateu na nossa porta exatamente setenta e duas horas depois de Cecilia ter me deixado. Meu pai ainda roncava no sofá onde dormia todas as noites havia um ano. Eu só me havia dado conta uma hora antes de que, daquela vez, minha mãe não voltaria para casa. Eu havia revistado sua cômoda, as gavetas do banheiro e o lugar onde ela escondia os pacotes de cigarro. Tudo o que importava para ela havia sido levado. Eu já sabia o bastante naquela época para não perguntar ao meu pai aonde ela tinha ido.

"Gostaria de vir comer um belo assado de domingo na nossa casa, Blythe?" Os cachos do cabelo dela pareciam brilhantes e definidos, recém-saídos do salão de beleza, e não tive como não responder diretamente a eles com uma confirmação de cabeça e um "obrigada". Fui direto para a área de serviço e coloquei minha melhor roupa — um macacão azul-marinho e uma camiseta listrada colorida de gola rulê — na máquina de lavar. Eu tinha pensado em perguntar se meu pai podia ir também, mas a sra. Ellington era a mulher mais socialmente adequada que eu conhecia, então imaginei que, se ela não o incluíra no convite, devia haver uma razão.

Thomas Ellington Jr. era meu melhor amigo. Não lembro quando lhe conferi essa distinção, mas, quando eu tinha dez anos, ele já era a única pessoa com quem eu queria brincar. Meninas da minha idade me deixavam desconfortáveis. Minha vida parecia muito diferente da delas — com seus forninhos de brinquedo, seus laços de cabelo feitos em casa, suas meias adequadas. Suas mães. Aprendi muito cedo que a sensação de ser diferente delas não era boa.

Mas os Ellington faziam com que eu me sentisse bem.

O convite da sra. Ellington indicava que, de alguma forma, ela tinha descoberto que minha mãe havia ido embora. Porque minha mãe não me deixava mais jantar na casa deles. Em algum momento, ela havia decidido que eu precisava estar em casa às quinze para a cinco todos os dias, embora não houvesse motivo para isso: o forno estava sempre frio e a geladeira, sempre vazia. Àquela altura, eu e meu pai comíamos mingau de aveia instantâneo na maioria das noites. Jogávamos por cima os envelopinhos de açúcar mascavo com que ele enchia os bolsos na lanchonete do hospital, no qual gerenciava o pessoal da limpeza. Meu pai tinha um salário razoável, pelo menos para os padrões locais. Mas não vivíamos de maneira razoável.

De alguma forma, eu havia aprendido que era educado levar um presente quando convidada para um jantar especial, então colhi um punhado de hortênsias no jardim da frente de casa, embora fosse fim de setembro e a maior parte das pétalas brancas estivesse seca. Amarrei os talos com um elástico de cabelo.

"Você é uma jovem tão atenciosa", a sra. Ellington disse. Ela colocou as flores em um vaso azul e o posicionou com cuidado na mesa, em meio às travessas fumegantes.

Daniel, o irmão mais novo de Thomas, me adorava. Depois da escola, brincávamos com trens na sala, enquanto Thomas fazia a lição de casa com a mãe. Eu sempre deixava para fazer a minha depois das oito, quando Cecilia ou ia para a cama ou ia para a cidade e não voltava mais. Ela fazia isso com frequência — saía e só voltava no dia seguinte. Então a lição pelo menos me ocupava até meus olhos cansarem. O pequeno Daniel me fascinava. Ele falava como um adulto e aprendera a multiplicar com cinco anos. Eu lhe perguntava toda a tabela de multiplicação enquanto brincávamos sobre o tapete áspero laranja dos Ellington, impressionada com sua inteligência. A sra. Ellington vinha ouvir e sempre tocava minha cabeça e a dele antes de se afastar. *Bom trabalho, vocês dois.*

Thomas também era inteligente, mas de um jeito diferente. Ele inventava as histórias mais incríveis, as quais escrevíamos em caderninhos espiralados que a sra. Ellington comprava na loja da esquina. Depois fazíamos desenhos para acompanhar cada página. Passávamos semanas em cada livro — discutíamos com todo o cuidado o que desenhar em cada parte da história e então nos demorávamos apontando todos os lápis de cor da caixa. Uma vez, Thomas me deixou levar um livro para casa. Era uma história que eu amava, sobre uma família cuja mãe, linda e bondosa, ficava muito doente depois de contrair uma variedade rara e mortal de catapora. A família parte em sua última viagem de férias até uma ilha distante, onde encontra um minúsculo gnomo na areia, chamado George e que só fala em rimas. Ele promete conceder-lhes um desejo em troca de levarem-no de volta consigo para o outro lado do mundo. A família concorda e ele lhes dá o que pediram: *Sua mãe viverá para sempre, até o mundo acabar. Sempre que ficarem tristes, basta esta rimazinha entoar!* O gnomo vive no bolso da mãe por toda a eternidade, e todos são felizes para sempre. Eu tinha desenhado a família com cuidado nas páginas do livro — parecia os Ellington, mas com um terceiro filho que não lembrava em nada os outros, uma menina com pele cor de pêssego, igual à minha.

Uma manhã, encontrei minha mãe sentada na beirada da

minha cama. Ela folheava o livro, que eu havia escondido no fundo da gaveta.

"De onde veio isso?", ela perguntou sem olhar para mim, parando na página em que eu havia me desenhado como parte da família negra.

"Eu fiz. Com Thomas. Na casa dele." Fiz menção de pegar o livro das mãos dela, o meu livro. Era quase uma súplica. Ela puxou o braço para longe de mim e então jogou o livro na minha cabeça, como se as páginas espiraladas e tudo nelas a repugnassem. A quina cortou meu queixo, e o livro aterrissou no chão entre nós. Fiquei olhando para ele, constrangida. Por causa das ilustrações das quais ela não gostara, pelo fato de tê--lo escondido dela.

Minha mãe se levantou, com o pescoço fino esticado e os ombros para trás. Ela fechou a porta com cuidado atrás de si.

No dia seguinte, levei o livro de volta à casa de Thomas.

"Por que não quer ficar com ele? Você estava tão orgulhosa do que fizeram juntos." A sra. Ellington o pegou das minhas mãos e viu que estava meio amassado. Ela alisou a capa com cuidado. "Tudo bem", disse, balançando a cabeça, para que eu não precisasse responder. "Você pode guardar aqui."

A sra. Ellington o colocou na estante da sala. Mais tarde, quando eu estava indo embora, notei que ele estava aberto na última página, virado de frente para o cômodo — a família de cinco pessoas, incluindo eu, se abraçando, com uma explosão de coraçõezinhos vindos da mãe sorridente ao meio.

No jantar do domingo depois que minha mãe foi embora, eu me ofereci para limpar a cozinha com a sra. Ellington. Ela colocou uma fita cassete para tocar e cantou um pouquinho enquanto tirava a mesa e limpava a bancada. Fiquei olhando de canto de olho para ela, acanhada, enquanto eu lavava a louça. Em determinado ponto, a sra. Ellington parou e pegou a luva de forno da bancada. Olhou para mim com um sorriso brincalhão, colocou-a na mão e a posicionou ao lado da cabeça.

"Srta. Blythe", ela disse, com uma voz aguda e divertida, movimentando a mão como se fosse um fantoche. "Sempre fazemos algumas perguntas pessoais às celebridades que vêm ao Programa de Entrevistas Pós-Jantar dos Ellington. Então nos diga: o que gosta de fazer para se divertir, hein? Costuma ir ao cinema?"

Ri desconfortavelmente, sem saber como entrar na brincadeira. "Hum, sim. Às vezes?" Eu nunca tinha ido ao cinema. E nunca tinha falado com um fantoche. Baixei os olhos e mexi na louça sobre a pia. Thomas chegou correndo na cozinha. "A mamãe está fazendo o programa de entrevistas de novo!", gritou. Daniel veio atrás: "Pergunta alguma coisa pra mim, pergunta alguma coisa pra mim!". A sra. Ellington manteve uma mão na cintura e a outra tagarelando. A voz saía fina pelo canto de sua boca. O sr. Ellington enfiou a cabeça pela porta para ver.

"Então, Daniel, qual é sua comida preferida? E não vale sorvete!", disse o fantoche. Daniel ficou pulando enquanto pensava na resposta. Thomas gritava opções. "Torta! Eu sei que é torta!" A luva de forno da sra. Ellington disse ofegante. "TORTA! Mas não de ruibarbo, né? Eca!" Os garotos gritavam um por cima do outro, rindo. Fiquei só ouvindo. Nunca havia sentido nada igual. A espontaneidade. A simplicidade. O conforto. A sra. Ellington me viu olhando da pia e fez sinal para que eu me aproximasse. Ela colocou a luva na minha mão e disse: "Temos um apresentador especial esta noite! Que maravilha!". Então sussurrou para mim: "Vai em frente, pergunta pros meninos o que eles prefeririam fazer: comer minhocas ou a meleca de outra pessoa?". Dei risada. Ela revirou os olhos e sorriu, como se dissesse: *Vai, acredita em mim, eles vão amar, esses bobos.*

A sra. Ellington me acompanhou até em casa aquela noite, o que nunca havia feito. Todas as luzes estavam apagadas. Ela me esperou destrancar a porta, para se certificar de que os sapatos do meu pai estavam à entrada. Então tirou o livro sobre o gnomo do bolso e o entregou para mim.

"Achei que pudesse querer de volta agora."

Eu queria. Folheei o livro e pensei na minha mãe pela primeira vez naquela noite.

Agradeci de novo à sra. Ellington pelo jantar. Quando chegou ao fim da calçada, ela se virou e disse: "O mesmo horário na semana que vem! Se não nos virmos antes". Creio que ela sabia que nos veríamos.

7

Eu soube assim que você gozou dentro de mim. Seu calor me preencheu, e eu soube. Não podia te culpar por achar que eu estava maluca — fazia meses que estávamos tentando —, mas quase três semanas depois estávamos rindo juntos, deitados no chão do banheiro, como dois idiotas bêbados. Tudo havia mudado. Você não foi trabalhar aquele dia, lembra? Ficamos vendo filmes na cama e pedimos comida em casa em todas as refeições. Só queríamos ficar juntos. Você e eu. E ela. Eu sabia que era menina.

Eu não conseguia mais escrever. Minha mente divagava toda vez que eu tentava. Pensando em como ela pareceria e quem ela seria.

Passei a fazer aulas de exercícios pré-natais. Começávamos todas as sessões em um círculo, então nos apresentávamos e dizíamos de quantos meses estávamos. Eu ficava fascinada ao ver o que estava por vir, olhando para a barriga das outras mulheres no espelho enquanto seguíamos uma prática aeróbica que mal parecia valer a pena. Meu corpo ainda não tinha mudado, e eu mal podia esperar para ver nossa filha abrindo espaço para si. Em mim. No mundo.

Até caminhar pela cidade resolvendo coisas havia mudado. Eu tinha um segredo. Meio que esperava que as pessoas me olhassem diferente. Queria tocar minha barriga ainda reta e dizer: *Vou ser mãe. É isso que eu sou agora.* Aquilo me consumia.

Certo dia, passei horas na biblioteca, folheando livros da seção Gravidez e Parto. Minha barriga tinha começado a aparecer. Uma mulher passou por mim, olhando as lombadas atrás de um livro em particular. Ela tirou da prateleira um guia desgastado sobre como dormir.

"De quanto tempo você está?", perguntei.

"Seis meses." Ela passou o dedo pelo sumário enquanto o examinava, então olhou para minha barriga e depois para meu rosto. "E você?"

"Vinte e uma semanas." Assentimos uma para a outra. Ela parecia do tipo que antes fazia kombucha em casa e praticava spinning às seis da manhã, mas agora se contentava com sobras de purê e uma caminhada até o mercado para comprar fraldas. "Ainda nem pensei na questão do sono."

"É o seu primeiro?"

Confirmei e sorri.

"É o meu segundo." A mulher levantou o livro. "Sério, é só resolver a questão do sono e vai ficar tudo bem. Nada mais importa. Eu me fodi com isso da primeira vez."

Meio que dei uma risada, e agradeci pela dica. Uma criança começou a chorar do outro lado da biblioteca, e ela suspirou.

"É o meu." Ela apontou por cima do ombro, então pegou outro exemplar do livro que procurava. A mulher o entregou para mim, e eu notei que ela tinha marcas de canetinha cor-de-rosa nas mãos. "Boa sorte."

Ela me pareceu curvilínea e feminina ao se afastar. Tinha os quadris largos e o cabelo na altura do ombro amassado pelo tanto que conseguira dormir. Para mim, era óbvio que ela era mãe. Seria sua aparência, ou o jeito de andar? Era por que parecia ter mais com o que se preocupar do que eu? Quando aquilo aconteceria comigo, aquela passagem? Como eu estava prestes a mudar?

8

"Fox, vem ver." Era a terceira caixa enorme que sua mãe havia mandado desde que tínhamos contado sobre o bebê. Sua animação era inabalável, e ela ligava toda semana para ver como eu estava me sentindo. Tirei da caixa cobertorzinhos chiques, gorros de lã para recém-nascidos e macacões brancos minúsculos. No fundo, havia um pacote separado em que ela havia escrito: COISAS DE BEBÊ DO FOX. Dentro, havia um ursinho velho com olhos de botão e um cobertor puído de flanela com barra de seda que já havia sido branco como marfim. Uma figura de porcelana de um bebê sentado sobre a lua, com seu nome escrito em caligrafia dourada e delicada. Levei o ursinho ao meu nariz e depois ao seu. Você começou a falar sobre ele. Ouvi em parte, mas minha mente estava em outro lugar, revirando meu passado em busca do mesmo tipo de símbolo familiar, cobertores, bichinhos de pelúcia e livros preferidos, mas sem encontrá-los.

"Acha que vamos conseguir?", perguntei a você no jantar aquela noite, revirando a comida do prato. Eu quase não suportava carne desde que ficara grávida.

"O quê?"

"Ser pais. Criar um filho."

Você esticou o braço e sorriu enquanto pegava minha carne com seu garfo.

"Você vai ser uma ótima mãe, Blythe."

Você traçou um coração na minha mão.

"Sabe, minha mãe... ela não era... ela foi embora. Não era nem um pouco parecida com a sua."

"Eu sei." Você ficou quieto. Poderia ter me pedido para contar mais. Poderia ter segurado minha mão, olhado nos meus olhos e me incentivado a continuar falando. Você levou meu prato para a pia.

"Você é diferente", disse por fim, e me abraçou por trás. Então, com uma indignação inesperada na voz, completou: "Vocês duas não têm nada em comum".

Acreditei em você. A vida era mais fácil quando eu acreditava em você.

Depois, ficamos aconchegados no sofá, e você segurou minha barriga como se tivesse o mundo em suas mãos. Adorávamos esperar que ela se mexesse, olhando para minha pele esticada, o azul-esverdeado das veias por baixo, como as cores da Terra. Alguns pais falam com a barriga da esposa — dizem que o bebê pode ouvir. Mas, enquanto esperávamos que a bebê nos mostrasse que estava ali, você ficava quieto, pasmo, como se ela fosse um sonho no qual era impossível acreditar.

9

"Pode ser hoje."

O bebê pesava e parecia ter descido naquela manhã, e eu sonhara a noite toda com o líquido amniótico ensopando a cama. O pânico veio depressa e me levou para um lugar que eu tinha evitado conscientemente durante todas as quarenta semanas de gravidez. Sussurrei comigo mesma enquanto fervia a água do chá. *Tudo bem se ela vier. Tudo bem se chegar a hora. Tudo bem ter este bebê.* Eu me sentei à mesa da cozinha e fiquei escrevendo aqueles mantras em um pedaço de papel, uma e outra vez, até você entrar.

"Já coloquei a cadeirinha no carro. Vou ficar com o celular na mão o dia todo."

Escondi o papel sob o jogo americano. Você me beijou e foi trabalhar. Eu sabia.

Às sete e meia daquela noite, estávamos no chão do quarto juntos, meus joelhos marcados pelas ranhuras do antigo piso de parquê. Você pressionava meus quadris enquanto eu tentava respirar de maneira profunda e regular. Tínhamos praticado aquilo. Tínhamos feito aulas. Mas eu não conseguia encontrar aquela tranquilidade que me haviam prometido, a intuição que supostamente apareceria. Você acompanhava o progresso, os minutos e as contrações. Com seus garranchos. Arranquei a tabela das suas mãos e a joguei contra você.

"A gente vai. Agora." Eu não aguentava mais ficar no nosso apartamento. Ela era vulcânica, e eu lutava para mantê-la dentro de mim. Eu tinha me preparado para tudo isso, mas agora nada parecia possível. Eu não estava aberta, não estava pronta. Não conseguia visualizá-la descendo pela minha pélvis, não conseguia me convencer a me expandir como a foz de um rio. Estava fechada e assustada. Não sabia o que fazer.

O que dizem sobre a dor é verdade — não recordo mais a sensação. Mas me lembro da diarreia. E de como a sala estava fria. Eu me lembro de ver o fórceps no corredor, em um carrinho decorado com enfeites natalinos, enquanto caminhávamos entre as contrações. A enfermeira tinha as mãos de um lenhador. Eu protestava quando ela as enfiava em mim para verificar minha dilatação, e ela desviava os olhos.

"Não quero que aconteça", sussurrei para ninguém. Estava exausta. Você estava a dois passos, bebendo a água que a enfermeira havia trazido para mim. Eu não conseguia me controlar.

"Não quer que o que aconteça?"

"O bebê."

"O parto, você quer dizer?"

"Não, quero dizer o bebê."

"Quer a epidural agora? Acho que está precisando." Você virou o pescoço para procurar alguém da enfermagem e colocou um pano frio na minha nuca. Lembro que segurou meu cabelo como se fosse a crina de um cavalo.

Eu não queria ser dopada. Queria sentir quão ruim seria. *Me pune*, eu disse a ela. *Me rasga*. Você beijou minha cabeça e eu te afastei bruscamente. Odiava você. Por tudo o que queria de mim.

Implorei para me deixarem fazer força na privada — era onde me sentia mais confortável, e àquela altura já estava delirando. Não conseguia entender uma palavra do que me diziam.

Você me convenceu a voltar para a cama, e me mandaram pôr os pés nos apoios. Nada naquilo parecia certo. A queimação. Estiquei a mão para sentir as chamas que eu tinha certeza de que estavam lá, mas alguém a tirou.

"Vai se foder."

"Vamos", o médico disse. "Você pode fazer isso."

"Não posso. Não vou", retruquei.

"Você tem que empurrar", você disse, calmo. Fechei os olhos e desejei que algo horrível acontecesse. Morte. Eu queria que alguém morresse. Eu ou o bebê. Naquele momento, não achava que sobreviveríamos uma à outra.

Quando ela saiu, o médico a segurou diante do meu rosto, mas eu mal podia vê-la, assolada pelas luzes fortes. Eu tremia vigorosamente de dor e disse que talvez estivesse doente. Você apareceu na altura do meu quadril, perto do médico. Ele se virou para você e disse que era uma menina. Você colocou a mão sob a cabecinha escorregadia dela e a aproximou cuidadosamente do rosto. Então disse algo a ela. Não sei o que — era o primeiro minuto dela neste mundo e vocês já tinham uma língua secreta. Depois o médico a segurou pela barriga, como se ela fosse um gatinho molhado, e a entregou à enfermeira. Ele voltou a atenção a mim. A placenta se espatifou no chão. Ele me suturou enquanto eu olhava para a luz, admirada com o que havia acabado de fazer. Eu era uma delas agora, uma das mães. Nunca havia me sentido tão viva, tão elétrica. Meus dentes batiam com tanta força que eu achei que pudessem trincar. Então eu a ouvi. O uivo. Ela me soava tão familiar. "Está pronta, mamãe?", alguém disse. Colocaram-na sobre meu peito nu. A sensação era de um pãozinho quente gritando. Haviam limpado meu sangue dela e a enrolado em um cobertor de flanela do hospital. Seu nariz estava salpicado de amarelo. Seus olhos pareciam viscosos e escuros, e olhavam diretamente nos meus.

"Sou sua mãe."

Naquela primeira noite no hospital, não dormi. Fiquei

olhando para ela em silêncio, por trás da cortina perfurada que circundava a cama. Os dedos dos pés dela eram uma fileira de ervilhinhas. Eu abria o cobertor e passava o dedo por sua pele, então a via se contorcer. Ela estava viva. Tinha vindo de mim. Tinha o meu cheiro. Ela não quisera meu colostro, ignorando meu peito mesmo quando o apertaram como um hambúrguer contra sua boca, tentando abri-la. Disseram-me para dar tempo ao tempo. A enfermeira se ofereceu para levá-la enquanto eu dormia, mas eu precisava ficar olhando para ela. Não percebi minhas lágrimas até que caíram no rosto dela. Limpei uma por uma com o mindinho e levei à boca. Queria sentir o gosto dela. Seus dedos. A parte superior de suas orelhas. Queria sentir tudo na minha boca. Eu estava fisicamente entorpecida por causa dos analgésicos que haviam me dado, mas por dentro me sentia pegando fogo, por causa da ocitocina. Algumas mães chamariam isso de amor, mas para mim parecia mais espanto. Assombro. Não pensei no que faríamos depois, no que faríamos quando chegássemos em casa. Não pensei em criá-la, em cuidar dela e em quem ela viria a se tornar. Eu queria ficar sozinha com ela. Naquele espaço de tempo surreal, queria sentir cada pulso.

    Uma parte de mim sabia que nunca mais existiríamos do mesmo modo.

1962

Etta abriu a torneira da banheira para lavar o cabelo comprido e emaranhado de Cecilia. Ela tinha cinco anos, e não a faziam penteá-lo com frequência. Seus cotovelos se fincaram na cerâmica verde-abacate.

"Inclina a cabeça", Etta disse, e a puxou com força. Ela inclinou a cabeça dela alguns centímetros, até que Cecilia estivesse sob o jorro de água fria. A menina ofegou, engasgou e se debateu, até que conseguiu se soltar dos dedos de Etta, que apertavam sua pele. Quando recuperou o fôlego, levantou o rosto e viu que Etta a encarava. Etta nem piscou. Cecilia sabia que não havia acabado.

Etta agarrou suas orelhas e a forçou a voltar para debaixo da água. As narinas de Cecilia arderam ao se encher. Começava a parecer que sua cabeça flutuava para longe.

Então Etta a soltou. Ela arrancou o tampão mofado do ralo e saiu do banheiro.

Cecilia não se moveu. Tinha se cagado durante a briga e ficara ali, tremendo, suja e com frio, até pegar no sono.

Quando acordou, Etta já tinha ido para a cama. Henry chegara do trabalho e estava sentado na sala, assistindo à TV enquanto comia um prato de rosbife requentado. O papel-alumínio estava cuidadosamente dobrado sobre a mesa para ser reutilizado no dia seguinte.

Cecilia entrou na sala com uma toalha nos ombros, assustando-o. Henry perguntou de boca cheia por que ela não estava dormindo. Era quase meia-noite. Cecilia disse que havia molhado a cama.

Sua expressão se desfez. Ele a pegou em seus braços compridos e a levou até a cama da mãe. Ainda cheirava a cocô, mas Henry não disse nada a respeito. Ele acordou Etta.

"Querida. Pode trocar os lençóis de Cecilia? Ela fez xixi na cama."

Cecilia prendeu o ar.

Etta abriu os olhos e pegou a mão da menina com a mesma firmeza com que quase a matara cinco horas antes. Ela a acompanhou até o quarto, vestiu-lhe a camisola e a sentou com firmeza na cama. O coração de Cecilia disparou enquanto ambas ouviam os passos de Henry descendo a escada. A menina estava sempre atenta aos passos dele — Henry fazia o humor de Etta se alterar como se um interruptor tivesse sido apertado.

Etta não disse uma palavra nem a tocou. Só saiu do quarto.

Cecilia compreendeu que o instinto que a fizera mentir estivera certo. O que acontecera entre ela e a mãe permaneceria em segredo.

Nos anos que se seguiram, houve outras vezes em que o problema de "nervos" de Etta ficou óbvio para Cecilia. Alguns dias, ela a deixava do lado de fora de casa depois da escola. O trinco passado na porta da frente, a porta de trás trancada, todas as cortinas fechadas. Mas Cecilia podia ouvir o rádio tocando ou a torneira da cozinha aberta. Ela ia para o centro, matar o tempo passeando pelos corredores das lojas, olhando coisas que sua mãe já não parecia interessada em comprar, como sabonete com cheiro de fruta ou o chocolate com menta de que antes gostava.

Depois que já fazia uma hora que havia escurecido, Cecilia

voltava para casa. Henry já estava lá e o jantar tinha sido servido. Ela dizia a ele que estivera na biblioteca, e Henry lhe dava um tapinha no alto da cabeça e comentava que ia se tornar a melhor aluna da sala se continuasse estudando daquele jeito. Etta a ignorava, como se ela não tivesse falado nada.

Outros dias, Cecilia descia para tomar café da manhã e encontrava Etta sentada à mesa, olhando para as próprias pernas, com as bochechas cheias pálidas. Como se não tivesse pregado o olho. Cecilia não sabia o que ela fazia naquelas noites, mas, pela manhã, Etta parecia especialmente distante. Especialmente triste. Minha mãe sequer levantava os olhos até ouvir os pés de Henry na escada.

10

"Você está ansiosa. Ela pode sentir", você disse. Fazia cinco horas e meia que ela chorava. Fazia quatro horas que eu chorava. Fiz você procurar a definição de "cólica" em um dos livros sobre bebês.

"Mais de três horas, três dias por semana, três semanas seguidas."

"Ela está chorando há mais tempo que isso."

"Só faz cinco dias que ela chegou, Blythe."

"Estou falando das horas. Faz mais de três horas."

"Acho que ela só está com gases."

"Preciso que você cancele a vinda dos seus pais." Eu não podia lidar com sua mãe perfeita chegando para o Natal em algumas semanas. Ela ligava sempre, e cada conversa começava com: *Sei que as coisas são diferentes agora, mas confie em mim...* Remédios naturais para cólica. Cobertas mais apertadas. Cereal de arroz na mamadeira.

"Eles vão ser de grande ajuda pra você, querida. Pra todos nós." Você queria sua mãe perfeita ali.

"Ainda estou sangrando bastante. Estou cheirando a carne podre. Não consigo colocar nem uma blusa, meus peitos estão doloridos demais. Olha só pra mim, Fox."

"Eu ligo hoje à noite."
"Pode ficar com ela?"
"Me dá aqui. Dorme um pouco."
"A bebê me odeia."
"Shhh."

Tinham me alertado para os primeiros dias, tão difíceis. Tinham me alertado para os seios parecendo bolas de concreto. Para as mamadas curtas e frequentes. A lavagem do períneo. Eu havia lido todos os livros. Havia feito minha pesquisa. Ninguém falava no sentimento de ser despertada após quarenta minutos de sono, com os lençóis manchados de sangue, apavorada pela consciência do que viria a seguir. Eu me sentia a única mãe no mundo que não sobreviveria àquilo. A única mãe que não conseguia se recuperar da sutura que ia do ânus à vagina. A única mãe que não podia suportar a dor das gengivas de uma recém-nascida cortando seus mamilos como uma lâmina de barbear. A única mãe que não conseguia fingir ser funcional com o cérebro afetado pela falta de sono. A única mãe que olhava para a filha e pensava: *Por favor, vai embora.*

Violet só chorava quando estava comigo; parecia uma traição.

Esperava-se que quiséssemos uma à outra.

11

A enfermeira que vinha à noite tinha as mãos mais macias que eu já havia sentido. Ela mal cabia na poltrona de amamentação. Cheirava a frutas cítricas e spray de cabelo, e era inabalável.

Eu estava cansada.

Toda nova mãe passa por isso, Blythe. Sei que é difícil. Eu lembro.

Mas sua mãe devia estar preocupada, porque contratou a enfermeira sem nem perguntar, e pagava o salário dela. Já tinham se passado três semanas e a bebê não dormia mais de uma hora e meia por vez. Ela só queria era mamar e chorar. Meus mamilos pareciam carne moída crua.

Você mal via a enfermeira — na maior parte das noites, já estava dormindo quando ela chegava. A enfermeira me trazia a bebê a cada três horas, nem um minuto antes ou depois. Eu ouvia os passos pesados dela se aproximando da porta e deixava, sobressaltada, as gloriosas profundezas do sono para botar o seio para fora da camisola, mal abrindo os olhos. Eu devolvia a bebê quando acabava. A enfermeira a levava de volta ao quarto e a fazia arrotar, trocava a fralda e a embalava, então a punha para dormir no bercinho. Raramente trocávamos uma palavra, mas eu a amava. Precisava dela. A enfermeira veio por quatro semanas, até que sua mãe me disse ao telefone, com a voz firme porém delicada: "Querida, já faz um mês. Agora você precisa fazer isso sozinha".

Em seu último turno conosco, a enfermeira trouxe a bebê até nosso quarto para a primeira mamada da manhã, antes de ir embora. Mas ela não saiu do quarto, como costumava fazer. Você roncava ao meu lado.

"Ela é uma gracinha, não é?", eu sussurrei para a mulher. Então me ajeitei para aliviar a dor nas hemorroidas que não me deixavam, depois ajustei o mamilo na boca da bebê. Não sabia se ela era uma gracinha, mas parecia algo que uma nova mãe diria do corpinho quente e cor-de-rosa que havia trazido ao mundo.

A enfermeira pairava sobre nós, olhando para Violet e para meu mamilo marrom enorme enquanto ela tentava pegá-lo de novo. Ainda não tínhamos nos acertado, e espirrou leite no rosto da bebê. A enfermeira não disse nada.

"Não acha que ela é boazinha?" Talvez a mulher não tivesse me ouvido. Fiz uma careta. Violet mamava de novo. A enfermeira deu um passo atrás e ficou observando, como se tentasse entender alguma coisa.

"Às vezes ela arregala os olhos e olha diretamente para mim, como se..." Ela deixou a frase morrer no ar, então balançou a cabeça e sugou por entre os dentes.

"Ela é curiosa. É atenta", eu disse, usando palavras que havia ouvido outras mães usarem. Não tinha certeza do que aquela mulher estava sugerindo.

Ela ficou ali, imóvel e em silêncio, enquanto eu dava de mamar. Depois de algum tempo, assentiu com a cabeça. Tempo demais. Eu me perguntava se ela queria dizer algo. Quando Violet terminou de mamar, a enfermeira a pegou em silêncio e deu tapinhas no meu ombro. Ela saiu para pô-la no berço, e eu nunca mais a vi.

Você ficou irritado porque levou semanas para o cheiro do spray de cabelo daquela mulher deixar o quarto da bebê, mas às vezes eu entrava lá só para senti-lo.

12

Um mês com a enfermeira noturna ajudou. Violet e eu emergimos da névoa e encontramos uma rotina. Eu focava bastante naquela rotina. Nosso dia era amparado por dois momentos: você saindo para trabalhar e você chegando em casa. Eu só precisava mantê-la viva naquele meio-tempo. Uma coisa por dia — esse era sempre meu objetivo. Algumas compras. A consulta pediátrica. Trocar um macacão que eu havia comprado e ficara pequeno antes que ela pudesse usá-lo. Café com muffin. Eu me sentava em um banco no parque frio e focava nos pedaços secos de farelo enquanto olhava para ela, toda encapotada, e esperava pelo horário da soneca.

Eu tinha conhecido um pequeno grupo de mulheres na aula de exercícios pré-natais que haviam tido bebê mais ou menos na mesma época. Não éramos íntimas, mas em algum momento me incluíram num grupo de e-mails. Elas me convidavam para uma caminhada ou para almoçar em algum lugar que pudesse acomodar nossa brigada de carrinhos. Você adorava quando eu marcava algo com elas — estava ansioso para que eu fosse como as outras mães. Era mais por sua causa que eu ia. Para mostrar que era normal.

Assim como o dia a dia de cada uma, nossas conversas

seguiam uma rotina mundana. Como, quando e onde os bebês haviam dormido, quando comiam e em que quantidade, o plano de introdução de alimentos sólidos, a creche ou a babá, que geringonças elas tinham comprado sem as quais não poderiam viver e que todas precisávamos comprar também. Até que chegava a hora da soneca de um dos bebês, que só era permitida no berço em casa, de modo a não perturbar a programação arduamente conquistada. Então arrumávamos nossas coisas e íamos embora. Às vezes, enquanto pagávamos a conta, eu reunia coragem para dizer o que realmente se passava na minha cabeça. Jogava uma isca, algo como:

"Às vezes é bem difícil, né? Toda essa coisa de maternidade."

"É. Às vezes. Mas é a coisa mais recompensadora que a gente vai fazer na vida, né? Vale *muito* a pena só de ver o rostinho deles pela manhã." Eu estudava aquelas mulheres de perto, tentando desvendar suas mentiras. Elas nunca entregavam nada. Nunca davam um passo em falso.

"Com certeza." Eu sempre parecia concordar. Mas então ficava encarando Violet no carrinho por todo o trajeto até em casa, me perguntando por que ela não parecia a melhor coisa que já tinha me acontecido.

Uma vez, semanas depois de ter parado de encontrar aquelas mulheres, passei pela vitrine de um café. No balcão que dava para a rua, uma mãe olhava para o bebê. Devia ter três ou quatro meses, só um pouco mais novo que Violet. Ele pendia para trás nas mãos da mulher, olhando de volta para ela. A boca da mãe não se movia. Nenhuma palavra de conforto saía dos lábios dela. *Você é o bebezinho da mamãe, meu bebezinho lindo. É um menino bonzinho, não é?* Em vez disso, ela virava o bebê levemente para um lado, então para o outro, como se estivesse verificando uma cerâmica em busca de marcas de imperfeição.

Fiquei um tempo do lado de fora da vitrine, observando os dois à procura de amor, de arrependimento. Imaginei a vida que aquela mulher tivera antes de o bebê a obrigar a escolher entre um apartamento desordenado e abafado que cheirava ao leite azedo dela e a vitrine solitária de um café.

Entrei, pedi um latte que não queria e fui me sentar na banqueta ao lado dela. Violet dormia no carrinho, e eu o empurrava para a frente e para trás com cuidado, para que não acordasse. A alça da bolsa com as coisas dela escorregou do carrinho e a mamadeira caiu e saiu rolando pelo chão. Eu a peguei e resolvi não limpar o bico. Sentia uma onda de poder quando tomava decisões clandestinas como aquela, decisões que outras mães não tomariam, porque não deviam tomar, como deixar a fralda molhada sem trocar por tempo demais ou pular a hora do banho de novo só porque eu não estava a fim. A mulher se virou para mim e trocamos um olhar. Não sorrimos, só reconhecemos que ambas tínhamos nos transformado em uma versão de nós mesmas que não parecia tão boa quanto o prometido. Um pouco de leite coalhado voltou à boca do bebê dela, e a mulher o limpou com um áspero guardanapo de papel.

"Época difícil, né?", eu disse, levantando o queixo na direção do bebê que olhava para ela, imóvel e sem expressão.

"Dizem que os dias são longos, mas os anos passam rápido." Assenti e olhei para meu próprio bebê, que começava a se mexer, enrugando o queixo. "Mas veremos", ela disse, seca, como se não acreditasse que sua experiência com o tempo pudesse mudar outra vez.

"Algumas mulheres dizem que ser mãe é sua maior conquista. Mas não sei. Não sinto que conquistei muita coisa ainda." Ri um pouco, porque de repente aquilo parecia pessoal demais. No entanto, eu precisava daquela mulher. Ela era tudo o que minhas amigas de almoço não eram.

"É uma menina?"

Eu disse a ela o nome de Violet.

"Harry", ela disse sobre o bebê dela. "Faz quinze semanas que ele chegou."

Ficamos em silêncio por alguns minutos. Então ela disse: "É como se ele tivesse simplesmente acontecido do nada, entrado com tudo no meu mundo, derrubando toda a mobília".

"É", eu disse, devagar, olhando para o bebê dela como se fosse uma arma. "Você é que quer, que gera, que dá à luz, mas são *eles* que acontecem com *você*."

A mulher tirou Harry da bancada e o colocou no carrinho. Ela enfiou o cobertor debaixo dele de qualquer jeito, como se estivesse fazendo a cama sem muito cuidado. Ainda não havia falado com o filho naquela vozinha cantarolada que as outras mães usavam, e eu me perguntei se em algum momento ela o fazia.

"Até mais", ela disse, e senti um peso no coração. Tinha medo de que não nos veríamos mais. Gaguejei, tentando encontrar alguma coisa para dizer que a mantivesse ali.

"Você mora aqui perto?"

"Na verdade, não. Moramos ao norte da cidade. Só vim para uma consulta."

"Vou te dar meu número", eu disse, com o rosto corado. Nunca me sentira muito confortável fazendo amigos. Mas, de repente, tive uma visão de nós duas trocando mensagens de madrugada, nos queixando com uma honestidade brutal e lamentando nossa existência.

"Ah. Claro. Vou anotar no celular." A mulher pareceu desconfortável, e eu já estava arrependida enquanto passava meu número. Ela nunca entrou em contato, e nunca mais nos esbarramos.

Ainda penso nela de vez em quando. E me pergunto se ela acabou sentindo que havia conquistado alguma coisa, se hoje olha para Harry e sabe que se saiu bem como mãe, que criou uma boa pessoa. Eu me pergunto como é essa sensação.

13

Ela sorriu para você primeiro. Depois do banho. Você estava usando seus óculos de leitura e disse que ela devia ter visto o próprio reflexo nas lentes. Mas ambos sabíamos que, desde o começo, ela gostava mais de você. Nunca consegui reconfortá--la como você fazia quando ela chorava — ela se derretia contra sua pele e parecia querer continuar ali, sendo parte de você. Meu calor e meu cheiro pareciam não significar nada para ela. Sempre falam das batidas do coração da mãe e do som familiar do útero, mas era como se eu fosse um país estrangeiro.

Eu o ouvia apaziguá-la com sussurros suaves até ela dormir. Eu estudava você. Imitava você. Você me disse que era tudo coisa da minha cabeça — eu estava exagerando sem motivo. Ela era só um bebê, e bebês não sabiam como não gostar de uma pessoa. Mas parecia que eram dois contra um.

Ficávamos juntas o tempo todo, então, sim, havia momentos inevitáveis nos quais ela cedia, pegando no sono contra o meu peito ou mamando. Para você, era a prova de que eu estava errada. *Está vendo, meu bem? Só relaxa e ela vai ficar bem.* Eu acreditava em você. Tinha que acreditar. Passava o nariz pelos cabelos finos da cabecinha dela e inspirava. Aquele cheiro me fazia bem. Era um lembrete de que ela tinha vindo de dentro de mim. De que já havíamos sido ligadas por um cordão de sangue, vivo e pulsante. Eu fechava os olhos e repassava mentalmente a noite em que ela chegara. Procurando com os olhos e com o tato nossa conexão. Naquelas primeiras horas. Eu sabia que tinha estado ali. Antes dos mamilos rachados e sangrando, antes da exaustão completa, da dúvida paralisante, do entorpecimento insuportável.

Você está se saindo muito bem. Estou orgulhoso. Às vezes você me sussurrava essas coisas no escuro, enquanto eu amamentava. Você tocava a minha cabeça e a dela. Suas meninas. Seu mundo. Eu chorava quando você deixava o cômodo. Não queria ser o eixo em torno do qual vocês dois giravam. Não tinha mais nada a dar a vocês, e nossa vida juntos havia apenas começado. Por que eu tinha feito aquilo? Por que a quisera? Por que imaginara que eu seria diferente da mãe que me dera à luz?

Pensei em maneiras de fugir. Ali, no escuro, enquanto meu leite fluía e a poltrona balançava. Pensei em devolvê-la ao berço e ir embora no meio da noite. Pensei em onde estava meu passaporte. Nas centenas de voos listados nos quadros de partida do aeroporto. Em quanto dinheiro eu conseguiria sacar de uma só vez no caixa eletrônico. Em deixar meu celular ali, na mesa de cabeceira. Em quanto tempo levaria para o leite secar, para meus seios se livrarem das provas de que ela havia nascido.

Meus braços tremiam diante da possibilidade.

São pensamentos que nunca deixei escapar dos lábios. São pensamentos que não ocorrem à maioria das mães.

14

Eu tinha oito anos, e já havia passado da hora de ir para a cama. Eu estava de pé no corredor, de camisola, ouvindo meus pais brigarem na sala.

Eu ouvira o som de vidro quebrando. Sabia que tinha sido o bibelô da mulher dançando em um vestido sulista e segurando uma sombrinha. Não estava certa de sua origem — talvez tivesse sido um presente de casamento. Os dois começaram discutindo por causa de algo que ele encontrara no bolso dela, depois pelas idas dela à cidade, depois alguém chamado Lenny, e então eu. Meu pai achava que eu estava me tornando quieta demais, retraída demais. Que um pouco mais de atenção da parte dela, mesmo que de vez em quando, me faria bem.

"Ela não precisa de mim, Seb."

"Você é a mãe dela, Cecilia."

"Ela estaria melhor se eu não fosse."

Quando minha mãe começou a soluçar, a chorar de verdade, algo que eu nunca a ouvira fazer, apesar dos embates em que ambos se lançavam quase toda noite, eu me virei para voltar ao quarto. Meu rosto estava quente e o som agudo e hostil da voz dela fazia meu estômago se retorcer. Então ouvi meu pai mencionar o nome da minha avó. Ele disse: "Você vai acabar como Etta".

Os passos do meu pai se dirigiram para a cozinha. Ouvi o fundo pesado de dois copos de vidro tocando a bancada, então uísque sendo servido. A bebida a acalmou. Eles tinham terminado. Eu conhecia aquela parte da rotina — o momento em que ela se cansava e meu pai bebia até cair no sono.

Mas, aquela noite, ela queria conversar.

Escorreguei as costas pela parede e me agachei no chão. Fiquei sentada ali pela próxima hora, ouvindo-a falar com ele, os fragmentos de seu passado queimando na minha mente pela primeira vez.

Aquela noite, meu pai dormiu no quarto com ela, o que raramente fazia. Quando acordei, já de manhã, a porta estava fechada. Fiz meu café da manhã e fui para a escola, e naquela noite os dois não brigaram. Estavam calmos e foram educados. Fiz a lição de casa. Vi minha mãe tocar as costas do meu pai ao colocar o prato de frango passado do ponto à frente dele. Meu pai agradeceu e a chamou de "querida". Ela estava se esforçando. Ele estava disposto a perdoar.

Nos anos seguintes, isso se tornou algo que eu fazia com frequência. Meu coração acelerava quando, da cama no andar de cima, eu ouvia o nome de Etta, sabendo que algo tinha feito minha mãe disparar a falar novamente. Eu mal respirava para poder ouvir cada palavra que ela dizia ao meu pai. Aquelas noites raras eram como presentes para mim, embora minha mãe nunca tenha ficado sabendo. Eu estava desesperada para saber quem ela era antes de se tornar minha mãe.

Eu comecei a compreender, durante as noites sem dormir, repassando mentalmente o que havia ouvido, que todos crescemos a partir de algo. Que levamos a semente adiante, e que eu era parte do jardim dela.

1964

Cecilia não conseguia dormir sem a boneca, Beth-Anne, mesmo já estando com sete anos. Amava-a mais do que qualquer coisa — seu cheiro, a sensação do cabelo sedoso entre os dedos enquanto pegava no sono. Procurou por ela freneticamente uma noite, tentando recordar onde a havia visto pela última vez. Etta gritou nervosa ao pé da escada do porão, e Cecilia soube que a havia irritado andando de um lado para o outro da casa quando deveria estar na cama.

"Ela está aqui embaixo, Cecilia!"

Havia uma pequena despensa de conservas no porão, mais ou menos do tamanho de um cercado para cachorros. Etta havia parado de fazer conservas anos antes, e eles já tinham acabado com quase tudo. Ela se agachou na entrada da despensa, com o traseiro empinado para a filha.

"Lá no fundo. Você deve ter colocado ali."

"Não coloquei nada! Odeio esse lugar!"

"Bom, eu não alcanço. Entra lá e pega."

Cecilia choramingou que ia sujar a camisola. Que não gostava dali. Mas conseguia ver Beth-Anne jogada no canto.

"Não seja tão medrosa, Cecilia. Se quer a boneca, vai pegar."

A menina ficou de quatro e Etta a empurrou. Cecilia caiu

para a frente e começou a se queixar, mas queria recuperar Beth-Anne, de modo que se inclinou lentamente na direção dos fundos daquela pequena e escura caverna. Os vidros de conserva alinhados nas paredes pareciam de água suja, e Cecilia teve dificuldade de respirar.

Algo rangeu atrás dela, mas as paredes da despensa ficavam próximas demais para que Cecilia se virasse. Então ela se deu conta de que o último feixe de luz que via refletido nos vidros a sua volta tinha sumido. Ela não conseguia respirar, e gritou por Etta. As pedrinhas sob seus joelhos se afundavam em sua pele quando ela se movimentava. Cecilia recuou e tentou abrir a porta de cimento aos chutes, mas estava emperrada.

Ela ouviu o telefone tocar na sala de estar. Os passos pesados de Etta subiram a escada. "Alô?", Cecilia a ouviu atender, e então tudo ficou em silêncio por um momento, até que a televisão foi ligada e a voz familiar do noticiário da noite surgiu. Cecilia voltou a ouvir a voz abafada de Etta falando ao telefone. Era setembro de 1964, e as descobertas da Comissão Warren estavam sendo reveladas. Como todo mundo, Etta estava obcecada pelo assassinato de JFK.

Etta não voltou. Henry forçou a abertura da porta da despensa depois que chegou em casa do trabalho. Ele puxou Cecilia pelos calcanhares. Ela arranhou os pulsos. Houve uma discussão quanto a levá-la ao hospital para ver se estava tudo bem. Ele achava que sua respiração estava rasa e que seus olhos não pareciam normais. Mas Etta venceu; eles ficaram em casa.

Henry ficou sentado perto da cama de Cecilia enquanto ela dormia. Pôs compressas frias em sua cabeça e não foi trabalhar na manhã seguinte. Eles não se falaram por dias. Henry tirou a porta da despensa do porão e levou as conservas restantes para a cozinha.

"Aquela porta sempre deu problema", ele disse, balançando a cabeça.

Uma semana depois, Etta sussurrou algo para Cecilia ao

retirar seu prato depois do jantar. Henry estava trabalhando. Elas ouviam as notícias no rádio da cozinha. A menina não conseguiu ouvir direito, mas achou que ela havia dito: "Eu ia voltar para te pegar, Cecilia". Etta levou os lábios à bochecha da menina e se demorou ali por um momento. Cecilia não pediu para Etta repetir o que dissera.

15

O tempo passa tão rápido. Aproveite cada momento.
Mães falam do tempo como se fosse a única moeda que existe.

Dá para acreditar? Dá para acreditar que ela já está com seis meses? Outras mulheres me diziam isso, quase cantarolando, empurrando os carrinhos para a frente e para trás na calçada enquanto os bebês dormiam sob cobertorzinhos finos e caros, as chupetas se movimentando. Eu baixava os olhos para Violet, que me encarava de onde estava deitada, agitando os punhos, com as pernas rígidas, querendo mais, mais, mais. Eu me perguntava como tínhamos chegado tão longe. Seis meses inteiros. Pareciam seis anos.

É o melhor trabalho do mundo, não é? A maternidade? Foi o que a médica me disse quando levei Violet para tomar vacina. A mulher tinha três filhos. Contei a ela sobre minhas hemorroidas recorrentes, do tamanho de uvas, sobre quanto tempo fazia que eu e você não transávamos, e como eu não pensara no seu pênis nem por um momento. Ela abriu um sorriso e ergueu as sobrancelhas — *É. Eu entendo. De verdade.* Como se eu fosse parte do clube agora, estando a par de verdades tácitas. Só não consegui dizer a ela que eu sentia que havia envelhecido um século desde que tinha dado à luz. Que Violet fazia cada hora que passávamos juntas mais longa. Que os meses se arrastavam tão lentamente que eu às vezes jogava água fria no rosto durante o dia só para ver se não estava apenas sonhando — e por isso o tempo não fazia mais sentido para mim.

Você pisca e de repente eles estão enormes. Viram umas pessoinhas fofas diante dos seus olhos. Violet parecia crescer tão devagar. Eu nunca notava uma mudança nela antes que você me mostrasse. Você me dizia que as roupas dela estavam pequenas demais, que deixavam a barriga aparecendo, que as calças já estavam quase pelos joelhos. Você guardava os brinquedos de bebê e no caminho de volta do trabalho comprava coisas que piscavam e emitiam som, coisas para pequenos humanos se desenvolvendo, aprendendo, pensando. Eu só tentava mantê-la viva. Estava focada na alimentação e no sono dela, nas gotinhas de probiótico de que eu nunca parecia me lembrar. Estava focada em sobreviver aos dias, que vinham rolando como pedras gigantescas, um atrás do outro.

16

Nós. Nenhum casal pode imaginar como será sua relação depois dos filhos. Mas há uma expectativa de que ambos passarão por isso juntos. De que serão um time e de que o trabalho em equipe é possível. A parte operacional funcionava. Nossa filha era alimentada, banhada, levada para passear, embalada, vestida e trocada, e você fazia tudo o que podia. Eu ficava com Violet o dia todo, mas assim que você entrava pela porta ela era sua. Paciência. Amor. Afeto. Eu era grata por tudo o que você lhe dava e que ela não queria de mim. Observava vocês dois e tinha inveja. Queria o que você tinha.

Mas esse desequilíbrio tinha um custo. Deixamos para trás nossa estimada e tranquila década de conforto. Agora, minha presença fazia você se retirar. Seu julgamento me deixava ansiosa. Quanto mais Violet recebia de você, menos você me dava.

Ainda nos beijávamos quando você chegava e conversávamos nas poucas noites em que saímos para jantar fora. Você sempre apoiava a mão na parte de baixo das minhas costas conforme nos aproximávamos do apartamento, do ninho que havíamos construído juntos. Tínhamos estabelecido certa rotina e ainda a cumpríamos. Mas havia ausências sutis. Paramos de fazer palavras cruzadas juntos. Você não deixava mais a porta do banheiro aberta enquanto tomava banho. Havia espaço onde antes não houvera, e nesse espaço, ressentimento.

Eu tentava melhorar. Ser pai tinha deixado você tão lindo. Seu rosto havia mudado. Era caloroso. Brando. Suas sobrancelhas se erguiam mais e sua boca estava sempre meio aberta quando ela estava por perto. De um jeito bobo. Você tinha se tornado uma versão mais radiante do homem que eu conhecera. Eu desejava que tudo isso acontecesse comigo também. Mas eu tinha endurecido. Meu rosto parecia raivoso e cansado, embora antes eu fosse cheia de vida, com maçãs do rosto altas e olhos azuis cintilantes. Eu parecia com minha mãe logo antes de ela me deixar.

17

Em algum momento em nosso sétimo mês juntas, Violet finalmente começou a dormir por mais de vinte minutos a cada vez. Eu voltei a escrever. Não contei isso a você — você insistia sempre para eu cochilar quando ela dormia durante o dia e, quando chegava em casa, perguntava se eu tinha descansado. Era a única coisa com que você se preocupava. Você me queria alerta e paciente. Me queria descansada, para eu poder cumprir com meus deveres. Antes, você costumava se preocupar comigo como pessoa — minha felicidade, as coisas que me faziam bem. Agora eu era uma prestadora de serviços. Você não me via como mulher. Eu era apenas a mãe da sua filha.

Então, na maioria dos dias, eu mentia para você, porque era o jeito mais fácil. Sim, eu cochilei. Sim, descansei um pouco. Mas, na verdade, eu vinha trabalhando em um conto. As frases jorravam de mim. Eu não me lembrava de outro momento em que as palavras fluíssem com tanta facilidade. Estava preparada para o oposto acontecer; outras escritoras com bebês alertavam para a energia drenada e o cérebro que não funcionava tão bem quanto antes, pelo menos no primeiro ano. Mas eu parecia ganhar vida quando ligava a tela do computador.

Violet acordava após duas horas, como um reloginho, e eu estava sempre mergulhada no trabalho — eu me sentia em outro lugar, física e emocionalmente. Adquiri o hábito de deixá-la chorar, prometendo a mim mesma que seria só por mais uma página. Às vezes, colocava fones de ouvido. Às vezes, uma página virava duas. Ou mais. Às vezes, eu escrevia por mais uma hora. Quando os berros se tornavam frenéticos demais, eu fechava o laptop e corria para ela, como se tivesse acabado de ouvi-la. *Ei, bom dia! Você acordou! Vem com a mamãe.* Não sei para quem era aquela encenação. Sentia-me profundamente constrangida quando ela me empurrava se eu tentava acalmá-la. Como podia culpá-la por me rejeitar?

Um dia você chegou mais cedo.
Eu não ouvi você entrando por causa dos gritos e da música nos fones de ouvido. Meu coração parou quando você girou minha cadeira. Você quase me derrubou. Correu para o quarto, como se a bebê estivesse pegando fogo. Prendi o fôlego enquanto o ouvia consolá-la. Ela estava histérica.

"Desculpa, desculpa", você dizia a ela.

Você se desculpava por eu ser a mãe dela. Era isso o que você estava fazendo.

Você não a trouxe para mim. Eu me sentei no chão do corredor, sabendo que as coisas entre nós nunca voltariam a ser como antes. Eu havia traído sua confiança. Tinha confirmado todas as dúvidas que você alimentara em silêncio.

Quando finalmente entrei, você a estava embalando na poltrona, de olhos fechados e com a cabeça jogada para trás. Ela estava de chupeta, soluçando.

Fui até a poltrona para pegá-la, mas você levantou o braço para me impedir.

"Que porra você estava fazendo?"

Eu sabia que não adiantava tentar me justificar. Nunca tinha visto suas mãos tremerem de raiva antes.

Fui para o chuveiro e chorei até a água ficar fria.

Quando saí, você estava fazendo ovos mexidos, com ela no colo.

"Ela acorda todo dia às três. Eram quatro e quarenta e cinco quando eu cheguei."

Fiquei olhando para a espátula que raspava a frigideira.

"Você a deixou chorar por mais de uma hora e meia."

Eu não conseguia olhar para nenhum de vocês.

"É assim todo dia?"

"Não", eu disse, firme. Como se assim pudesse salvar minha dignidade.

Ainda não tínhamos nos encarado. Violet começou a se agitar.

"Ela está com fome. Dá de mamar." Você a passou para mim, e eu obedeci.

Na cama aquela noite, você me deu as costas e falou, virado para a janela aberta:

"O que tem de errado com você?"

"Não sei", respondi. "Desculpa."

"Você precisa falar com alguém. Com um médico."

"Vou falar."

"Estou preocupado com ela."

"Fox. Por favor. Não fica."

Eu nunca a machucaria. Eu nunca a colocaria em perigo.

Por anos, até bem depois de ela ter começado a dormir a noite toda, eu acordava com o som de seu choro. Levava a mão ao peito e me recordava do que havia feito. Eu me lembrava da dor da culpa e da satisfação de ignorá-la, predominante. Da excitação de escrever a despeito da mistura de música e lágrimas. De como a página era preenchida depressa. De quão rápido meu coração batia. Da vergonha diante da sensação de ser exposta.

18

Minha mãe não aguentava ficar em espaços apertados. A despensa da casa onde moramos na minha infância não era utilizada, suas prateleiras empoeiradas eram pontilhadas pelas fezes dos ratos que entravam atrás de amendoim velho ou um saco de açúcar aberto. O galpão do quintal ficava trancado. A entrada do porão, que tinha teto baixo, ficava bloqueada por três sarrafos de madeira, fixados por pregos enferrujados que a própria Cecilia havia martelado.

Quando tinha oito anos, em um dia insuportavelmente quente de agosto, eu me sentei do lado de fora da nossa casa abafada enquanto via minha mãe fumar à mesa de plástico sobre a grama amarelada e seca que cobria nosso quintal de um lado ao outro da cerca enferrujada de tela de arame. O silêncio pairava no ar, como se nem mesmo os sons da vizinhança conseguissem atravessar o ar denso que eu tinha dificuldade em puxar para os pulmões. Mais cedo naquele dia, eu havia ido à casa dos Ellington, e a sra. Ellington tinha nos mandado para o porão, que era frio e úmido, e foi um alívio. Fizemos um piquenique ali. Ela nos levou um cobertor, ovos cozidos e suco de maçã em copos de papel com bexigas desenhadas que haviam sobrado da festa de aniversário de Daniel. Perguntei à minha mãe se podíamos descer ao nosso porão. Ela não podia tirar as tábuas? Não podíamos usar a parte de trás do martelo para arrancar os pregos, como papai havia feito para consertar a varanda da frente no fim de semana anterior?

"Não", ela retrucou. "Para de insistir."

"Mas mãe, por favor, estou me sentindo mal. Está quente demais em qualquer canto, menos no porão.

"Para de pedir, Blythe. Estou avisando."

"Vou morrer aqui fora, por sua causa!"

Cecilia me deu um tapa no rosto, mas sua mão escorregou no suor na minha bochecha, então ela tentou de novo. Só que daquela vez com a mão fechada e na boca. Direto e forte. Um dente se soltou e foi para a garganta. Eu tossi sangue na camiseta.

"Era um dente de leite", ela disse, enquanto eu olhava para minha palma. "Uma hora eles acabam caindo de qualquer forma." Ela apagou o cigarro em um trecho de terra em meio à grama quebradiça. Mas eu via em seus lábios cor de tangerina retorcidos que ela se sentia enojada consigo mesma. Ela nunca havia me batido. Então eu nunca sentira aquele conflito particular entre vergonha, pena de mim mesma e tristeza. Fui para o quarto, usei um panfleto de supermercado que chegara pelo correio como leque e fiquei deitada no chão, só de calcinha. Quando minha mãe veio, uma hora depois, tirou o leque da minha mão e alisou as dobras do panfleto, dizendo que precisava dos cupons para comprar coxas de frango.

Ela se sentou na minha cama, algo que raramente fazia. Não aguentava ficar muito tempo em meu quarto. Então pigarreou.

"Quando eu tinha sua idade, minha mãe fez algo muito cruel comigo. No porão. Por isso não consigo mais entrar lá."

Não me mexi. Pensei nas coisas que havia ouvido tarde da noite, enquanto ela chorava com meu pai. Meu rosto ficava vermelho ao ouvir os segredos dela. Vi seus pés descalços se esfregando um contra o outro, as unhas dos pés recém-pintadas de um vermelho-cereja bem forte.

"Por que ela era tão cruel com você?" Minha mãe devia poder ver meu coração pulando por baixo das manchas de sangue da camiseta.

"Tinha algo de errado com ela." Seu tom sugeria que a resposta devia ter sido óbvia. Ela rasgou o cupom das coxas de frango da parte de baixo do panfleto, e voltou a dobrar o resto em forma de leque. Estiquei o braço para tocar seu dedão, para sentir o esmalte liso, para senti-la. Eu nunca a tocava. Ela hesitou, mas não puxou o pé. Ficamos ambas olhando para meu dedo em sua unha.

"Desculpa pelo seu dente", ela disse, então se levantou. Recolhi a mão devagar.

"Já estava começando a amolecer."

Foi a primeira vez que ela me contou sobre Etta diretamente. Acho que pode ter se arrependido depois, porque foi ainda mais fria nas semanas seguintes. Mas me lembro de querer tocá-la de novo, de querer ficar perto dela, de ir até a lateral de sua cama pelas manhãs para passar um dedo suave por sua bochecha, depois sair na ponta dos pés quando ela começava a se mexer.

19

Decidi não escrever nos meses seguintes. Decidi focar em Violet.
    Minha médica não achava que eu sofria de depressão pós-parto, e eu também não. Eu tinha pego uma prancheta e respondido a uma série de perguntas na sala de espera:

    Você tem andando estressada ou preocupada sem motivo? *Não*
    Tem tido medo de coisas das quais costuma gostar? *Não*
    Anda tão infeliz que nem consegue dormir? *Não*
    Pensa em se ferir? *Não*
    Pensa em ferir seu bebê? *Não*

    Ela recomendou que eu reservasse mais tempo para mim mesma e voltasse a fazer coisas das quais gostava antes de ter a bebê. Como escrever. Mas eu sabia que você não aceitaria bem aquilo. Então eu te disse que ela me havia sugerido fazer exercícios e sair mais de casa antes do retorno em seis semanas. Comecei a passear com Violet pela manhã, assim que você saía de casa. Passávamos horas fora. Eu a levava até seu escritório no centro, e você fazia um intervalo para tomar um café com a gente. Você amava o modo como Violet gritava quando te via saindo do elevador, e amava me ver de rosto corado, como se estivesse me divertindo. Ela já tinha quase um ano àquela altura, e parecia excitada com o mundo que a cercava, então nos inscrevi em aulas de música e na natação. Você voltou a gostar de mim — aprovava aquela versão minha, e a sensação era boa. Eu tinha muito a provar. Nos mantínhamos ocupados. E eu ficava quieta.

Houve bons momentos? Claro que sim. Uma noite, pus música para tocar enquanto limpava a cozinha. Tinha comida em toda parte — em toda a minha roupa, no meu rosto e no chão. Ela ria na cadeirinha enquanto eu dançava com o batedor de ovos na mão. Ela esticou os braços para mim. Eu a peguei e girei pela cozinha, ela jogou a cabeça para trás e gritou. Percebi que nunca havíamos tido aquele tipo de experiência juntas — nunca tínhamos encontrado o conforto, a tolice, a diversão. A sra. Ellington e seu fantoche. Talvez pudéssemos ter aquilo também. Mas eu estava sempre procurando o que havia de errado conosco. Eu a enchi de beijos e ela se afastava e me encarava — estava acostumada com aquele tipo de afeto vindo apenas de você. Ela se aproximou do meu rosto com seus lábios úmidos abertos e soltou um *ahhhh*.

"É. Estamos tentando, certo?", sussurrei.

Você pigarreou. Estava nos observando da porta. Sorriu. Eu vi o alívio quando seus ombros relaxaram. Éramos o retrato da perfeição na cozinha. Depois de se trocar, você serviu duas taças de vinho, deu um beijo na minha cabeça e disse:

"Eu estava pensando... você devia voltar a escrever."

Eu tinha passado em qualquer que fosse o teste ao qual você me havia submetido. Queríamos desesperadamente que a vida fosse boa; ambos tínhamos esperança de que poderia ser. Enfiei o nariz no pescocinho grudento de Violet e peguei uma taça de vinho da sua mão.

20

"Ela falou. Juro por Deus. Repete." Ele se agachou e balançou os quadris dela. "Vai. *Mamãe*."

"Querido, ela tem onze meses. É cedo demais, não é?" Eu tinha acabado de reencontrar vocês no parque, levando café para nós dois. Estávamos cercados por outras novas famílias adorando seus filhos, em diferentes estágios do frio e do cansaço. Sorri para uma mãe que estava ali perto, agarrada a um lenço sujo. "Passamos o dia todo juntas, e ela nunca falou para mim."

"*Mamãe*", você repetiu. "*Mamãe*. Vai."

Violet fez beicinho e seguiu lentamente na direção dos balanços. "Neeeahhh."

"Não consigo acreditar que você perdeu. Foi bem quando saiu para comprar café. Ela apontou na sua direção e disse: *Mamãe. Mamãe.* Acho que umas três vezes, na verdade."

"Ah. Bom... isso é maravilhoso. Uau." Acho que você não mentiria sobre isso, mas era difícil acreditar. Você a colocou no balanço dos bebês.

"Pena que não gravei. Queria que você tivesse ouvido." Você balançou a cabeça e ficou olhado maravilhado para ela, sua pequena gênia, sacudindo-se no balanço para que você a empurrasse mais alto. Entreguei um café a você e enfiei a mão no bolso de trás do seu jeans, como eu costumava fazer. Nós nos sentíamos tão normais em meio a outras famílias como a nossa, matando o tempo em uma manhã de domingo, saboreando a cafeína.

"Mamãe!"

"Você ouviu?" Você se afastou do balanço com um pulo.

"Ah, meu Deus. Ouvi!"

"Fala de novo!"

"Mamãe!"

Derramei o café enquanto me inclinava para ela sobre a areia do parquinho. Agarrei a frente do balanço e a puxei para perto, dando um beijo em seus lábios molhados. "Isso! Mamãe!", eu disse a ela. "Sou eu!"

"Mamãe!"

"Eu te falei!"

Você apertou meus ombros por trás. Ficamos olhando para ela, e eu fingia fazer cócegas em seus pés quando o balanço vinha em nossa direção. Ela ria, dizendo meu nome de novo e de novo e observando nossa reação. Eu estava hipnotizada. Balançávamos juntos, ligeiramente, e eu estiquei o braço para sentir sua barba por fazer do fim de semana. Você virou meu rosto em sua direção e me beijou, depressa, feliz, despreocupado. Violet ficou nos olhando e repetiu. Ficamos assim pelo que pareceram horas.

Ela pegou no sono no carrinho quando voltávamos para casa. Fazia tanto tempo que eu não me sentia tão conectada com vocês, então me agarrei àquela alegria — à leveza em minhas pernas enquanto caminhávamos, à profundidade satisfatória de uma respiração longa e completa. Você a levou até o berço, tomando o cuidado de não a despertar, e eu tirei as botinhas de Violet enquanto ela dormia. Saí em direção à cozinha, para arrumar a bagunça que tínhamos deixado no café da manhã, mas você me puxou pelo braço. Me levou para o banheiro e ligou o chuveiro. Eu me recostei na bancada e fiquei observando enquanto você se despia.

"Vem. Entra comigo."

"Agora?" Pensei no meio abacate deixado na bancada da cozinha, nos restos de ovo na frigideira. Fazia tanto tempo que não nos tocávamos.

"Vem, *mamãe*."

Eu tinha acabado de entrar quando ouvimos a vozinha dela vindo do corredor. Ela estava acordando. Fiz menção de fechar a torneira, achando que você ia querer ir até lá antes que ela começasse a chorar.

"Fica, vamos ser rápidos", você sussurrou, já excitado, e eu fiquei. Os resmungos se tornavam mais urgentes, um lembrete de que ela estava ali, mas você não parou. Queria a mim mais do que a ela. Fiquei repugnada com a satisfação que aquilo representou enquanto trepávamos, com o tanto de tesão que me dava. Fiquei ouvindo-a através do eco da água. Queria escutar o lamento dela, imaginar você ignorando-a como eu às vezes fazia. Gozamos rápido e juntos, sob o fluxo fraco do chuveiro.

Você desligou a torneira assim que terminamos. Ela estava quieta. Ao contrário do que eu esperava, ela não começara a gritar, como fazia quando estava só comigo. Você me passou uma toalha como se fôssemos dois colegas de time no vestiário — antes, você costumava secar meu corpo devagar, era parte do que fazíamos juntos. Dava para ouvir a voz suave de Violet à distância, uma escala de sons sem sentido, e eu a visualizei deitada de costas, com as pernas no ar, puxando os dedos suados dos pés. Era como se ela soubesse que logo você estaria lá para pegá-la. Você enrolou uma toalha na cintura, beijou meu ombro nu e foi atrás dela.

De volta à cozinha, você fez queijo-quente para nós dois enquanto eu limpava a sujeira do café. Você cantarolava e me tocava sempre que eu estava a seu alcance. Ela falava de novo e de novo, então esperava pela sua reação, chutando o ar do cadeirão: *Mamãe. Mamãe.*

1968

Etta nem sempre era imprevisível. Havia épocas em que ela sabia parecer e agir como o tipo de pessoa que se espera que uma mãe seja. Cecilia sentia que não era fácil para ela — às vezes percebia isso no modo como as mãos de Etta tremiam de nervoso quando outra mãe batia à porta deles para dar um oi, ou quando Cecilia lhe pedia para fazer uma trança no cabelo. Àquela altura, ninguém ficava mais de olho em Etta. A verdade era que todos haviam desistido. No entanto, algo dentro de Etta fazia com que, mesmo assim, ela tentasse. Às vezes funcionava, às vezes não. Cecilia sempre torcia por ela.

Quando a menina estava no sexto ano, marcaram um baile na escola para depois das férias de Natal, mas ela não tinha um vestido apropriado — eles não iam à igreja ou a muitas festas. Não era o tipo de coisa com que Cecilia se importava ou que a faria reclamar, mas Etta prometeu fazer algo especial para ela. Cecilia ficou sem palavras — nunca tinha visto a mãe fazer nada. No dia seguinte, Etta voltou da loja de tecidos e gritou para o andar de cima:

"Cecilia, vem ver!"

Ela tinha um molde em papel de seda de um vestido tubinho e alguns metros de algodão amarelo-escuro. Cecilia ficou parada enquanto Etta media o corpo magro e comprido da filha, tão diferente do seu próprio. Para Cecilia, era como se uma desconhecida a tocasse enquanto as mãos da mãe corriam pela parte interna de sua coxa, envolviam sua cintura fina, subiam até seus ombros. Etta anotou as medidas em um guardanapo e declarou que o vestido ficaria lindo.

Uma velha máquina de costura fora deixada pelos proprietários anteriores do imóvel no armário do corredor, e Etta a levou para a mesa da cozinha. Ela trabalhou no vestido por cinco noites seguidas, durante as quais o barulho do motor antigo da máquina manteve Cecilia acordada até bem tarde. Pela manhã, havia sempre alfinetes e fios soltos espalhados na mesa. Etta descia com os olhos cansados e não os tirava do vestido enquanto o mostrava para Cecilia. O projeto lhe deu um senso de propósito que a filha nunca vira nela. E deixava menos espaço, Cecilia sabia, para a raiva e a tristeza.

Na manhã do baile, Etta acordou cedo e entrou no quarto de Cecilia com o vestido. Estava terminado — passado e drapeado na manga. Ela o segurou contra os ombros de Cecilia e passou as mãos pela cintura baixa e pela saia plissê. Tinha detalhes em seda no decote e nas mangas.

"O que achou?"

"Eu amei." Era o que Etta queria ouvir, claro, mas Cecilia tinha realmente amado. Era a coisa mais linda que ela possuía, e a única que outra pessoa lhe havia feito na vida. Ela se imaginou entrando na classe aquele dia, a cabeça das outras meninas se virando para olhar em descrença e inveja.

Cecilia virou de costas e tirou a camisola. O zíper do vestido estava duro, mas ela conseguiu baixá-lo e enfiou as pernas. Cecilia puxou o vestido e sentiu as costuras contra a pele. A cintura era justa e pegava em sua bunda, impedindo o vestido de subir mais. Ela o girou em torno do corpo e tentou puxá-lo com mais força. Mas ele não cedia.

"Coloca os braços. Anda."

Cecilia tentou se contorcer para enfiar os braços nas mangas, mas estava apertado demais. As duas ouviram o som do tecido rasgando.

"Vem aqui." Etta a puxou para mais perto e forçou e esticou como se estivesse vestindo uma boneca. Ela baixou o vestido pelas pernas de Cecilia e depois tentou colocá-lo por cima. Não dizia uma palavra. Cecilia deixou que ela brigasse com o vestido e a chacoalhasse como quisesse. A testa de Etta estava coberta de suor e seu rosto havia assumido um tom de vermelho mais profundo que o normal. Cecilia fechou os olhos com toda a força.

Etta acabou soltando Cecilia e se endireitando.

"Você vai usar esse vestido, Cecilia."

A aflição tomou conta de Cecilia. Ela não poderia usá-lo, ela sequer conseguia entrar nele.

Quinze minutos depois, ela desceu para a cozinha usando a calça bege de sempre e uma blusa de gola rulê azul. Não olhou para Etta. Sentou-se à mesa e pegou a colher.

"Volta lá e coloca o vestido."

"Você viu. Não serve." O coração de Cecilia disparou.

"Faz servir. Sobe lá. Agora."

Cecilia se perguntou se Henry a ouviria. Deixou a colher de lado enquanto decidia o que fazer.

"AGORA."

A menina podia ouvir a respiração pesada de Etta atrás de si. Podia sentir a raiva da mãe se insinuando por sua espinha. Tentou identificar os passos de Henry, torcendo para que ele descesse logo.

"AGORA!"

Então, Cecilia percebeu pela primeira vez que tinha certo poder sobre Etta. Ela podia deixá-la nervosa. Podia fazê-la perder o controle. Poderia subir e fingir tentar de novo, mas queria saber até onde Etta iria caso ela a ignorasse. Estavam trocando tiros.

"AGORA, CECILIA."

Etta estava tremendo. Ela gritou de novo. Agora! Agora! Toda vez que gritava, a raiva circulava por seu corpo, como uma droga. Cecilia podia ver a vergonha em seu rosto quando o barato passava.

Muitos anos depois, ela mesma conheceria a sensação.

Henry chegou à cozinha bem quando Etta voltava a abrir a boca. De alguma maneira, ela conseguiu se acalmar para lhe servir o café. Cecilia correu porta afora, sem o vestido.

Ela esperou escurecer para voltar para casa naquele dia, querendo garantir que Henry estivesse lá. Etta nem olhou para ela. A menina foi para cima e viu que a mãe havia pego o vestido do quarto. Alguns minutos depois, Etta estava à porta de Cecilia, com o tecido amarelo dobrado nas mãos. Ela se sentou na cama e esticou o vestido aberto. Ela o havia descosturado e acrescentado emendas nas laterais. Parecia quadrado e torto, mas ela havia tentado.

"Você pode guardar para o próximo baile."

Cecilia pegou o vestido e correu os dedos pelo acabamento em seda, depois a abraçou. Etta ficou rígida em seus braços.

Alguns meses depois, Cecilia usou o vestido no baile de encerramento do ano letivo. Ela ficou sentada no canto do ginásio, desconfortável, tentando esconder o caimento ruim. Não se trocou quando chegou em casa — usou o vestido durante todo o jantar. A mãe não fez nenhum comentário, tampouco Henry, e ela nunca mais usou o vestido.

21

A festa era mais para nós do que para ela. Um ano inteiro como pai e mãe. Comprei um monte de balões em tons pastéis com um número 1 metálico gigante no meio e pratinhos de papel com as bordas onduladas. Os canudos eram de bolinhas. Sua mãe deu uma jardineira linda de algodão amarelo-manteiga e uma meia-calça de lã com babados no bumbum. Violet parecia uma patinha, perambulando pela sala, com os lábios cor-de-rosa e úmidos produzindo bolhas de saliva conforme balbuciava para seus convidados. Seu pai a seguia, agachando-se apesar dos joelhos ruins para registrar cada movimento dela.

Comprei um bolo na padaria onde costumava levá-la para um agradinho durante nossos passeios. Cobertura branca de baunilha com granulado colorido por cima. Ela gritou e bateu palmas quando o coloquei na bandeja do cadeirão, com os olhos fixos na única vela acesa.

"Eba!", ela disse. Claro como o dia.

"Eu gravei!", disse seu pai, segurando a câmera digital. Sua mãe a cobriu de beijos e sua irmã, que raramente víamos mas que havia pego um voo de cinco horas para vir à festa, amassou papel de seda para fazê-la rir. Grace, que havia trazido consigo uma garrafa de tequila, cortou e serviu o bolo. Ficamos olhando para todos eles da poltrona confortável da sala, eu no seu colo, você me abraçando.

"Conseguimos", você sussurrou, e inalou meu cheiro lentamente, seu nariz fazendo cócegas na minha nuca. Assenti e tomei um gole da sua cerveja. Violet parecia angelical no cadeirão, seu público estava arrebatado, seu rosto todo sujo de cobertura. Senti seu nariz no meu pescoço de novo. Tomei outro gole e depois te fiz levantar.

"Vamos tirar uma foto juntos."

Ficamos à luz natural das janelas do apartamento, eu segurando Violet no colo, entre nós dois. Ela estava incomumente dócil, e eu a aproximei de mim para dar um beijo em sua bochecha açucarada. Sorrimos enquanto as fotos eram tiradas. Você imitou um pato para fazê-la rir. Eu a segurei acima de nossas cabeças enquanto gritávamos uma para a outra, com a boca bem aberta. Nós três, exatamente como deveríamos ser.

22

Pouco depois do primeiro aniversário dela, Violet voltou a não dormir a noite toda.

Você nunca a ouvia de imediato, e às vezes sequer acordava, mas parecia que meus olhos se abriam alguns segundos antes que ela começasse a resmungar no bercinho do quarto mais adiante no corredor. Aquilo me enervava toda vez, o lembrete de que ela ainda era parte de mim, fisicamente falando. A cada duas horas, ela chorava querendo a mamadeira. Depois de algumas semanas, passei a posicionar seis delas, cheias de leite, na grade do bercinho, esperando que ela as encontrasse quando quisesse. Mas não deu certo.

Não consigo fazer isso, eu pensava toda vez que ela me acordava. *Não vou sobreviver a isso de novo.*

Eu abria a porta do quarto dela, punha uma mamadeira em sua mão e ia embora.

"Não é ruim deixar todo esse leite parado, por causa das bactérias? Não é perigoso?", você perguntou quando descobriu o que eu estava fazendo.

"Não sei." Devia ser, mas eu não me importava. Só precisava que ela voltasse a dormir.

Aquilo se prolongou por meses, e me deixou devastada.

Eu acordava com uma dor de cabeça pela manhã que vinha de trás dos olhos e parecia retardar meus pensamentos. Eu evitava falar com outros adultos, por medo de não dizer coisa com coisa. Meu ressentimento de vocês dois proliferou. Eu odiava ouvi-lo respirar profunda e regularmente quando eu voltava para a cama, e às vezes puxava o lençol na esperança de tirá-lo do lugar onde eu queria desesperadamente estar.

Sugeri que Violet ficasse na creche alguns dias por semana. Você tinha dito logo no começo, antes mesmo que ela nascesse, que não gostava da ideia de creche. Sua mãe havia criado os filhos em casa até completarem cinco anos e irem à escola. Você queria o mesmo para os seus filhos. Eu tinha concordado, cegamente, de todo o coração. Faria o que você achava que mães perfeitas faziam.

Mas isso tinha sido antes.

Encontrei um lugar a três quarteirões de casa que tinha vaga para o outono. Eu ouvira pessoas elogiando o lugar, que tinha câmeras para os pais poderem assistir a tudo remotamente. A verdade era que eu às vezes ficava triste pelos bebês de creche, quando os via alinhados como ovos na bandeja em seus carrinhos coletivos, empurrados pela cidade por funcionários cansados e mal pagos, em busca de alguma distração. Mas havia pesquisas positivas sobre bebês em ambientes educacionais — maior socialização, mais estímulos, desenvolvimento acelerado etc. Eu te enviava os artigos de tempos em tempos. No jantar, tomava o cuidado de enfatizar o conflito interno que você queria que eu tivesse. Talvez Violet precisasse de mais estímulo agora. Talvez já fosse a hora. Mas talvez fosse melhor ficar em casa. Por causa da soneca e tudo o mais. *O que você acha?*, eu perguntava, fingindo preocupação, embora ambos soubéssemos a resposta pela qual eu ansiava.

"Vamos esperar para decidir quando ela estiver dormindo melhor", você argumentava. "Você só está cansada agora. Sei que é difícil, mas *vai* passar." Você teve a coragem de dizer isso enquanto se vestia para o trabalho, com o rosto radiante, o cabelo recém-cortado. Eu o ouvira cantando no chuveiro aquela manhã.

Eu estava infeliz. Ambas estávamos, aparentemente. Ela ficava mal-humorada quando estava só comigo. Não me deixava segurá-la mais. Não queria que eu me aproximasse. Na maior parte dos dias, ficava irritadiça e incomodada quando estávamos sozinhas, e nada a acalmava. Ela gritava tão alto quando eu a pegava que eu imaginava nossos vizinhos se sobressaltando na hora. Quando estávamos em público, no mercado ou no parque, outras mães às vezes perguntavam se havia algo que pudessem fazer para ajudar, com uma voz de quem compreendia. Eu me sentia humilhada — elas tinham pena de mim ou por ter dado à luz uma criança como Violet ou por ser o tipo de mãe que parecia fraca demais para sobreviver a ela.

Começamos a passar a maior parte do tempo em casa, embora eu mentisse quando você voltava do trabalho e pedia um relatório sobre o nosso dia, enquanto ela subia avidamente no seu colo. Confinada ao nosso apartamento, ela se movimentava por ele como um escorpião, procurando coisas para enfiar na boca — punhados de terra das plantas, as chaves na minha bolsa, o recheio que ela arrancava dos nossos travesseiros. Às vezes ela se engasgava e quase sufocava. Quando eu tirava o que estivesse em sua boca, Violet se agitava como um peixe fora d'água e depois ficava imóvel. Como se estivesse morta. Meu coração parava. Ela arregalava os olhos, então vinha um grito lá do fundo, tão repulsivo que fazia meus olhos arderem com o acúmulo de lágrimas.

Eu estava tão decepcionada por ela ser minha.

Eu sabia que parte de seu comportamento podia ser classificado como normal. Você desconsiderava, dizendo que era só uma fase, mau humor infantil, sintomas de um salto de desenvolvimento. Deve ser isso, eu tentava me convencer. Mas faltava a ela a doçura e o carinho de outras crianças da mesma idade. Ela demonstrava afeto muito raramente. Não parecia feliz — não mais. Eu via uma aspereza dentro dela que às vezes parecia fisicamente dolorosa. Era visível em seu rosto.

Fazíamos piada sobre crianças pequenas com outras pessoas que tinham filhos, como os pais costumam fazer em busca de algum conforto. Nós nos solidarizávamos com as mesas próximas, todos jantando cedo e depressa em restaurantes com cadeirões pegajosos. Eu minimizava quão ruim nossa filha podia ser, sabendo que você queria que eu agisse assim. Eu concordava, como supostamente deveria, que os momentos de intervalo no caos compensavam todo o resto. Mas Violet era um ciclone. E eu tinha cada vez mais medo dela.

Eu precisava desesperadamente de mais tempo para mim. Queria uma folga dela. O que me parecia um pedido razoável, mas você me fazia sentir como se ainda precisasse me provar para você. Sua dúvida persistente, embora silenciosa, pesava tanto que às vezes era difícil respirar perto de você.

Eu só conseguia escrever quando ela dormia, mas suas sonecas nunca duravam muito, então voltamos à nossa rotina secreta, ainda que eu tivesse prometido a mim mesma que nunca voltaria a fazer aquilo com ela. Eu deixava que acontecesse apenas algumas vezes por semana. E sempre a compensava — com um biscoito durante o passeio à tarde, ou um banho longo e gostoso.

Eu sabia que aqueles dias estavam contados — ela logo seria capaz de falar, de contar a você o que havia acontecido durante o dia, e então eu perderia o poder que vergonhosamente detinha. Talvez eu usasse aquilo para me justificar. Meu comportamento era patológico. Mas eu não conseguia parar de puni-la por estar ali. Era muito fácil colocar os fones e fingir que ela não existia.

Houve um dia particularmente difícil. Violet ficava nervosa toda vez que eu me aproximava, chutando e estapeando. Ela bateu a cabeça contra a parede e então olhou para mim, para ver o que eu faria. Então fez de novo. Ela não tinha comido o dia todo. Eu sabia que estava faminta, mas ela não deixava nenhuma comida entrar em sua boca, só porque era eu quem estava oferecendo. Durante todo o tempo em que ela dormira, eu chorara, procurando na internet por sinais precoces de distúrbios de comportamento e em seguida deletando o histórico de pesquisa do navegador. Não queria que você descobrisse, porque não queria ser uma mãe com aquele tipo de filho.

Violet cedeu minutos antes de você chegar, como se conseguisse ouvi-lo sair do elevador. Eu a peguei no colo enquanto arrumava a sala. Ela se manteve rígida. Quieta. Tinha um cheiro meio azedo. Eu sentia sua roupinha áspera contra o braço, o algodão puído por muitas lavagens.

Eu a entreguei a você, que ainda vestia o belo suéter com que fora trabalhar. Expliquei o vergão na cabeça dela. Não me importava se você acreditava ou não.

"Querida." Você tentou rir para refrear seu julgamento enquanto fazia cócegas nela, sobre o carpete. "Ela é tão ruim assim? Achei que as coisas estivessem melhorando."

Joguei-me no sofá. "Não sei. Estou tão cansada."

Eu não podia lhe contar a verdade: que eu desconfiava que havia algo de errado com nossa filha. Para você, o problema era eu.

"Toma." Você a entregou a mim. Ela chupava um pedaço de queijo que você tinha lhe dado. "Ela está calma. Está bem. Só dá um abraço nela. Mostra que a ama."

"Fox, não se trata de amor. Ou de afeto. Eu tento isso o tempo todo."

"Só segura ela."

Eu a pus no colo e esperei que me rejeitasse, mas ela só ficou sentada ali, satisfeita, chupando o queijo empapado. Ficamos olhando enquanto você abria sua pasta. "Dada", ela disse. "Baba."

Você deu a ela a mamadeira que estava sobre a mesa de centro e ela se aconchegou em mim.

"Acho que você não entende", falei, baixo, tomando cuidado para não perturbá-la. Seu peso sobre meu corpo era reconfortante, e comecei a me acalmar. Eu me sentia como alguém experimentando o contato humano de novo depois de ter ficado à deriva no mar. Passei o dedo por sua testa, penteando a leve franja para trás. Violet deixou que eu a beijasse. Ela afastou a mamadeira da boca e suspirou — estávamos ambas muito cansadas de brigar uma com a outra.

"Você está dormindo durante a soneca dela?" Você também falava baixo, avaliando-nos.

"Não consigo", eu soltei, toda a calma se esvaindo do meu peito. Ela se afastou de mim. "Tenho coisa demais para fazer. Roupa para lavar. Estou tentando escrever. Minha mente não para de girar."

Joguei a mamadeira na mesa de centro e espirrou leite nas páginas que eu havia imprimido. Eu tinha pensado em mostrá-las a você naquela noite — fazia bastante tempo que não me perguntava no que eu estava trabalhando. Vi as gotas de leite pingando do bico de borracha, caindo sobre minhas frases, manchando a tinta.

Você trocou de roupa, voltou e se jogou ao meu lado no sofá. Deu tapinhas na minha coxa. Houve uma época em que eu perguntava sobre seu dia. Não discutíamos a tristeza da distância que tinha voltado a surgir entre nós ao longo dos últimos meses. Eu estava disposta a deixá-la apodrecer no pano de fundo, e aparentemente você também.

"O que é isso?" Você apontou para as páginas molhadas.

"Nada."

"Pode reservar a vaga na creche, se quiser. Mas só três vezes por semana, está bem? Não previmos esse gasto." Você coçou a testa.

Dei o meu melhor no resto da semana. Mas voltamos ao

nosso combate diário. Ela começou na creche na segunda-feira seguinte, e ainda posso sentir a enorme sensação de alívio que tomou conta de mim quando a coloquei sobre o tapetinho de boas-vindas. Violet ficou olhando para as galochas amarelas que usava até que a professora pegou sua mão. Não olhou para mim quando me despedi, e eu não olhei para trás enquanto me afastava pelo gramado molhado e saía pelo portão.

23

Sua mãe deu a Violet a primeira boneca dela.

"O instinto maternal começa cedo", ela disse, enquanto desembrulhava o peixe fresco do mercado e apontava para Violet no chão. A cabeça de plástico da boneca estava enfiada debaixo do braço dela. Não a tinha soltado desde que a ganhara. *Beeebêê*, Violet cantava de novo e de novo, e cutucava os olhos arregalados da boneca, fazendo bater os cílios, mais grossos que os meus. A boneca tinha um cheiro artificial de talco e estava vestida com um macacão cor-de-rosa.

Tomei meu vinho enquanto sua mãe preparava o jantar — ela insistira em fazer lombo de salmão com calda de bordo, embora eu tivesse sugerido pedir alguma coisa. Violet trouxe a boneca até mim e a colocou no meu colo. "Mamãe. Bebê."

"Sim, querida. Ela é linda." Embalei e beijei a boneca enquanto Violet olhava. "Sua vez."

Ela se esticou para pousar a boca aberta sobre a cabeça careca da boneca. Eu nunca a tinha visto tão afetuosa, a não ser com você, ainda que não quisesse dar a sua mãe a satisfação de dizer aquilo.

"Boa menina. Beijinho."

O cheiro de peixe enchia o apartamento. Seu pai levara

você a um jogo de hóquei. Ele e sua mãe passariam três noites na cidade. Em um hotel. Questão de espaço, eu tinha dito, embora tivéssemos comprado um sofá-cama só para eles quando nos mudamos. Eu continuava muito cansada, embora Violet estivesse dormindo melhor — ficava tensa demais com a ideia de ter sua mãe em casa por todo aquele tempo. Meus sentimentos em relação a ela eram complicados. Eu precisava desesperadamente de ajuda, da ajuda de quem quer que fosse, mas tinha acabado por me ressentir da habilidade dela, de como a vida inteira ela fizera tudo parecer tão simples para você.

"Como nossa menininha está se saindo na creche?"

"Bem, eu acho. Ela parece gostar bastante dos professores. Aprendeu muito em poucas semanas."

Ela encheu minha taça e se inclinou para beijar Violet.

"E você?", sua mãe perguntou.

"Eu?"

"Tem aproveitado o tempo livre?"

Ela passara quase duas décadas cuidando de você e da sua irmã em casa. Assando tortas. Dirigindo a associação de pais. Tinha costurado ela mesma cada fronha, cortina, guardanapo, jogo americano e cortina de chuveiro. Fiquei olhando para seu cabelo loiro balançar enquanto ela cozinhava, pouco abaixo do queixo, no mesmo comprimento e corte de todas as fotos de família de moldura dourada penduradas no corredor da casa onde você cresceu.

"Tenho escrito mais e corrido atrás das coisas por aqui."

"Você deve contar os minutos até a hora de buscá-la. Era sempre assim comigo, depois que eles foram para a escola. Você quer um pouco de paz e tranquilidade, depois passa o dia todo pensando neles." Ela sorriu para si mesma enquanto picava o endro. "Fox parece estar gostando muito dela. Sempre soube que seria um ótimo pai. Desde que era pequeno."

Violet acertou o fogão com o batedor de arame enquanto segurava o pé da boneca na outra mão.

"Ele é incrível. É... o pai perfeito." Era o que ela queria ouvir, e de certa forma era verdade.

Sua mãe sorriu para si mesma, pegou um limão-siciliano e ficou olhando para Violet por um momento antes de fazer raspas da casca. Eu me inclinei para pegar Violet e levá-la para o banho. Ela recuou ao meu toque, e eu soube que a tinha irritado — meu estômago se retorceu. Violet fez birra, jogando o corpo contra o piso de ladrilho.

"Vamos, querida, hora do banho." Eu não queria brigar na frente da sua mãe. Peguei-a enquanto chutava e gritava, e a levei para o banheiro. Fechei a porta e abri a torneira. Sua mãe bateu alguns minutos depois e perguntou bem alto, por cima do choro:

"Posso ajudar?"

"Ela só está de mau humor, Helen. É cansaço." Mas sua mãe entrou mesmo assim. Àquela altura, eu estava ensopada, e Violet estava quase roxa de raiva. Enxaguei seu cabelo ensaboado enquanto segurava com força debaixo de seu braço. Quando a levantei, ela mal conseguia respirar, por causa dos gritos. Sua mãe ficou olhando e passou a toalha.

"Posso pegá-la?"

"Ela vai ficar bem", eu disse, e segurei Violet firme, para controlá-la. Mas os dentinhos dela cortaram a carne da minha bochecha antes que eu pudesse afastar o rosto — ela me mordera. Gritei por entre os dentes cerrados e tentei afastar sua cabeça, mas ela me abocanhara com força. Sua mãe arfou e abriu o maxilar da neta com os dedos. Ela pegou Violet de mim e disse apenas: "Meu Deus".

Olhei para a marca no espelho e lavei com água fria. Pressionei uma toalha molhada contra a pele.

Eu me sentia humilhada. Podia ver o rosto de sua mãe atrás de mim, horrorizada.

Violet parara de gritar. Ela respirava em meio aos protestos, nos braços de sua mãe, olhando-a como se tivesse precisado se defender nos braços de um torturador.

"Desculpa", eu disse. Para ninguém.

"Por que não tira o peixe do forno e eu coloco o pijama nela?"

"Não, tudo bem." Eu a peguei do colo da sua mãe, constrangida, determinada, mas Violet voltou a gritar, jogando a cabeça para trás. O rosto da sua mãe pegava fogo. Devolvi Violet a ela e virei para a pia. Sua mãe atravessou o corredor até o quarto de Violet, sussurrando em seu ouvido, como sempre fazia, enquanto eu chorava por baixo do som da torneira aberta.

"Obrigada pelo jantar, Helen. Estava delicioso."

"É o mínimo que eu posso fazer."

"Desculpa pelo que aconteceu antes. Foi uma cena e tanto."

"Não se preocupe, querida." Ela ergueu a taça de vinho, mas não bebeu. "Tenho certeza de que ela só está cansada. Acha que Violet tem dormido o bastante?"

"Talvez não." Mas ela dormia. Eu e sua mãe fingíamos que as coisas não estavam tão ruins quanto de fato estavam. Que o comportamento de Violet podia ser facilmente explicado. Era como sua família preferia fazer. Remexi o último pedaço de salmão. "Ela está numa fase em que só quer o pai, eu acho."

"Bem, não podemos culpar Violet." Ela deu uma piscadela e tirou nossos pratos. "Vocês são duas meninas de sorte."

E quanto a ele? Não é um cara de sorte também? Ela me serviu mais vinho. Fiquei quieta.

"As coisas vão ficar mais fáceis", sua mãe sussurrou.

Assenti. As lágrimas voltaram, e senti meu rosto ficando vermelho. Ela não falou por um momento, mas, quando o fez, foi mais branda, como se de repente aceitasse que as coisas estavam piores do que queria acreditar. Ela pôs as mãos sobre a minha e ambas ficamos olhando enquanto ela a apertava com força.

"Olha. Ninguém disse que a maternidade era fácil. Principalmente se não é como você esperava que fosse, ou se não é o que..." Ela comprimiu os lábios finos e rosados enquanto pensava. Não ousaria mencionar minha mãe. "Mas você acaba dando um jeito de superar. Por todo mundo. É o que você tem que fazer."

Quando você entrou, a primeira coisa que fez foi perguntar sobre Violet. *Como minha menina passou a noite?* Você estava radiante. Adorava quando sua mãe ficava com nossa filha.

"Ela ficou muito bem, a maior parte do tempo." Sua mãe te deu dois beijos nas bochechas e virou para pegar a bolsa. Você me deu um abraço demorado e pareceu oscilar nos meus braços. Cheirava a cerveja, carne apimentada e frio. Quando me afastei, você perguntou o que tinha acontecido com meu rosto, tocando a marca vermelha dos dentes de Violet. Eu me encolhi.

"Nada. Foi só a Violet." Levantei os olhos para sua mãe.

"É, ela foi bem desafiadora antes de ir para a cama", sua mãe disse, falando com você. "É bem geniosa."

Você franziu a testa e seguiu em frente. Pendurou o casaco. Sua mãe sorriu para você e levantou as sobrancelhas, como se esperasse que você dissesse mais alguma coisa. Desviei o rosto dela, grata por sua solidariedade e envergonhada por precisar dela tão desesperadamente.

"Aguenta firme, querida", ela me disse em tom baixo, então foi encontrar seu pai no táxi.

24

As lembranças vívidas da minha infância começam quando eu tinha oito anos. Eu queria não precisar recorrer somente às lembranças, mas é assim. Algumas pessoas enquadram sua perspectiva do passado com a ajuda de velhas fotografias ou das mesmas histórias contadas mil vezes por alguém que as ama. Eu não tive nada disso. Nem minha mãe, e talvez isso fosse parte do problema. Só tínhamos uma única versão da verdade.

    Uma coisa me ocorre: o forro branco do meu carrinho, as florezinhas azul-escuras, o bordado inglês com passa fita, o meio do puxador cromado envolto em vime. Os nós dos dedos da minha mãe, sob as luvas amarelo-canário, se elevando sobre mim. Não consigo ver seu rosto me olhando, apenas sua sombra se aproximando de vez em quando, quando ela vira uma esquina e o sol fica para trás. Não é possível que eu me lembre dessa época, eu sei. Mas sinto o cheiro de fórmula infantil azeda, talco e fumaça de cigarro, e ouço o som dos ônibus lentos da cidade trazendo as pessoas para jantar em casa.
    Às vezes penso nisso em relação a Sam.

Do que ele se lembraria? Da grama áspera no morro do parque ou do cobertor laranja sobre o qual o púnhamos, com três rostos pairando sobre ele, como guarda-chuvas? Talvez do cheiro dos muffins de abóbora que Violet gostava de fazer. Daquela colher grande com cabo vermelho que ela sempre lhe dava, pingando massa. Do brinquedo de banho com a luz giratória que você queria jogar fora. Talvez do quadro no quarto do bebê — o nenê querubim que sempre parecia chamar a atenção dele pela manhã.

Mas eis o que acho: ele se lembraria dos azulejos nas paredes do vestiário da piscina pública. Não sei por quê, mas acho que teriam se tornado parte dele. Toda semana, eu o punha no banco de madeira na cabine do canto e o segurava firme com uma mão enquanto me esticava para trancar a porta basculante com a outra. Ele sempre olhava para a parede como quem procurava algo e tocava os quadradinhos coloridos dispostos em um padrão aleatório como se estivessem vivos. Mostarda, esmeralda e um azul-escuro lindo. Bem escuro. Os azulejos o tranquilizavam. Ele fazia barulhos suaves e arregalava os olhos enquanto eu o colocava numa fralda para piscina e enrolava uma toalha em sua barriguinha ainda saltada. Eu esperava ansiosamente que Sam visse aqueles azulejos toda vez que íamos à piscina. Eram a única coisa em seu mundinho que cantava para ele.

Volto àquele vestiário com frequência. Para procurar por ele nos azulejos.

25

O cabelo dela engrossou e ficou muito bonito, e às vezes nos paravam na rua para dizer como ela era uma menininha linda. Violet sorria timidamente e agradecia, e por uma fração de segundo eu via uma pessoinha civilizada, notável, que de modo algum era capaz de me arrastar pelas orelhas até o limite da insanidade. Aqueles momentos sombrios haviam se tornado menos frequentes, e outras partes da personalidade dela emergiam. Violet continuava obcecada pela boneca e a levava aonde quer que fosse. Com um ano e quatro meses, já sabia quem era. Insistia em usar uma meia-calça com árvores de Natal por baixo da roupa na maior parte dos meses do ano. Comia ovos mexidos em quase todas as refeições e os chamava de "nuvens amarelas". Pequenos esquilos listrados a assustavam, mas os maiores e sem listras, não. Violet amava a mulher da floricultura da esquina, aonde íamos comprar uma flor todo sábado de manhã. Ela a deixava ao lado do troninho, para segurá-la enquanto fazia xixi. Violet não fazia o menor sentido, mas fazia todo o sentido do mundo.

Era como se eu tivesse caindo de um precipício, e ela me desse espaço suficiente apenas para me agarrar à borda, para eu acreditar que conseguiria subir de volta. Mas só por um tempo, até eu ser lembrada mais uma vez de qual era meu lugar em seu pequeno, mas ordenado, mundo.

Quando ela tinha três anos, eu e você passamos o fim de semana fora por conta do casamento de um amigo seu, e quando voltamos entrei no quarto dela sem nem ter tirado o casaco.

Já passava de meia-noite. Eu queria sentir o cheiro dela. No avião, fora acometida de um pânico que me era pouco familiar, uma sensação de que havia algo errado, de que ela engasgaria durante o sono e sua mãe não a ouviria como eu, de que os detectores de incêndio não estavam funcionando, de que haveria um erro no pouso e o avião explodiria com nós dois dentro. Eu precisava de Violet. Raramente sentia tal anseio por ela, principalmente quando deveria sentir, mas, quando sentia, não conseguia lembrar como era não a querer. Quem era aquela outra mãe? Aquela que me envergonhava tanto?

O rosto de uma criança dormindo. Violet piscou algumas vezes e me viu pairando sobre ela. Suas pálpebras baixaram, decepcionadas. Sua tristeza era genuína. Ela se virou de costas, puxou o edredom florido até o queixo e ficou olhando para a escuridão do outro lado da janela. Inclinei-me para beijá-la e senti seus músculos enrijecerem sob minha mão.

Saí do quarto e encontrei você no corredor. Disse que ela estava dormindo. Você entrou mesmo assim, e ouvi o estalo dos beijos na sua bochecha. Ela contou a você que sua mãe a deixou assistir a um filme com uma sereia. Pediu que se deitasse com ela. Estava esperando por você.

Eu senti que nunca teria com ela o que você tinha.

"É tudo coisa da sua cabeça", você me dizia sempre que eu tocava no assunto. "Você criou essa história sobre vocês duas e não consegue esquecer."

"Ela deveria me querer. Sou a mãe dela. Deveria precisar de mim."

"Não tem nada de errado com ela."

Com ela. Não tinha nada de errado com ela, você dissera.

No café da manhã, sua mãe contou sobre o fim de semana encantador das duas. Você estava radiante por ter voltado para sua filha, e a balançava num joelho.

"Então correu tudo bem?", perguntei em voz baixa a sua mãe depois, enquanto enchíamos a lava-louça.

"Ela foi um anjo. De verdade." Sua mãe acariciou a parte inferior das minhas costas por um momento, como se para aliviar a dor que sabia que eu carregava. "Acho que ficou com saudade de vocês dois."

26

Quando eu estava no terceiro ano, nossa turma passou uma semana fazendo flores para nossas mães, com hastes de chenille e botões colados dentro de forminhas cor-de-rosa e amarelas. Colamos as flores sobre um papel colorido grosso e usamos nossa melhor letra cursiva para copiar os versos da lousa: *Rosas são vermelhas, violetas são azuis, você é a melhor mãe do mundo, te amo, minha luz!* Fui a última a terminar. Não conseguia me lembrar de ter feito um presente para ela antes, pelo menos não um tão bonito quanto aquele. A professora o pegou das minhas mãos e sussurrou para mim: "Está lindo, Blythe. Ela vai adorar".

A professora nos mandou para casa com um convite para um chá. Joguei o meu no lixo ao sair da escola — não queria convidar minha mãe. Mais especificamente, temia convidá-la e ela não querer ir. Eu tinha nove anos, mas já aprendera a administrar minhas próprias decepções. No dia do chá, tomei café da manhã sozinha na cozinha enquanto minha mãe, como de hábito, continuava dormindo e ensaiei o que diria quando chegasse à escola: minha mãe estava passando mal, havia tido uma intoxicação alimentar. Não poderia ir ao chá.

Aquela tarde, antes que as mães chegassem, decoramos a

sala com flores de papel de seda. Eu estava em cima de uma cadeira com uma tachinha na mão, me esticando para alcançar o quadro de avisos, quando ouvi:

"Cheguei cedo?"

Quase caí da cadeira. Minha mãe. A professora a cumprimentou, simpática, e disse que ela não precisava se preocupar, só tinha sido a primeira a chegar. E que ficava feliz em ver que ela já estava se sentindo melhor. Minha mãe não pareceu compreender que eu havia mentido — parecia nervosa demais. Da porta, acenou brevemente para mim. Usava uma roupa que eu nunca havia visto, um terninho cor de pêssego bem bonito e brincos de pérola que não podiam ser reais. Eu não estava acostumada a vê-la tão delicada, tão feminina. Meu coração acelerou no peito. *Ela veio.* De alguma maneira, tinha descoberto e vindo.

Minha mãe me pediu para lhe mostrar a sala enquanto esperávamos o chá começar. Apontei para a estação meteorológica, para os ábacos e para as tabelas de multiplicação. Ela riu enquanto eu explicava como usá-las da maneira mais simples possível, como se ela nunca tivesse visto números antes. Conforme as outras mães entravam e os filhos corriam em sua direção, minha mãe olhava cada uma e avaliava as roupas, os cabelos, as joias que usavam. Percebi que ela estava constrangida, o que me deixou chocada — ela nunca parecia se importar com a opinião das outras mães. Nunca parecia se importar com o que qualquer outra pessoa achava.

A sra. Ellington foi a próxima a chegar, e Thomas a chamou. Ele estava arrumando com todo o cuidado as xícaras e os pires que a professora havia trazido de casa. A sra. Ellington acenou para ele, mas primeiro foi para onde eu e minha mãe estávamos, do outro lado da sala. Ela estendeu a mão para minha mãe.

"Cecilia, é tão bom te ver de novo. Essa cor fica ótima em você." Minha mãe apertou a mão dela, então a sra. Ellington se inclinou e suas bochechas se tocaram, de uma forma que eu já havia visto outras mulheres fazendo, mas nunca minha própria mãe. Perguntei-me que cheiro a sra. Ellington sentia ao se aproximar dela.

"Você também." Minha mãe sorriu. "E *obrigada*. Por isto." Ela apontou com o queixo para a sala, cheia de mesas em miniatura com toalhinhas de crochê e travessas de pãezinhos. A sra. Ellington fez um gesto de mão como se não fosse nada. Como se elas se gostassem. Eu nunca tinha visto as duas trocarem tantas palavras.

"Sua mãe é tão bonita, Blythe", uma das meninas sussurrou para mim.

"Ela parece uma atriz", disse outra. Olhei para minha mãe de novo e imaginei o que as meninas viam, sem o fardo de tudo o que eu sabia a respeito dela. Dava para ver pelo modo como batia o pé que ela queria um cigarro. Me perguntei de onde tinha vindo aquela roupa. Estivera guardada até então? Ela comprara para a ocasião? Fiquei vendo meus amigos olhando para ela enquanto se sentavam ao lado de suas mães de aparência comum. Pela primeira vez na vida, tive orgulho dela. Minha mãe parecia especial. Estava tentando. Por mim.

A professora entregou as flores que havíamos feito e as mães elogiaram nosso trabalho duro. Ofereci o meu à minha mãe, e ela leu os versos. Eu nunca havia lhe dito nada parecido. Ambas sabíamos que ela não era a melhor mãe do mundo. Ambas sabíamos que não chegava nem perto daquilo.

"Gostou?"

"Gostei. Obrigada." Ela desviou os olhos e colocou os versos na mesa. "Queria um pouco de água. Pode me servir um copo, Blythe?"

Eu queria que ela se sentisse uma mãe melhor do que de fato era. Precisava que ela fosse uma mãe melhor do que de fato era. Voltei a pegar os versos e os li em voz alta, com a voz trêmula sobre os ruídos da sala.

"Rosas são vermelhas, violetas são azuis, você é a melhor

mãe do mundo..." — fiz uma pausa e engoli em seco — "te amo, minha luz."

Ela manteve os olhos abaixados ao tirar os versos das minhas mãos.

"Mais cinco minutos, turma!"

"Te vejo em casa, está bem?" Minha mãe tocou o topo da minha cabeça, pegou a bolsa e foi embora. Vi a sra. Ellington segui-la com os olhos.

Minha mãe ainda estava com o terninho cor de pêssego quando cheguei em casa, e tinha feito torta de carne moída com batata para o jantar. Meu pai puxou a cadeira para se sentar, dizendo que estava morto de fome.

"E então? Contem tudo sobre o chá de Dia das Mães."

O purê de batata caiu com um baque no prato dele. Minha mãe não disse uma palavra. Ele virou para mim e ergueu as sobrancelhas. "Como foi Blythe?"

"Legal." Tomei um gole de leite. Ela colocou a travessa recém-saída do forno na mesa, e largou uma colher do lado.

"Meu Deus, a madeira." Meu pai pulou para pegar um pano de prato e queimou os dedos ao levantar a travessa para colocá-lo embaixo. Ele lançou um olhar penetrante para minha mãe, mas ela nem pareceu notar.

"Fiz flores de papel para a mamãe."

"Que legal. Onde elas estão, Cecilia?" Ele encheu a boca de purê e virou para ela. "Me deixa ver."

Minha mãe levantou os olhos da pia. "Como?"

"O que ela fez para você. De Dia das Mães."

Minha mãe balançou a cabeça, confusa, como se eu não tivesse lhe dado nada. "Não sei, não sei onde coloquei."

"Deve estar em algum lugar. Talvez na bolsa."

"Não, eu não sei onde está." Ela olhou para mim e voltou a balançar a cabeça. "Não sei o que aconteceu com ele." Ela acendeu um cigarro e abriu a torneira para encher a pia e lavar a louça. Ela nunca comia conosco. Eu nunca a via comer.

Senti um aperto no coração. Tinha sido coisa demais. Eu havia falado demais.

"Deixa, pai."

"Não. Se você fez algo para sua mãe, vamos encontrar. Vamos pendurar na geladeira."

"Seb."

"Vai procurar, Cecilia."

Ela jogou o pano de prato no rosto dele. Aquilo me fez pular, e derrubei o garfo no chão. Meu pai ficou sentado ali, com o pano molhado dependurado, os olhos fechados. Ele pousou o garfo e a faca e apertou tanto os punhos que os nós de seus dedos ficaram da cor das batatas. Eu queria que ele gritasse, com a mesma fúria que se produzia constantemente dentro dela. Mas ele ficou tão imóvel que me perguntei se ainda respirava.

"Eu fui, não fui? Pra porra do chá? Dei as caras. Me sentei à mesinha e participei. O que mais quer de mim?" Ela pegou os cigarros e saiu para a varanda. Meu pai tirou o pano da cabeça, dobrou-o e deixou sobre a mesa. Então pegou o garfo e olhou para mim.

"Come."

27

Na primavera depois que Violet fez quatro anos, a professora da pré-escola marcou uma reunião conosco numa sexta-feira após a aula.

"Não é nada com o que se preocupar muito", ela disse ao telefone, enfatizando o "muito". "Mas precisamos conversar."

Você foi cético desde o início, embora eu soubesse que estava um pouco nervoso com o que ela poderia dizer. *O que pode ser? Ela não divide o tubo de cola com os amiguinhos?*

Nós nos sentamos em cadeirinhas que faziam seus joelhos quase tocarem o queixo. Ela ofereceu água com gosto de detergente em copos plásticos cor-de-rosa.

Todo mundo sabe que é melhor começar pela parte boa.

"Violet é uma menina excepcionalmente inteligente. De muitas maneiras, é madura para a idade. E é muito... astuta."

Mas haviam ocorrido alguns incidentes que tinham feito as outras crianças da classe se sentirem desconfortáveis perto dela. A professora deu o exemplo de um menino que tinha medo de se sentar ao lado de Violet porque ela às vezes torcia seus dedos até ele chorar. E o de uma menina que dizia que Violet havia enfiado um lápis com força em sua coxa. E o da tarde anterior, quando, durante o recreio, Violet baixara a calça de outra criança e jogara um punhado de pedras dentro da roupa de baixo dela. Meu rosto começou a pegar fogo, e eu cobri meu pescoço, certa de que devia estar ficando vermelho. Estava constrangida por termos criado um ser humano que agia daquela maneira. Olhei para a janela, para o parquinho coberto de pedrinhas. Pensei na agressividade que ela demonstrara quando mais nova. Em quão pouca empatia via nela agora. Eu não tinha dificuldade em imaginá-la fazendo tudo aquilo.

"Sim, ela pede desculpas quando alguém diz que deve pedir", a professora disse, hesitante, quando você perguntou a respeito. "Ela é esperta. Sabe que seu comportamento machuca os outros, mas isso não parece detê-la, como seria de esperar. No momento, acho que precisamos introduzir a ideia de consequências."

Concordamos com sua estratégia e agradecemos pela reunião.

"Olha, isso não é bom, mas toda criança passa por esse tipo de coisa. Testar os limites. Ela deve estar entediada aqui. Viu todas aquelas porcarias de plástico espalhadas? Parecia uma sala para bebês. Quanto é que pagamos a eles mesmo?"

Fiquei vendo as bolhas subindo na sua taça. Tínhamos saído para beber alguma coisa, por sugestão minha. Achei que aliviaria a tensão entre nós.

"Vamos falar com ela", você ponderou sozinho. "É claro que tem algo acontecendo que a leva a fazer isso."

Assenti. Sua reação não fazia sentido para mim. Você era uma pessoa tão sensata em todos os aspectos. No entanto, quando se tratava de sua filha, não agia de forma racional. Defendia a menina cegamente.

"Não vai dizer nada?" Você estava bravo.

"Eu... estou chateada. Decepcionada. E, sim, vamos falar com ela..."

"Mas?"

"Mas não posso dizer que estou surpresa."

Você balançou a cabeça — *lá vai ela*.

"As malcriações de outras crianças da mesma idade envolveriam morder, bater ou dizer: 'Você não vai ser convidado pra minha festa de aniversário'. O que ela faz parece... meio cruel. Meio calculado." Levei a cabeça às mãos.

"Ela tem quatro anos, Blythe. Não sabe nem amarrar os cadarços."

"Olha, eu amo Violet, só estou dizendo..."

"Ama mesmo?"

A sensação deve ter sido boa. Era a primeira vez que você expressava aquilo em voz alta, mas eu sabia que pensava a respeito fazia anos. Você encarava o balcão do bar, cheio de marcas de copo.

"Eu amo Violet, Fox. O problema não sou eu." Pensei em quão cuidadosamente a professora havia escolhido as palavras.

Voltei para casa sozinha e dei dinheiro para a babá pegar um táxi. Violet dormia profundamente. Subi em sua cama, puxei o edredom sobre as pernas e prendi o fôlego quando ela se virou. Violet não me queria ali, mas eu me encontrava naquela posição com muita frequência. Estava tentando encontrar algo em sua serenidade. Não sei o quê. Talvez o cheiro bruto e doce dela dormindo me recordasse de onde ela havia vindo. Não era perfeita, não era fácil, mas era minha filha, e talvez eu lhe devesse mais.

No entanto... Deitada ali no escuro, senti-me levemente vingada ao pensar na reunião. Eu vinha vivendo com aquela suspeita terrível e implacável sobre minha filha, e agora sentia que finalmente alguém mais via o mesmo.

28

Em algum momento nas semanas que se seguiram, fui a uma galeria no centro depois de deixar Violet na escola. Havia uma exposição controversa que recebera uma crítica no jornal no dia anterior, e eu o vi lendo esse texto durante o café da manhã. Você balançara a cabeça de leve antes de virar a página.

Dei um passo para dentro da galeria e olhei as paredes. Sobre a tinta branca fosca estavam pendurados retratos publicados pela mídia de crianças que haviam sido acusadas de violência armada. De uma violência impensável e às vezes mortal. Crianças, algumas ainda novas demais para ter espinhas, mal atingindo a altura mínima necessária para andar de montanha-russa.

Pensei em como os genitais daqueles meninos deviam ser minúsculos, em como eles eram imaturos, sem pelos, sem sexo. Havia duas meninas. Ambas sorriam amplamente, intensamente, os lábios quase repuxados. Uma usava aparelho nos dentes. Devia ter ido com a mãe uma vez por mês ao ortodontista para os ajustes, devia ter escolhido a cor das borrachinhas. Pedido para tomar sorvete de morango depois, porque sua boca doía demais para qualquer outra coisa.

Por horas, as crianças me observaram. Podiam me reconhecer como o tipo de pessoa que as gerava? Alguém como sua própria mãe? Uma funcionária com cabelo curto penteado de lado mal levantava os olhos dos catálogos de arte sobre a pesada mesa de carvalho no canto. Toquei o vidro sobre o retrato de uma menina na escola. Ela tinha uma trança perfeita sobre cada ombro. Onde começa? Quando sabemos? O que os transforma? De quem é a culpa?

No caminho de casa, tentei me convencer de como era irracional pensar que encontraria algo de familiar naqueles retratos. Ir à exposição tinha sido maluquice.

Fui buscar Violet mais cedo na escola e passamos para tomar chocolate quente e comer cookies. Ela me ofereceu metade de seu cookie quando nos sentamos.

"Eu te acho uma menina muito boazinha", falei. Ela lambeu as gotas de chocolate de sua metade do cookie enquanto pensava a respeito.

"Noah acha que sou malvada. Mas nem gosto dele."

"Então Noah não conhece você muito bem."

Ela assentiu e mexeu no marshmallow derretido.

Não jantamos — os cookies acabaram com nosso apetite. No banho, ela fechou os olhos e flutuou em meio a uma camada de bolhas, como um anjo na neve.

"Vou machucar Noah amanhã."

Suas palavras fizeram meu coração parar. Torci a toalha de rosto e a pendurei na torneira, tomando o cuidado de controlar minha reação. Ela queria uma reação.

"Isso não seria nada legal, Violet", eu disse, calma. "Não machucamos os outros. Em vez disso, por que não fala para Noah algo de que gosta nele? Noah divide as coisas? É divertido brincar com ele no recreio?"

"Não", ela disse, e afundou a cabeça na água.

No dia seguinte, eu disse a você que tinha uma consulta e pedi que fosse buscá-la na escola. Fiquei perambulando pelo mercado, sem comprar nada. Meu coração acelerava conforme me aproximava de casa. Eu passara o dia verificando o celular, certa de que a professora ligaria.

"E aí?" Eu estava quase sem fôlego.

"A professora disse que ela teve um ótimo dia." Você bagunçou os cabelos de Violet enquanto ela enrolava o espaguete no garfo. Violet olhou para mim e chupou um fio de macarrão pelo espaço entre os dentes da frente.

Mais tarde, antes de ir para a cama, enquanto eu recolhia as roupas dela para colocar na máquina de lavar, encontrei um tufo enorme de cabelo loiro encaracolado no bolso do vestido que Violet havia usado na escola aquele dia. Fiquei olhando para aquilo. A sensação de ter o cabelo de outra pessoa na minha palma era perturbadora. Então me dei conta de quem eram os fios. Do pequeno, tímido e pálido Noah, com a cabeça cheia de cachos bagunçados. Fui para o corredor, incerta quanto ao que fazer.

"Fox?"

"Tenho algo pra você", eu te ouvi dizer da sala. Sua voz estava mais aguda que de costume. Fechei o punho em torno do cabelo. Você estava sentado no sofá e me entregou uma caixinha. Então lembrei que aquele era o dia da sua avaliação anual. Você tinha sido promovido. Tinha recebido um aumento.

"Você faz tanto por nós", você disse, com o nariz na minha testa. Abri a caixinha. Dentro, havia uma corrente dourada com um pequeno pingente com a letra *V* gravada. Eu o ergui e segurei contra o pescoço. "As coisas não estão muito fáceis no momento, mas eu te amo. Você sabe disso, né?"

Você tirou minha blusa. Disse que me queria.

O cabelo ficou no bolso da minha calça jeans, no chão. Quando acabamos, joguei aquele ninho loiro na privada e puxei a descarga.

Na manhã seguinte, no caminho para a escola, perguntei a Violet o que havia acontecido com Noah no dia anterior.

"Noah cortou todo o cabelo."

"Ele cortou sozinho?"
"É. No banheiro."
"E o que a professora disse?"
"Não sei."
"Você não teve nada a ver com isso?"
"Não."
"Está mentindo pra mim?"
"Não. Eu juro."

Ela ficou quieta durante o tempo que levamos para atravessar o quarteirão, então disse:

"Eu ajudei a limpar, por isso o cabelo estava no meu bolso."

Quando entramos no parquinho aquela manhã e Noah viu Violet, ele correu para a mãe e enterrou o rosto em suas pernas. Sua cabeça tinha sido raspada. Violet passou direto por ele e entrou pelas portas da frente. A mãe de Noah se inclinou para perguntar o que havia de errado. *Nada*, eu o ouvi choramingar. Ela pôs um lenço no nariz dele e o mandou assoar. Olhei para a mãe e sorri, solidária. Ela parecia cansada. Fez o seu melhor para retribuir o sorriso e acenou, com o lenço sujo na mão. Eu devia ter ido até lá e dito: *Sei como está se sentindo. Alguns dias são difíceis.* Mas meus joelhos estavam fracos, e eu precisava sair dali.

No caminho para casa, pensei nas fotos que eu havia visto no dia anterior na galeria. Nas mulheres por trás daquelas crianças. *Mas a mãe dela era tão normal. Era como uma de nós.*

Depois da aula, naquele mesmo dia, voltei de lavar a roupa e a encontrei na bancada da cozinha, sentada na beirada de uma banqueta, com os dedinhos dançando sem pressa dentro do vidro de picles.

"O que está fazendo?", perguntei.

"Pescando baleias", ela disse. Olhei por cima do ombro dela enquanto tentava pegar as últimas formas conforme subiam e desciam graciosamente no vidro com endro encharcado, e quer saber? Pareciam mesmo baleias. Violet tinha uma mente brilhante, fascinante, e às vezes eu desejava ter acesso a ela. Ainda que temesse o que poderia encontrar.

29

Você talvez lembre que o nome dele era Elijah. O enterro foi em um sábado no começo de novembro. Fazia dois dias que chovia sem parar, e era como se houvesse um peso sobre todos nós, que surgia às vezes, quando o apartamento parecia úmido e o frio penetrava até os ossos. Deixamos Violet em casa, com a babá. Enquanto estávamos fora, ela fez um desenho com duas crianças. Uma sorria e a outra, que tinha um rabisco vermelho no peito — que concluí ser sangue —, chorava. Eu o mostrei a você, que não disse nada. Só colocou o desenho na bancada e chamou um táxi para a babá. Violet tinha quase cinco anos.

Quando fomos para a cama naquela noite, virei para você e perguntei se podíamos conversar. Você esfregou o ponto entre seus olhos — o dia tinha sido longo e perturbador, mas eu não conseguia evitar. Você sabia sobre o que eu queria conversar.

"Puta merda, você não aprendeu nada naquela igreja hoje?", você cuspiu por entre os dentes cerrados. E então: "É só um desenho".

Mas era muito mais. Me deitei de barriga para cima e fiquei olhando para o teto, mexendo na minha correntinha.

"Você tem que a aceitar como ela é. É a mãe dela. É o que tem que fazer."

"Eu sei. E eu aceito." O convencimento. As mentiras. "Eu aceito."

Você queria uma mãe perfeita para sua filha perfeita, e não havia espaço para nada mais.

Na manhã seguinte, o desenho de Violet tinha desaparecido da bancada. Não o encontrei no lixo. Verifiquei o cesto da cozinha, o do banheiro, o que ficava perto da minha escrivaninha. Nunca perguntei o que você fez com ele.

No funeral, o padre falou sobre como Deus tem um plano para todos nós, e sobre como a alma de Elijah não fora feita para envelhecer. Eu não era capaz de conciliar aquilo com o que temia que realmente tivesse acontecido no parque na semana anterior, depois da escola.

Eu achava que tinha visto alguma coisa acontecer logo antes de o pobre garoto cair de cima do escorregador.

Estava muito cansada. Violet voltara a ter dificuldade para dormir — pedia água, queria que a luz ficasse acesa. Fazia semanas que eu não dormia a noite toda. Talvez não estivesse pensando direito.

Eu diria que foram dez segundos. O tempo que Violet ficou olhando Elijah correr do outro lado do brinquedo até o topo do maior dos escorregadores, onde ela estava. Ela manteve as mãos atrás das costas e os olhos no menino. Ele foi na direção dela, ao longo da ponte trêmula, de boca aberta, gritando, o ar fresco do outono soprando seu cabelo comprido.

O baque quando ele atingiu o chão tivera um toque agudo. *Tump.* Foi mais assim.

Ela olhara para mim sem nenhum remorso no olhar. Mesmo depois de perceber, no cascalho abaixo dela, que o corpo do menino, de camiseta listrada e calça jeans amarrada na cintura, não se movia. Seu rosto se manteve sem expressão quando ouvimos o grito da babá dele pedindo ajuda. O pânico estridente da mulher ressoou em meus ouvidos. Ela não se abalou quando a ambulância chegou para levá-lo em uma maca minúscula, enquanto uma multidão de mães e babás observava horrorizada, a cabecinha das crianças assustadas enterradas a salvo no pescoço delas.

Fiquei de pé, olhando para o topo do escorregador, repassando mentalmente o que acabara de acontecer.

Nos momentos antes de ele correr na direção dela, Violet olhara para a descida íngreme, como se fosse uma mergulhadora profissional visualizando sua entrada perfeita na água. *Cuidado, por favor!*, eu havia gritado. *É alto demais! É perigoso!* O pânico de uma mãe. Sendo sincera, minha mente tinha ido para lá. Perigo. Morte. Mas a dela. A mente de uma mãe está sempre lá. Ela recuou um passo e se recostou contra um mastro de madeira da estrutura do brinquedo. Eu não sabia por que ficara lá esperando.

Eu vi sua perna se levantar. No momento certo.

Acho que a cabeça dele atingiu o chão primeiro.

Com as sirenes ecoando, Violet perguntou em voz baixa se podíamos comprar um doce. Ela ergueu as sobrancelhas, antecipando minha reação. Era um teste? O que eu havia visto? O que faria com ela? A ideia de que ela podia tê-lo feito tropeçar era tão absurda, tão inimaginável, que foi imediatamente sufocada. Não, não, isso não aconteceu. Olhei para o céu cinza e disse em voz alta: "Isso não aconteceu". *Blythe, não foi isso que você viu.* "Mãe? Podemos comprar um doce?"

Neguei com a cabeça, enfiei as mãos trêmulas nos bolsos do casaco e disse para ela vir comigo.

Me segue. Agora. AGORA.

Andamos por sete quarteirões em silêncio, até chegar em casa.

Eu a deixei na frente da televisão e fiquei no banheiro por uma hora, incapaz de me mover, visualizando o que podia ter visto. Não se tratava de um tufo de cabelo ou de uma provocação no pátio da escola. O topo do escorregador devia estar a uns três metros e meio de altura. Tirei o colar que você tinha me dado, com o *V* no pingente. Senti o pescoço vermelho. Quente.

Coisas estranhas passaram pela minha cabeça, como algeminhas cor-de-rosa, assistentes sociais e repórteres em casacos impermeáveis batendo na nossa porta, toda a papelada para mudar de escola, os custos ultrajantes do divórcio, a cadeira de rodas motorizada daquele pobre menino. Fiquei olhando para o mofo no rejunte entre os azulejos do chuveiro, repassando a reação dela de novo e de novo. Então me decidi: não. Ela não tinha feito o menino tropeçar. Não estava perto o bastante dele. Não, eu não era mãe de alguém que poderia fazer algo do tipo.

Eu só estava muito cansada.

Fiz um sanduíche de manteiga de amendoim para ela. Violet tocou meu braço quando pus o prato na mesinha de centro, e a sensação de seus dedos na minha pele me fez pular. Fiquei olhando para suas mãos, que pareciam tão pequenas, tão inocentes, os nós dos dedos ainda com covinhas, como os de um bebê.

Não. Não, ela não havia feito nada de errado.

Aquela noite, contei a você sobre o terrível acidente que Elijah havia sofrido.

Acidente, fora o que eu dissera.

Violet montava um quebra-cabeça do outro lado da cozinha. Ela olhou para mim quando meu celular vibrou na bancada. Fiquei olhando para Violet enquanto atendia. Era uma das outras mães que estavam no parquinho, para me contar que Elijah havia morrido no hospital.

"Ele morreu? Meu Deus. Ele morreu." Fiquei sem ar. Você me olhou feio por ter sido direta, pela falta de tato de uma mãe dizendo algo assim em voz alta, e foi para o lado de Violet, para reconfortá-la. Mas ela estava bem. Ela deu de ombros. Perguntou se você estava vendo a pecinha do canto que ela procurava.

Ela precisa de um tempo para processar tudo.
Claro.
Você deveria ter sido mais cuidadosa, Blythe. Ela precisava ouvir que ele morreu? Já é ruim o bastante que estivesse lá quando o menino caiu.

Bem mais tarde naquela mesma noite, quando fomos para a cama, você disse: *Você está bem? Vem aqui. Deve ter sido algo horrível de presenciar. Sinto muito, Blythe.* Então me puxou para mais perto e pegou no sono com a perna envolvendo a minha. Fiquei olhando para o teto no escuro, esperando que Violet acordasse.

No dia seguinte, deixei uma quiche congelada e smoothies proteicos e caros em uma bolsa térmica do lado de fora da porta do apartamento da família de Elijah, com um bilhete dizendo que eles estavam em nossos pensamentos. Mandei flores para a funerária, grandes lírios brancos.

Com todo o nosso amor, família Connor.

A polícia investigou o incidente rapidamente, por rotina. Fui interrogada. Contei a eles o que contei a você: que não tínhamos visto nada. Que Violet já tinha descido pelo escorregador quando ouvi o som do corpo do menino indo de encontro ao chão. Que as pranchas de madeira estavam desgastadas e eram escorregadias. Que eu sempre achara aquele parquinho perigoso. Que não parava de pensar na pobre mãe.

30

A unidade de tratamento intensivo pediátrico ficava no décimo primeiro andar. Deixei o casaco e a bolsa no carro. Ainda estava com a calça do pijama. Aquilo e o McLanche Feliz que eu comprara antes de entrar no elevador foram o bastante para a pessoa no posto de enfermagem assumir que eu estava no lugar certo. Não se costuma pedir identificação a pais de crianças à beira da morte.

Eu me sentei no banco de metal no fim do corredor, debaixo de uma janela que dava para o estacionamento dos funcionários. O barulho da saída do ar-condicionado acima de mim lembrava um estômago roncando. Apoiei o McLanche Feliz ao meu lado no banco.

Sentia nojo de mim mesma por estar ali. O lugar onde Elijah havia morrido.

Por duas semanas, eu pensara no acidente durante todos os minutos de todos os dias. Sempre que fechava os olhos, estava ali no parquinho, gritando para que ela tomasse cuidado na plataforma momentos antes de acontecer. Eu via as perninhas dos dois, as dele correndo, as dela imóveis contra o mastro. Então a dela se levantando bem quando ele passava.

Mas eu não sabia — não podia ter certeza.

Fiquei ouvindo. Os sons indiferentes de frascos de sangue sendo tirados de uma criança pequena, a voz gentil da mãe incentivando-a a ser corajosa. Do outro lado do corredor, um homem de aparência cansada carregava uma menina para fora de um quarto. Ela segurava um ursinho de pelúcia e se despedia de alguém, suas botinhas de inverno balançando na altura do quadril do homem. Um enfermeiro entrou e fechou a porta, silenciosamente. Ouvi uma mulher chorar lá dentro, soluçando alto. Em seus gritos, era possível identificar sua raiva.

A duas portas dali, uma família cantava uma música que Violet havia aprendido na pré-escola. O som chegava abafado, e a música era pontuada por guinchinhos infantis e pelo toque de um sino de jogo de tabuleiro. Como o ruído de fundo de um parque de diversões. Por um momento, desejei poder me juntar a eles.

Enfermeiros iam e vinham, batendo a base da mão contra os reservatórios de álcool em gel ao lado de cada porta. Pessoas saíam para tomar café. Mães pediam toalhas. Uma palhaça de tutu levando um carrinho de brinquedos batia delicadamente de porta em porta, perguntando se não estava atrapalhando. Sussurros. Risadas. Palmas. *Boa menina. Que meninão.* Longos períodos de silêncio. O comunicado pelo sistema de alto-falantes avisando que os elevadores do corredor oeste ficariam fora de serviço pelos próximos vinte minutos. Fiquei olhando fixo para uma camada espessa de sujeira ao longo do rodapé do piso de pedrinhas cinza e cor de pêssego. Portas duplas pesadas no fim do corredor fechavam e abriam, de novo e de novo e de novo.

"Precisa de alguma coisa?" Eu não havia notado a mulher em uniforme verde-claro se aproximando. Tentei engolir em seco antes de falar e fiz uma careta; minha garganta parecia cheia de gaze. Parecia que o ar não circulava. Neguei com a cabeça e agradeci. Fiquei sentada ali por quatro horas.

Na saída, com a caixa de batatinhas frias na mão, parei

diante da porta fechada onde ouvira a mulher chorando naquela tarde. Olhei através do vidro gradeado e a vi deitada na cama, com um montinho aninhado a seu lado, uma rodovia de tubos fluindo sobre o cobertor, ligados a sacos de fluido pendurados como nuvens carregadas acima deles. As gotas caíam, uma a uma. Havia um quadro-branco na parede ao lado da cama que dizia: "Meu nome é ____ e o que mais gosto de fazer é ____". Alguém preenchera as lacunas com "Oliver" e "jogar futebol com meus amigos".

Mães não deveriam ter filhos que sofrem. Não deveríamos ter filhos que morrem.

E não deveríamos gerar pessoas ruins.

Houve um momento do lado de fora da porta em que desejei que tivesse sido Violet a criança empurrada do topo do escorregador.

Fiquei sentada dentro do carro, no estacionamento do hospital, e dessa vez repassei a cena de maneira diferente. Eu precisava impedir minha mente de ir para lá; precisava acreditar que minha filha não havia feito aquele menino tropeçar.

Naquela noite, você escorregou as mãos pelos meus ombros e massageou meu pescoço enquanto eu fritava camarões. Quando me afastei, você perguntou o que havia de errado comigo. Eu queria te contar onde tinha estado o dia todo. Queria dizer: *Sou um monstro por pensar as coisas que penso.* Em vez disso, murmurei alguma coisa sobre estar com dor de cabeça e fiquei olhando para o óleo espirrando. Você balançou a cabeça ao se afastar.

31

"Receio que hoje não seja um bom dia." O sr. Ellington estava à porta, com um pano molhado na mão. Eu tinha batido de tempos em tempos ao longo de cinco minutos, até que ele atendera. Thomas e Daniel estavam na casa da tia, ele disse. A sra. Ellington não se sentia bem. Ele deve ter visto a decepção no meu rosto, porque, quando virei para voltar para casa, pôs a mão no meu ombro.

"Espere um minuto, Blythe. Vou ver se ela quer companhia." Fiquei esperando no corredor da entrada até ele voltar. "Pode subir. Ela está na cama, descansando."

Eu nunca havia entrado no quarto deles, mas sabia que era a porta no fim do corredor. Estava nervosa — era um espaço privado —, mas me sentia especial. A porta estava entreaberta. Entrei em silêncio, e a sra. Ellington se sentou na cama.

"Pode entrar, querida. Que bela surpresa ver você hoje." Ela não usava maquiagem e um lenço de seda envolvia seus cabelos. Seus olhos pareciam menores e suas sobrancelhas, mais finas, mas ela seguia linda como sempre. A sra. Ellington deu algumas batidinhas no espaço a seu lado na cama, e me perguntei se devia chegar tão perto, se não não estava incomodando. Mas ela repetiu o gesto, então me sentei e pousei as mãos educadamente sobre as pernas.

"Não estou com uma cara boa hoje, não é?"

Eu não sabia como responder. Em vez disso, olhei em volta, para o quarto. As cortinas douradas estavam amarradas e puxadas para o lado, e o papel de parede texturizado com padrão de folhas era igualzinho ao da minha mãe, só que de um tom profundo de amarelo em vez do verde de hospital da nossa casa, do qual eu nunca gostara. Passei a mão sobre a colcha dela, que combinava com as cortinas. Tudo parecia luxuoso e aconchegante. Pensei na cama da minha mãe, sempre desfeita, nos lençóis raramente lavados.

"Você vai ficar bem?"

"Ah, sim, vou ficar bem. Não estou doente. Não exatamente."

"Qual é o problema, então?" Eu sabia que era muita ousadia perguntar, mas eu precisava saber. Sentia um cheiro estranho, pungente e doce, como do iogurte que outras crianças levavam para o lanche na escola. Havia um frasco de comprimidos na mesa de cabeceira, e eu me perguntei se seriam os mesmos que tinha visto no quarto da minha mãe.

"Não sei se cabe a mim falar sobre esse tipo de coisa, mas você é uma menina de dez anos bem madura." Devo ter ficado vermelha. Minha mãe e eu nunca tínhamos falado de sexo ou de onde vinham os bebês, mas eu tinha uma ideia de como tudo funcionava, por causa das outras crianças da escola. A sra. Ellington levantou o edredom e esticou a camisola branca sobre a barriga inchada. Eu nunca havia notado que ela era barriguda. Ela sempre se vestia tão bem, e não com peças justas que lhe caíam mal, como minha mãe.

"Você vai ter um bebê?"

"Eu ia. Estava grávida. Mas o bebê não vingou."

Aquilo não fazia sentido. Eu não sabia o que "não vingar" queria dizer, ou o que tinha acontecido com o bebê dentro dela. Para onde havia ido? O que se passara? Ela deve ter notado minha confusão. Tirou devagar o edredom de cima do corpo, como se doesse cobri-lo, mas sorriu apesar da dor que sentia. Vi que ela usava uma pulseira de hospital, do mesmo tipo com que eu vira minha mãe voltar para casa anos antes, depois que tivera uma gripe forte. Eu não sabia o que dizer. Apontei para os comprimidos sobre a mesa de cabeceira.

"Quer tomar mais?"

Ela riu. "Quero, mas só posso tomar um a cada seis horas."

"Thomas e Daniel vão ficar tristes?"

"Eu ainda não tinha contado que eles iam ganhar um irmãozinho. Ia contar em breve."

"Você está triste?"

"Estou muito triste. Mas quer saber? Deus dá um jeito em tudo." Assenti, como se compreendesse, como se também confiasse em Deus.

"Era uma menininha. Eu ia ter uma filha." Ela tocou meu nariz com um dedo, e seus olhos se encheram de lágrimas. "Que nem você."

32

Havia algo de especial na rua de velhas casas enfileiradas, no modo como o ar cheirava a madressilvas florindo no inverno quando saímos do carro. Eu descobriria que o quintal dos fundos estava lotado delas. As ofertas seriam recebidas apenas na semana seguinte, mas fechamos um valor ali mesmo. Na hora do jantar, nossa corretora já havia fechado o negócio. Ela ligou para dar a notícia enquanto comíamos pizza, ansiosos, em um restaurante do qual logo viraríamos clientes assíduos. Ficava a apenas quinze minutos da escola de Violet. Podíamos fazer a maior parte dos reparos sozinhos. Havia cestas de basquete em uma rua sem saída, e a escola primária mais adiante na rua era considerada uma das melhores da região.

Três quartos. Uma negociação rápida. Eu começava a acreditar que a vida finalmente seguiria em frente. Estava desesperada por isso.

Precisávamos mudar, embora não falássemos da nova casa naqueles termos. Ninguém dizia que qualquer mudança era necessária. Três meses tinham se passado desde o acidente, e eu não sonhava mais com o parquinho. Não ouvia mais o som do baque do corpo dele contra o chão quando servia o cereal ou fechava a porta do carro. Isso o tempo havia me dado. O tempo e meu desejo de esquecer. Eu não ia mais ao parque. Não passeava mais ali por perto. O nome do menino nunca era mencionado. Violet voltara a dormir a noite toda, e a névoa que confundira meu cérebro parecia dissipada.

Você chegara em casa um dia e abrira o laptop na listagem de imóveis do site de uma corretora. Eu nem sabia que você estava procurando.

Pelos próximos dois meses, nós três passamos todos os fins de semana ali, quebrando coisas com ferramentas emprestadas e nos reunindo com trabalhadores que faziam o que não erámos capazes de fazer. Concordamos que não tínhamos como bancar uma reforma completa no momento, mas algumas coisas não podiam esperar: os pisos, os banheiros. Seu olho treinado de arquiteto fez a lista crescer. Na semana da mudança, seus pais vieram ajudar com Violet enquanto empacotávamos e desempacotávamos tudo. Eles a levaram para se despedir do apartamento antes de entregarmos as chaves. A cerimônia foi por conta da sua mãe, não minha. Em algum ponto do caminho, eu perdera o apego sentimental ao lugar no qual nossa família começara. Você também — notei o alívio em seu rosto quando deixamos aquele prédio pela última vez. O modo como soltou as chaves dentro do envelope de papel pardo e o jogou sobre a mesa da portaria.

Violet ficou com seus pais num hotel no centro e nós dois trabalhamos até as duas da manhã. Levei as coisas de bebê dela, guardadas em cestos plásticos, para um dos quartos menores, no andar de cima.

"Não é melhor deixar no porão?", você perguntou.

"Vamos acabar precisando, mais cedo ou mais tarde."

Você respirou fundo. "Já chega por hoje."

Dormimos no colchão, no meio do piso do nosso novo quarto. Nós nos esquecemos de ligar o aquecedor, então ficamos de calça e blusa de moletom por baixo do cobertor.

"Vamos ser felizes aqui", sussurrei, esfregando seus pés de meia contra os meus.

"Achei que sempre tivéssemos sido."

33

Ela deve ter visto minha silhueta nua ao luar. Minha camisola fina cobrindo o encontro de nossos corpos, minhas costas arqueadas como as de um gato, os seios como pequenos sacos de areia balançando na direção do seu rosto.

Eu gemia baixo, longamente, com as mãos na cabeceira da cama, bloqueando o quarto à nossa volta. O closet não tinha portas para esconder a bagunça da roupa que eu ainda não lavara, as peças que haviam sido lavadas a seco e eu ainda não tirara do saco, as caixas de doações que eu ainda não havia levado. Eu estava atolada em "aindas". A mudança tinha sido desorganizada e o fim das reformas se arrastava.

Em retrospectiva, estávamos em meio ao tipo de caos mundano do qual às vezes tenho saudade agora.

Não ouvi o rangido da porta ou o toque de seus pés chatos no piso de madeira que havia sido instalado na semana anterior. Não notei que ela estava ali, não até você me empurrar, xingar e se cobrir com o lençol. Fiquei em posição fetal na ponta da cama, onde seu pânico me fizera aterrissar. *Volta pra cama. Não tem nada de errado*, eu disse a ela, com calma. Ela perguntou o que estávamos fazendo. *Nada*, respondi. *Pelo amor de Deus, Blythe*, você disse, como se tudo a respeito daquele momento fosse culpa minha.

E era, de certa maneira. Eu estava ovulando. Você estava cansado. Eu havia chorado no travesseiro. Então você acariciara minhas costas e começara a beijar meu pescoço, o tipo de beijo que dizia que você me amava, mas não queria trepar comigo. Sempre haveria outro momento para tentar, você dizia.

Você não quer outro filho, eu acusei. *Por quê?* Ficamos deitados ali, em silêncio, depois você passou os dedos pelo meu cabelo. *Quero sim*, você sussurrou.

Você estava mentindo, mas nem liguei.

Eu me virei e o acariciei até sentir que você estava cedendo. Coloquei você dentro de mim e fingi que tudo era diferente — você, o quarto, a maternidade que eu conhecia —, e implorei para não parar.

Três semanas antes, eu voltara a tocar no assunto enquanto escovávamos os dentes. Você cuspiu na pia e cortou um pedaço de fio dental para cada um de nós. *Vamos ver. Depois. Vamos ver.*

Havia uma aspereza na sua voz que lhe era pouco característica, e que num outro dia teria despertado minhas suspeitas. Mas não naquele. Não se tratava de você. Aquilo dizia respeito a mim. O único caminho que eu conseguia ver para nossa família era ter um segundo filho. Uma redenção, talvez, depois de tudo o que havia dado errado. Recordei o motivo pelo qual havíamos tido Violet — você queria uma família, e eu queria fazer você feliz. Mas eu também queria provar que todas as minhas dúvidas eram injustificadas. E queria provar que minha mãe estava errada.

Um dia você vai entender, Blythe. As mulheres desta família... nós somos diferentes.

Eu queria outra chance de ser mãe.

Não podia admitir que o problema era eu.

Eu costumava apontar para os bebês no caminho até a

escola de Violet. *Não seria legal? Ter um irmãozinho?* Ela raramente respondia. Cada vez mais, vivia em seu próprio mundo, mas àquela altura a distância que havia surgido entre nós tornava a vida mais fácil, de certa maneira. Víamos a mesma mãe na entrada da escola todas as manhãs, com o bebê recém-nascido no colo enquanto se curvava com cuidado para se despedir com um beijo da criança mais velha.

"Deve ser bem trabalhoso, dois filhos", eu disse uma vez, sorrindo.

"É exaustivo, mas vale a pena." *Vale a pena*. De novo a mesma frase. Ela saltitou e deu palmadinhas na cabeça do filho. "Ele é um bebê tão diferente. É uma experiência totalmente diferente com o segundo."

Diferente.

Violet à porta do nosso quarto, com as mãos nas laterais do corpo. Ela se recusou a ir embora até que eu respondesse o que estávamos fazendo. Então eu expliquei. Quando duas pessoas se amam, gostam de ficar juntas de um jeito especial. Ficamos em silêncio, todos nós, ali no escuro. Então ela voltou para seu quarto. Devíamos reconfortá-la, eu disse. Devíamos ir ver se ela estava bem.

"Então vai lá", você falou. Mas eu não fui. Rolamos para longe um do outro, em uma disputa que não fazia sentido para mim.

Não nos falamos pela manhã. Fui tomar um banho sem ter servido o café para você. Quando estava indo para a cozinha, parei no meio da escada e fiquei ouvindo sua conversa com Violet durante o café da manhã. Ela disse que me odiava. Que queria que eu morresse para poder viver só com você. Que ela não me amava. Tais palavras teriam destroçado o coração de qualquer outra mãe.

Você disse a ela: "Violet, ela é sua mãe".

Podia ter dito muitas outras coisas, mas essas foram as palavras que você escolheu.

Naquela noite, implorei sem qualquer vergonha para que tentássemos de novo. Só mais uma vez. E você concordou.

34

A mãe estava com a roupa de academia que sempre usava quando ia deixar o filho na escola, a camiseta levemente amassada. O cabelo acusava os esforços do dia anterior. Ao lado dela, o filho tirou o boné. O pátio da escola vibrava com a energia matinal, as barrigas cheias de cereal, os rostos inchados pelo sono. Ela se agachou. Ele encontrou sua posição no pescoço dela. De onde eu estava, dava para ver que havia dor no rosto do menino. As mãos dela se fecharam em torno da cabeça dele como as pétalas de uma flor. A boca dela se moveu devagar à altura da orelha do menino. Ele se enroscou nela. Precisava dela. Atrás dele, o barulho aumentou, com gritos e a batida de uma bola de basquete no cimento.

A mãe desceu as mãos pelos ombros estreitos do menino e ele se afastou, abrindo o peito diminuto, mas então foi puxado de volta. Dessa vez, era ela quem precisava dele. Foi o rosto dela no pescoço dele, por três segundos, talvez quatro. A mãe voltou a falar. Ele apertou os olhos. Assentiu, colocou o boné, baixou a aba e foi embora. Não devagar, não hesitante, mas com expectativa, com pressa, suas pernas levemente voltadas para dentro na altura do joelho. Ela não aguentava olhar, não naquela manhã. Deu as costas e foi embora, baixou os olhos para o celular, perdeu-se em algo que não a fazia sofrer como o filho fazia.

Pela primeira vez naquela manhã, minha barriga palpitou, como se houvesse uma rede com borboletas ali. O bebê caminhava dentro de mim. Violet deixara seu saco de fatias de laranja comigo e eu chupava o sumo morno, jogando o bagaço nas lixeiras enquanto seguia a outra mãe pela rua, através de dois cruzamentos. Ela parou para comprar sal em um mercadinho de esquina e eu a observei por trás de uma pirâmide de tomates. Queria ver o rosto dela. Queria ver se o carregava consigo. Eu me perguntava qual era a aparência — qual era a sensação — de ter aquele tipo de conexão com outra pessoa. Ainda não havia encontrado uma resposta quando a perdi, um quarteirão depois, em meio a um trecho movimentado de uma calçada em obras.

Aquele tipo de coisa acontecia ao redor da gente, Violet e eu, em uma língua que não falávamos. Eu estava desesperada para aprender. Para ser melhor com o bebê que viria depois.

No caminho de casa, passei por uma mulher montando um pequeno mercado de pulgas num canto da rua. Ela apoiou alguns quadros antigos contra um poste enquanto colava bolinhas coloridas atrás, indicando os preços. A mulher pegou uma moldura dourada elegante e olhou para ela, reflexiva, tentando decidir o preço. Fiquei atrás dela e me peguei levando a mão ao peito enquanto absorvia a pintura. Era de uma mãe sentada com uma criança pequena no colo — um bebê rosado vestido de branco que segurava o queixo da mãe com delicadeza, enquanto ela olhava para baixo. Um braço da mulher envolvia o meio do corpo da criança, e a outra mão segurava sua coxa diminuta. As duas cabeças se tocavam. Havia paz, calor e conforto em ambos. O vestido comprido e drapeado da mãe era de um lindo tom de pêssego, com flores cor de vinho. Eu mal conseguia falar para poder perguntar o preço. Mas não importava — aquele quadro tinha que ser meu.

"Vou levar esse", eu disse, enquanto a mulher o colocava de volta com os outros.

"A pintura a óleo?" Ela tirou os óculos e olhou para mim.

"Isso. A mãe com o filho."

"É uma réplica de um quadro de Mary Cassatt. Não é o original, claro." Ela riu como se eu devesse saber o absurdo que seria ter um quadro original de Mary Cassatt.

"É ela no quadro? A artista?"

A mulher negou com a cabeça. "Ela não teve filhos. Vai ver por isso gostava tanto de pintar mães."

Carreguei o quadro debaixo do braço pelo resto do caminho de casa e o pendurei no quarto do bebê. Quando você chegou em casa aquela noite e me encontrou endireitando a moldura na parede, parou à porta e fez um barulho. Um "humpf".

"O que foi? Não gostou?"

"Não é um quadro típico para um quarto de criança. Você pendurou fotos de filhotinhos no quarto de Violet."

"Bom, eu adorei."

Eu queria aquele bebê. O toque no rosto. A mão gordinha na minha. O amor palpável.

35

Violet observava em silêncio minha barriga se esticando e se transformando. Ele se mexia o dia todo, arrastando os calcanhares impossivelmente pequenos de um lado para o outro da minha barriga. Eu adorava me deitar no sofá com a blusa levantada, lembrando a nós todos de que ele estava ali. De que seríamos uma família de quatro pessoas.

"Ele está fazendo de novo?", você perguntava da cozinha, enquanto terminava de lavar a louça.

"A mesma coisa", ela gritava de volta, e todos ríamos.

Em algum momento, o bebê tinha motivado uma mudança em nosso relacionamento, embora eu não soubesse dizer exatamente qual. Éramos mais gentis um com o outro, embora também existisse uma nova distância ente nós, a qual você parecia preencher com mais trabalho. Aproveitei o espaço para me voltar para dentro. Para ele. Ficávamos felizes em ser o mundo um do outro, desde assim tão cedo. Mãe e filho.

Quando a técnica do ultrassom apontou para a massa de estática branca e disse "Tem um menininho aqui", fechei os olhos e agradeci a Deus pela primeira vez na vida. Guardei a notícia para mim por dois dias — você levou todo esse tempo para perguntar como tinha sido o ultrassom. Não era a sua cara

— na minha primeira gravidez, você se preocupara a ponto de acompanhar todas as consultas. Agora, só nos encontrávamos à noite, de passagem. Você tinha inúmeros projetos importantes em andamento, novos clientes com muito dinheiro. E eu precisava muito pouco de você. Tinha ele.

Violet quis me ajudar a avaliar as antigas roupinhas de bebê dela. Ficamos juntas na área de serviço e dobramos os macacõezinhos que saíam da secadora. Ela levava cada um ao nariz, como se recordasse o momento e o lugar em que o tinha usado. Deixei que vestisse uma blusinha de lã na boneca, e Violet fingiu cuidar dela como se fosse um bebê. Fiquei maravilhada com o zelo incomum com que tocava em tudo, com a suavidade em sua voz.

"Era assim que você fazia", ela disse, balançando delicadamente a boneca duas vezes para a direita e depois duas vezes para a esquerda, então de novo para a direita.

A princípio, não entendi o que ela queria dizer — não me lembrava de fazer aquilo. Mas peguei a boneca, levantei e imitei o modo como Violet a embalava. A familiaridade do movimento me atingiu instantaneamente. Ela estava certa. Ri enquanto continuava balançando a boneca para lá e para cá, e Violet soltou uma risadinha, assentindo.

"Eu falei!"

"Você tem toda a razão."

Parecia impossível que Violet pudesse se lembrar daquilo, que tivesse guardado isso com ela por todos aqueles anos. Ela colocou uma mão de cada lado da minha barriga enorme e repetiu o movimento com o bebê dentro de mim, embalando minha barriga com suas mãozinhas. Logo, estávamos dançando, nós três, ao ritmo da máquina de lavar em funcionamento.

36

Senti com a mão quando a cabeça dele passou pelo anel quente do colo do útero. A saída dele foi eufórica. Você ficou observando enquanto eu o guiava através da abertura do meu corpo e depois o levou, em silêncio, com cuidado, de volta ao lugar que ele ocupara por duzentos e oitenta e três dias. *Você está aqui.* Ele procurou por mim, arqueou as costas e começou a subir pela minha barriga, como um vermezinho coberto de vérnix e sangue. A boca dele estava aberta e seus olhos vidrados ainda eram pretos. Suas mãozinhas enrugadas e retorcidas pareciam cobertas por um excesso de pele. Elas encontraram meu seio e seu queixinho tremeu. Ele era meu milagre. Eu o puxei até o mamilo e rocei o bico em seu lábio inferior, meus braços ainda tremendo por causa da ocitocina. *Pronto, menino lindo.* Ele era a criatura mais linda que eu já havia visto.

"Ele é igualzinho à Violet", você disse, olhando por cima do meu ombro.

Mas, para mim, ele não parecia nada com ela. Era três quilos de algo tão puro, tão bem-aventurado, que parecia que poderia sair flutuando, como um sonho, como algo que eu nunca mereceria enquanto vivesse. Eu o segurei por horas, minha pele grudada à dele, até que me fizeram levantar para ir ao banheiro. O sangue saiu de mim para o vaso, e quando olhei para baixo, para aquela bagunça, por algum motivo pensei na nossa filha. Então voltei devagar para meu filho, no bercinho transparente na saída do banheiro.

Eu lembro pouca coisa mais sobre como ele veio ao mundo. Eu me lembro de tudo a respeito de como ele o deixou.

1969

Cecilia menstruou pela primeira vez quando tinha doze anos. Àquela altura, seus seios já eram maiores que os de qualquer outra menina da classe. Ela andava com os ombros voltados para a frente, tentando esconder os sinais de sua maturidade. Etta já não falava muito com ela, e certamente não abordara o assunto da puberdade. Outras meninas da escola tinham falado do sangramento, mas o coração de Cecilia parou quando ela viu a calcinha vermelha e molhada. Ela revirou o armário da mãe atrás de absorventes, mas não encontrou nenhum. Ela se dobrou de dor no chão do banheiro, viu o sangue escorrendo pela calça e decidiu que devia contar à mãe.

Etta não respondeu à batida na porta do quarto, mas não havia nada de incomum naquilo — eram três horas, e ela costumava dormir à tarde. Cecilia foi até a cama e sussurrou o nome de Etta até que ela acordou com um susto. Etta suspirou quando Cecilia lhe contou o que havia acontecido — se de dó ou aversão, a menina não saberia dizer.

"O que você quer de mim?"

Cecilia não respondeu, porque não sabia a resposta. Sentiu um nó na garganta. Etta abriu a gaveta da mesa de cabeceira e pegou dois comprimidos de uma nécessaire pequena, que es-

condia de Henry. Ela os entregou a Cecilia, enfiou a outra mão debaixo do travesseiro e fechou os olhos.

Cecilia olhou para os comprimidos brancos, colocou-os sobre a mesa de cabeceira e saiu do quarto. Encontrou a bolsa da mãe perto da entrada e pegou todos os trocados que havia ali para ir à farmácia. Seu rosto queimava quando ela pagou pelo absorvente, sem encarar o rapaz do caixa. Chegando em casa, ela preparou um banho quente. Etta entrou para usar o banheiro bem quando Cecilia entrava na banheira. Etta fez xixi de olhos fechados.

Mais tarde, Cecilia se viu à porta do quarto de Etta. Uma fúria pouco familiar subia por seu peito. Ela entrou e acendeu a luz. Ao pé da cama da mãe, com as mãos cerradas em punho, Cecilia se deu conta de que queria que Etta a machucasse. Apanhar dela pelo menos significaria que Cecilia existia no mundo triste e pequeno de Etta. Fazia meses que Cecilia sentia que estava morta para a mãe. Etta acordou e olhou para ela.

"Bate em mim, Etta", ela disse, trêmula. "Vai. Bate em mim!"

Cecilia nunca havia chamado a mãe pelo primeiro nome.

A expressão de Etta estava vazia. Seus olhos foram do rosto trêmulo de Cecilia para o interruptor na parede, e ela suspirou de novo. Voltou a deitar a cabeça e fechou os olhos. Os passos de Henry percorreram o trajeto da entrada no andar de baixo até a cozinha. Ele tinha ido atrás do jantar, mas não havia nada. Não aquela noite. Os dois comprimidos que Etta havia dado a Cecilia continuavam sobre a mesa de cabeceira. Ela não sabia bem por que Etta não queria que Henry os visse. Ela os pegou, jogou na privada e apertou a descarga.

"Ela não está se sentindo bem de novo?" Henry enchia a chaleira de água quando Cecilia entrou na cozinha.

"Dor de cabeça", disse. Eles eram tão bons mentindo um para o outro, fingindo que as coisas não eram tão ruins quanto de fato eram. Henry assentiu e voltou a procurar por sobras na geladeira. Cecilia ligou o rádio para preencher o ar, de modo que eles não precisassem dizer mais nada.

37

Fico me perguntando se você notava as coisas nele que eu amava.

O modo como ele atirava os braços sobre a cabeça, como um adolescente, enquanto dormia. O cheiro de seus pés ao fim do dia, antes do banho. Como ele se apoiava nos braços quando ouvia a porta rangendo pela manhã, procurando-me desesperadamente por entre as grades do berço. Por isso nunca pedi que você passasse óleo nas dobradiças.

Ele tem pesado em mim hoje. Isso acontece às vezes. Dias distintos, densos, doloridos, que azedam tudo ao meu redor. Só quero ele, mas o mundo real ameaça silenciar seus ruídos, seus cheiros.

Quero inspirá-lo profundamente e nunca mais expirar.

Você às vezes se sente assim também?

Aqueles primeiros dias. Leite azedo e odores corporais. A pomada dos mamilos manchando os lençóis. A marca constante da xícara de chá na mesa de cabeceira. Eu chorava sem pensar, sem saber o motivo, mas as lágrimas eram amor extravasado. O leite veio, meus seios ficaram enormes e redondos, eu mal saía do lugar. Eu o embalava sobre o peito nu até ele dormir. Ele se assustava de vez em quando, jogando seus bracinhos finos para cima, então voltava a se aninhar em mim. Depois recomeçávamos. Não havia dia ou noite. Eu sentia uma pontada nos mamilos ao pensar em alimentá-lo em seguida.

E ainda assim eu não queria que aquele tempo com ele acabasse. Ele era tudo o que eu sempre quisera. A conexão que tínhamos era a única coisa que eu sentia. Eu desejava ter o peso de seu corpo sobre mim. *Então é assim*, eu pensava. *É assim que deveria ser.* Eu o bebia como se fosse água.

Ele levantava a cabeça por entre meus seios e a movimentava como se estivesse procurando, como se tentasse encontrar a mãe, a pessoa que ele amava. Eu abaixava o rosto para que nossas bochechas se tocassem, então ele voltava a descansar, seguro, feliz e repleto. De leite, de mim.

Por fim, acabei deixando a cama e minha atenção retornou à vida. Eu lavava a louça depois de Violet tomar o café da manhã, construía castelos de faz de conta, jogava pilha após pilha de roupa na secadora. Mas, quando ele não estava comigo, minha mente estava com ele, lá em cima no quarto.

A princípio, Violet não ligou muito para Sam, embora ela observasse atentamente toda vez que eu o amamentava. Ela com frequência apalpava o próprio peito reto enquanto ele mamava, deslumbrada com o funcionamento dos seios de uma mulher. Quando Sam terminava, ela ia embora, preferindo ficar sozinha na maior parte do tempo.

Sam se apaixonou profundamente por ela nos meses seguintes. Em pouco tempo, ele se iluminava quando ouvia a voz de Violet atravessando a porta da escola no horário de saída. "Olha aí sua irmã!", eu dizia, e ele movimentava as perninhas, desesperado para se aproximar de Violet, desejando que o rosto dela estivesse bem em frente ao seu. Ela balançava os pezinhos dele e lá íamos nós, de volta para casa, para a parte do dia que eu mais temia. Nós três sozinhos, o campo minado do fim da tarde, esperando que você entrasse pela porta. Você era o grande neutralizador.

Você e eu. Éramos parceiros, companheiros, criadores daqueles dois humanos. Mas levávamos vidas cada vez mais diferentes, como acontece com a maioria dos pais. Você era cerebral e criativo, inventava espaços, linhas de visão e perspectivas, passava os dias preocupado com iluminação, elevação, acabamentos. Você fazia três refeições por dia. Lia frases escritas para adultos e usava um cachecol muito elegante. Tinha um motivo para tomar banho.

Eu era um soldado, que executava uma série de ações físicas em looping. Trocar a fralda. Fazer a fórmula infantil. Aquecer a mamadeira. Servir o cereal. Limpar a bagunça. Negociar. Implorar. Trocar o macacão dele. Tirar a roupa dela. Cadê a lancheira? Agasalhar os dois. Anda. Mais rápido. Estamos atrasados. Dar um abraço de despedida nela. Empurrar o balanço. Encontrar a luva perdida. Esfregar o dedo beliscado. Dar um lanchinho para ele. Pegar outra mamadeira. Beijar, beijar, beijar. Botá-lo no berço. Limpo. Arrumado. Encontrar. Fazer. Descongelar o frango. Pegá-lo do berço. Beijar, beijar, beijar. Colocá-lo no cadeirão. Limpar seu rosto. Lavar a louça. Fazer cócegas. Trocar a fralda. Fazer cócegas. Colocar os lanches num saquinho. Ligar a máquina de lavar. Agasalhá-lo. Comprar fraldas. E detergente. Correr para buscá-la. Oi, oi! Anda, anda. Tirar os casacos. Colocar a roupa na secadora. Ligar no programa de televisão dela. Intervalo. Por favor. Presta atenção em mim. Não! Removedor de manchas. Fralda. Jantar. Louça. Responder à pergunta repetidamente. Preparar o banho. Tirar a roupa deles. Secar o chão. Está me ouvindo? Escovar os dentes. Encontrar Benny, o coelho. Vestir os pijamas. Quarto. Livro. Outro livro. Seguir em frente, em frente, em frente.

Eu me lembro de um dia me dar conta de como meu corpo era importante para nossa família. Não meu intelecto, não minhas ambições de uma carreira literária. Não a pessoa construída ao longo de trinta e cinco anos. Só meu corpo. Fiquei nua diante do espelho, depois de tirar a blusa coberta pelo purê de ervilha que Sam havia vomitado. Meus seios estavam murchos como a planta na cozinha, que eu nunca me lembrava de regar. Minha barriga se derramava sobre o elástico da calcinha como a espuma do meu latte morno. Minhas coxas eram marshmallows perfurados por espetos de churrasco. Eu era uma massa disforme. Mas a única coisa que importava era minha capacidade física de levar todos nós adiante. Meu corpo era nosso motor. Perdoei a mulher irreconhecível no espelho por tudo. Nunca me ocorreu que meu corpo jamais seria útil daquela maneira: necessário, confiável, estimado.

Naquela época, o sexo parecia ter mudado ainda mais para nós dois. Éramos eficientes. Seguíamos uma rotina. Você estava em outro lugar enquanto eu o cavalgava. Eu também deixava a mente viajar. Para os lenços umedecidos que eu precisava comprar. A consulta médica que me esquecera de marcar. Onde eu tinha visto a receita de cenoura ao curry? Vestidos de verão. Livros da biblioteca. Os lençóis que eu precisava lavar.

38

"Não podemos esta manhã, Fox, ele tem natação e depois vai brincar com um amiguinho, e já cancelei com a mãe duas vezes. Eu te avisei quando marquei o dentista para Violet, na semana passada."

"Não tenho lembrança da vida social de Violet ser assim agitada", você disse.

Eu estava fazendo a mala do dia. Ela olhou para mim do chão, onde amarrava os cadarços cuidadosamente. Lancei a você um olhar que dizia: *Agora não*. Mas os comentários eram constantes. Você era consumido pelo ciúme em nome da nossa filha, que não podia se importar menos com quão próxima a mãe era do novo irmãozinho. Ela tinha se adaptado, para surpresa de todos, quase perfeitamente. De alguma forma, o bebê tinha aliviado a tensão entre nós duas, como se agora ambas tivéssemos liberdade para respirar um pouco. Nesse novo espaço, Violet me oferecia gestos pequenos e medidos de afeto — sentava-se mais perto de mim quando eu lia para ela na cama, erguia a mão em uma breve despedida na porta da escola.

Estávamos progredindo.

Era com você que eu vinha tendo dificuldade. Você deveria estar feliz pela mãe que eu finalmente havia encontrado em mim quando Sam chegara a nossa vida.

Sua mãe tinha vindo na semana anterior passar alguns dias conosco. Vocês dois estavam na cozinha, tomando uma xícara de chá depois do jantar na última noite da visita dela enquanto eu arrumava os brinquedos na sala. Provavelmente acharam que eu estava lá em cima. Você agradeceu a ela por ter vindo. Quando quiserem, ela disse. Fiquei imóvel quando a ouvi mencionar meu nome — dizendo que eu parecia estar muito mais "animada" do que antes de Sam nascer.

"Ela ama aquele menino. Só queria que sentisse o mesmo por Violet."

"Fox", ela o repreendeu, ainda que de forma amável. Então, um pouco depois, disse: "A segunda vez é mais fácil para algumas mulheres. A adaptação é mais tranquila".

"Eu sei, mãe. Mas fico preocupado com Violet. Ela precisa..."

Entrei na cozinha com o cesto cheio de bichos de plástico e o joguei aos seus pés. Você deu um pulo e ficou olhando para os brinquedos.

"Boa noite, Helen." Não conseguia nem olhar para você.

Na manhã seguinte, antes de ir para o aeroporto, sua mãe pediu desculpas pelo que acabei ouvindo você dizer, como se ainda fosse responsável por você.

"Está tudo bem entre vocês dois?"

Eu não queria que ela se preocupasse.

"É a falta de sono, só isso."

"Então você vai ter que levar Violet essa manhã, sinto muito. Tá bom?" Eu me abaixei para apertar os cadarços de Violet.

"Tenho um cliente às dez. Não vou conseguir atravessar a cidade e voltar a tempo."

"Bom, você pode levar Violet para o escritório. É só arranjar papel e lápis para ela se distrair durante sua reunião, e depois você a deixa na escola. Vai ser divertido, né, Violet?"

"Meu Deus, Blythe." Você esfregou os olhos. Sam tinha nos mantido acordados a maior parte da noite. Os dentes dele estavam nascendo. Você sempre conseguira dormir quando Violet acordava à noite, mas vinha tendo dificuldade desde que Sam chegara. "Tá bom. Vamos, filha, vamos embora."

No jantar daquela noite, Violet me contou tudo sobre o dia. O baú do tesouro no consultório do dentista, o furador de papel com o qual brincara na sua mesa.

"Depois fui almoçar com papai e a amiga dele."

"Ah, que legal. Que amiga?"

"Jenny."

"Gemma", você a corrigiu.

"Gemma", ela repetiu.

"Alguém do escritório?" Eu nunca tinha ouvido falar nela.

"Minha nova assistente. Ela e Violet se deram tão bem enquanto eu estava na reunião que a convidei para ir junto."

"Legal. Não sabia que você tinha uma nova assistente. E onde vocês foram?"

"Num lugar que tinha nuggets! Ela me comprou um sorvete depois! E um lápis e uma borracha de unicórnio."

"Que sorte a sua."

"Ela adorou meu cabelo."

"Eu também adoro. Seu cabelo é lindo."

"O cabelo dela era comprido e cacheado, e o esmalte dela era rosa."

Sam começou a se agitar no cadeirão, com o punho na boca. Violet bateu as mãos na mesa para distraí-lo. "Chega, Sammy! Olha, é um tambor. Tum, tum, tum. Tum, tum, TUM!"

"Você arruma aqui?", eu pedi. Levei Sam para tomar banho sem esperar pela sua resposta.

Li uma história para ela na nossa cama, enquanto Sam se agitava entre nós, com seu coelhinho Benny.
"Mais uma", ela disse quando terminei o livro. Ela sempre queria mais. Suspirei e cedi. Sam bateu a cabeça na mamadeira quase vazia. *Mais, mais.* Você vestia uma calça jeans na beirada da cama.
"Mãe, Sammy quer mais leite."
"Vai sair?"
"Vou voltar para o escritório", você disse. "Tenho que terminar uma proposta hoje."
"Pai, você tem que me colocar na cama hoje!"
Você se inclinou para beijar nós três. Um a um. Com vontade. Sam mostrou a garrafa vazia.
"A mamãe te coloca na cama, querida. Tenho que ir. Se comporta, tá?"
"Sammy quer mais leite", Violet repetiu.
"Amo vocês", você disse, para todos nós.

Eu me sentei na beirada da cama para dar boa-noite. Violet andava muito boazinha, mas eu nunca dissera aquilo a ela. Eu tinha começado a assumir aquela nova normalidade entre nós, pacífica, como algo dado. Mal conseguia recordar uma época sem Sam. Mal conseguia recordar a mãe que eu havia sido. A maternidade é assim — só existe o agora. O desespero do agora, o alívio do agora.
O rosto de Violet amadurecia, uma amostra de como seria na adolescência. Seus lábios eram redondos e cheios, e eu a imaginava beijando alguém. Amando alguém. Ela mudara des-

de que Sam havia nascido. Ou talvez eu tivesse mudado. Talvez eu finalmente enxergasse quem ela era.

"Violet? Quero que saiba que tem sido uma menina muito boazinha ultimamente. É sempre doce e gentil com Sam. Tem ajudado muito. E tem sido uma boa amiga na escola. Estou orgulhosa de você."

Ela ficou quieta, pensando. Apaguei a luz e me inclinei para beijá-la. Ela deixou.

"Boa noite. Durma bem."

"Você gosta mais de Sam do que de mim?" As palavras dela me paralisaram. Pensei em você. No que ela poderia ter ouvido você dizer.

"Querida... É claro que não. Amo vocês dois da mesma maneira."

Ela fechou os olhos, fingindo dormir, e fiquei olhando suas pálpebras tremerem.

39

Eu não sabia que ela estava no quarto dele até ela falar.

As noites vinham sendo nossas por meses a fio, mais meses do que os livros diziam que era normal. Eu acordava depressa ao menor ruído vindo do berço, como se um foguete tivesse sido lançado perto do meu ouvido. Ficava no escuro, balançando os quadris de um lado para o outro, no ritmo que ele sabia que era meu, como o cheiro da minha pele ou o gosto do meu leite. *Dorme, menino lindo.* Eu roçava os lábios na penugem de sua cabeça, tomando cuidado para não despertá-lo. Naquela noite em particular, ele mal mamara — só queria a sensação do meu mamilo na boca. O conforto. A máquina de ruído branco sibilou, numa fusão de sons que deveria representar o mar.

"Solta ele", ela me disse. Arfei assustada, com o bebê nos braços.

"Violet! O que está fazendo aqui?"

"Solta ele."

Ela falava calma e diretamente. Como se fosse uma ameaça. Eu sentia que ela estava perto do armário, mas não conseguia vê-la à luz vaga que entrava por baixo da porta fechada. Virei devagar, tentando ter uma perspectiva diferente do quarto, e esperei, deixando que meus olhos identificassem os objetos no escuro. Dessa vez, a voz dela pareceu vir do outro lado.

"Solta ele."

"Volta pra cama, querida. São três da manhã. Já vou lá acariciar suas costas."

"Não vou", ela disse, devagar e em voz baixa, "não até você soltar ele."

Comecei a sentir um aperto no peito — aquela sensação de novo, um arrepio de ansiedade. Voltou em um instante, como se ela tivesse estalado os dedos para me tirar do transe. Aquele tom costumava me assombrar. *Não podemos ir de novo por esse caminho*, pensei, com a boca seca. Por que ela estava ali? O que estava fazendo?

Bufei para mostrar que Violet estava sendo tola, mas obedeci.

Deitei Sam no berço e apalpei o colchão em busca de Benny, que costumava ficar perto da cabeça dele. Não consegui encontrá-lo.

"Violet, você sabe onde Benny está?"

Ela o atirou em mim e saiu do quarto. Tinha pego o coelhinho do berço. Tinha ficado olhando enquanto ele dormia.

Tinha estado tão perto dele.

Fechei a porta atrás de mim e a segui até o quarto.

Me sentei com cuidado na beirada da cama. Deslizei a mão por sua pele perfeita, sedosa, por dentro da blusa do pijama com estampa de morangos. Ela adorava que acariciassem suas costas. Que *você* acariciasse suas costas.

"Não encosta em mim. Sai de perto de mim."

"Violet." Tirei a mão de dentro do pijama dela. "Você já tinha entrado lá antes para ver Sam dormir? É algo que você faz de vez em quando?"

Ela não respondeu.

Meu coração batia acelerado quando voltei para a cama, tendo passado devagar diante da porta fechada de Sam para me certificar de que ele estava em silêncio. Tive vergonha de mim mesma pelos pensamentos que me ocorreram. E então: *Posso levá-lo comigo para a cama. Posso me certificar de que ele está seguro. Só por esta noite. Só desta vez.*

Já tínhamos superado aquilo. Já devíamos ter superado aquilo.

Peguei o celular na gaveta da mesa de cabeceira e fiquei vendo fotos dela até você se mexer um pouco ao meu lado, incomodado pela luz azul. Eu procurava alguma coisa no rosto dela, mas não sabia o quê. Fui até o quarto de Sam e o levei para a cama comigo.

40

"Ela tem sido tão boazinha ultimamente, sabe? Foi do nada."

Estávamos na cama bem cedo na manhã seguinte, enquanto Sam brincava com seus livrinhos cartonados no chão. Eu menti, dizendo que o levara para nossa cama porque ele não tinha sossegado depois que Violet estivera em seu quarto. Virei para você, sentindo falta do seu calor. Você pegou o celular e eu fiquei te observando. Seu peito, os cabelos brancos recentes, o modo como os enrolava no dedo enquanto lia os e-mails.

"Você deve estar exagerando. De novo."

Mas eis o que você não compreendia: não havia muitos lugares para onde minha mente não ia. Minha imaginação podia seguir devagar e na ponta dos pés rumo ao impensável antes de eu me dar conta de qual direção havia tomado. Enquanto eu empurrava o balanço ou descascava batatas-doces. Meus pensamentos eram terríveis, angustiantes, mas havia algo de satisfatório em acessá-los. Até que ponto ela iria. O que poderia acontecer. Como seria se meus piores medos se tornassem realidade. O que eu faria. O que eu faria?

Chega. Eu reagia e esvaziava a mente. As crianças. Os gritinhos. A vida em seus olhos. Estava tudo bem.

Deixei as crianças com a babá depois da escola e fui fazer o pé com Grace. Naquela época, a babá vinha uma vez por semana, e eu valorizava aquela breve folga. Escolhi um esmalte chamado Sonhos de Carvão, que parecia apropriado, considerando o friozinho recém-chegado, e tentei não respirar muito fundo enquanto a pedicure tirava minha cutícula negligenciada. Ela apoiou meu pé em sua coxa e pareceu se preparar para o trabalho duro — a pele dos meus calcanhares poderia ser removida com um ralador de queijo. Parafina e meias grossas à noite, ela sugeriu. Eu não me importava o bastante com meus calcanhares para fazer algo do tipo, e quase disse isso à pedicure, mas aquela era a vida dela — pés —, então apenas agradeci a dica.

Grace falou da viagem de férias que acabara de fazer. Cabo, no aniversário de setenta anos da mãe. O barman havia feito margaritas de figo-bravo para elas, no bar da piscina. Algo sobre um novo autobronzeador. Eu me desliguei. Pensei nas crianças em casa, em como a babá havia dito que arrumaria o quarto delas. Em como Violet ia querer brincar no porão e Sam ia choramingar até ser levado para lá também. Ultimamente, ele só queria saber de ficar perto dela, sempre se esticando para a irmã quando ela passava, chamando-a do berço — "Bio-ete! Bio-ete!" — ao acordar de manhã. Aquilo me fazia sorrir, pensar na sua fala entrecortada. Grace começou a falar sobre os irmãos que havia conhecido, algo sobre um rancho em Iowa. Havia ranchos lá? Pensei no porão, no lugar onde eles deviam estar. Seguia inacabado e era ligeiramente úmido, mas tinha espaço o bastante para Sam se movimentar, agora que ele não parava quieto. Pensei em como precisávamos trocar o tapete. Pôr um mais baixo, mais fácil de limpar. E de um depósito de brinquedos. Pensei em como você guardava seu material esportivo lá, em como sua bolsa de golfe mal passava pela escada estreita. Em como você colocara seus tacos ali no dia anterior. Em como Violet gostava de pegá-los e fingir que estava jogando. Pensei na babá sempre querendo cuidar da limpeza, ainda que eu dissesse que não havia necessidade. Em Sam obcecado por cada movimento de Violet. No peso do taco na mão dela. No modo como eu a vira movimentá-lo. Como uma arma. Na cabecinha emplumada dele. Em como seria fácil para ela. Em como levaria apenas um segundo. No impacto. Se haveria sangue ou não. Dano cerebral, ou só sangue?

Agora Grace falava sobre um convite em aberto para visitar o rancho. Ela estava pensando em ir em março. O cheiro de acetona começou a fazer meus pulmões doerem, e eu puxei os pés das mãos da mulher, que havia terminado de esmaltar apenas um. Eu me afastei para respirar um ar que não ardesse, mas o salão todo parecia tóxico, e meu peito se fechava. Eu precisava ir embora. Peguei a bolsa e deixei a mulher embasbacada, com o pincel do esmalte na mão. Grace disse algo sobre meus sapatos, sobre para onde eu estava indo, e comecei a correr. Os tacos. Ela podia fazer aquilo. Ela ia fazer aquilo. A babá não ia acompanhá-los de perto o bastante. Corri e não parei nos dois faróis vermelhos, só estiquei a mão para que os carros reduzissem enquanto meus pés dormentes me levavam até em casa.

"Você vai se matar!", gritou um ciclista.

Não!, eu queria gritar. *Ela é que vai matar ele. Ela me odeia a esse ponto. Você não entende.*

"Violet!" Abri a porta com tudo. Corri para o porão lá embaixo e gritei o nome dela de novo. Ninguém respondeu. "Sam! Cadê o Sam?"

A babá veio correndo pelo corredor, com um dedo nos lábios.

Sam estava dormindo. Violet estava descansando no quarto, com um livro.

Recostei-me contra a parede. Nada havia acontecido.

Nada havia acontecido.

41

"Ataques de ansiedade são muito comuns. Principalmente entre mães com bebês. Isso é normal."

Fiquei pensando se devia ter dito mais. A médica soprou a ponta da caneta, como se estivesse quente. Ela me receitou um remédio e explicou quando eu devia tomá-lo. Saí do prédio pensando no frasco laranja translúcido que ficava na cabeceira da minha mãe, cheio de comprimidinhos brancos, esvaziando com o passar do mês. Enfiei a receita na bolsa.

Eu sabia que havia algo errado. Primeiro fora o vazio que ela tinha nos olhos desde que eu a encontrara no quarto de Sam, o modo como agora parecia me olhar quando eu estava com ele. Seu desrespeito havia passado de birras extenuantes, que antes me levavam às lágrimas, a uma frieza manipuladora e premeditada. O jeito calmo e determinado com que me ignorava estava muito além de seus quase sete anos. Os olhares gelados. O completo desdém. A resistência passiva a fazer o que eu pedia. Termine o jantar, por favor. Pode guardar seus brinquedos? Ela simplesmente me ignorava, sem nenhuma reação, não havia nada a fazer. Castigos ou ameaças eram inúteis; consequências não significavam nada para ela. Qualquer atenção que eu tivesse recebido dela desde que Sam havia nascido desaparecera. Violet não me deixava tocá-la. Retornamos ao nosso velho embate. E você retornou ao seu velho lugar como a única pessoa no mundo que ela queria.

Eventualmente, aprendemos a tolerar uma à outra o bastante para coexistir. Ela precisava muito pouco de mim, ao ponto de começar a parecer uma pensionista que eu devia alimentar com pratos de plástico sobre um jogo americano em forma de coração. Em vez disso eu focava em Sam, em nossa rotina, nos movimentos exigidos de mim quando ela não estava na escola. Quando você chegava em casa, à noite, ela voltava a ganhar vida.

Sam era meu sol, e eu fazia tudo o que podia para impedir Violet de ofuscá-lo. Algumas manhãs, voltávamos para casa depois de deixá-la na escola e íamos para a cama desfeita com tudo de que precisávamos — mamadeira, chá, livros, Benny. A bagunça na cozinha e na área de serviço podia esperar. Concentrávamo-nos em patos, dinossauros e umbigos. Mais tarde, cochilávamos sob o sol do fim do inverno. Ele dormia sobre meu peito, mesmo depois que parou de mamar e meu cheiro mudou. Era como se soubesse o quanto eu precisava dele.

A ansiedade se manteve afastada por um tempinho. Eu mantinha a receita na bolsa — sempre que via a folha de papel quando ia pegar alguma coisa, pensava na minha mãe. Não conseguia me convencer a ir à farmácia. Não confiava em mim mesma.

42

"Cecilia não está." As palavras do meu pai deveriam ter soado severas, mas ouvi a alteração em sua voz. "Não sei onde se encontra." Ele colocou o fone no gancho com a mão trêmula. Eu observava do corredor. Ele havia mentido para a pessoa do outro lado da linha. Minha mãe estava em casa, mas não saía da cama fazia algum tempo. Eu não sabia o motivo, ou por que meu pai precisava mentir para quem quer que insistisse em ligar. A única vez em que fui mais rápida que ele, meu pai arrancou o fone da minha mão, como se a voz do outro lado da linha fosse queimar minha orelha.

Ele levava sopa, água e bolacha para ela. Perguntei se ela estava mal da barriga.

"É. Algo do tipo."

Eu estava no caminho. Ele passou por mim na escada, com as costas curvadas sobre a bandeja que levava para ela, com todo o cuidado. Eu não via minha mãe havia dias, desde que ela se arrumara para uma de suas noitadas na cidade. Ela andava saindo mais e passava a noite fora, às vezes duas seguidas. Seu truque de desaparição. Eu tentei escutar do meu quarto, mas não consegui compreender suas palavras aquela noite. Ela soava fraca e lacrimosa, ele se mantinha paciente e calmo. Eu me aproximei da porta do quarto deles, na ponta dos dedos.

"Você precisa de ajuda."

Então algo se quebrou. Louça. Ela tinha atirado a tigela de sopa. Saí da frente do meu pai num pulo quando ele abriu a porta com tudo para ir atrás de um pano. Olhei lá dentro e a vi na cama, sentada, com os olhos fechados. Os braços cruzados. Vi a mesma pulseira de plástico que a sra. Ellington usara no ano anterior, quando seu bebê não vingara. Mas minha mãe continuava magra, sua cintura do tamanho da minha, apesar dos meus onze anos, e não havia a menor chance de que ela quisesse outro filho. Fui para o quarto e me preparei para dormir, esperando ouvir o resto da discussão para poder juntar as peças do que estava acontecendo. Peguei no sono ao som da minha mãe chorando.

Pela manhã, fui ao banheiro fazer xixi. A casa seguia quieta — meu pai ainda não se mexia no sofá. Levantei a tampa do vaso. Ele estava cheio de sangue e o que parecia as vísceras dos ratos que o gato dos vizinhos às vezes deixava na nossa varanda. Havia uma calcinha da minha mãe ao lado do vaso. Eu a peguei e percebi que as manchas marrons eram sangue seco.

"Pai? O que a mamãe tem?"

Meu pai estava de pé ao lado do bule de café, ainda usando as roupas da noite anterior. Ele não respondeu. Pegou o jornal do lado de fora da porta da frente e o jogou sobre a mesa.

"Pai?"

"Ela fez um procedimento."

Preparei meu cereal e comi em silêncio. Ele passava pelos cadernos do jornal, tomando café, quando o telefone tocou. Me levantei para atender.

"Pode deixar, Blythe."

"*Seb!*"

Ele suspirou e afastou a cadeira. Serviu uma xícara de café

para ela e saiu da cozinha. O telefone tocou de novo. Atendi sem nem pensar.

"Preciso falar com ela."

"Como?" Eu tinha ouvido bem, mas não sabia o que mais dizer.

"Desculpa. Número errado." O homem desligou. Ouvi os passos do meu pai descendo a escada e voltei depressa ao meu cereal.

"Você atendeu?"

"Não."

Ele ficou me olhando por um longo tempo. Sabia que eu estava mentindo.

Antes de sair para a escola, fui até a porta do quarto da minha mãe e bati levemente. Queria ver com meus próprios olhos se ela estava bem.

"Entra." Ela estava tomando café e olhando pela janela. "Vai se atrasar pra escola."

Fiquei no batente, pensando em quando havia me sentado ao lado da sra. Ellington e ela me mostrara sua barriga inchada. Minha mãe tinha o mesmo cheiro. Havia dois novos frascos de comprimidos sobre a mesa de cabeceira. Ela parecia cansada e inchada. Tinha tirado a pulseira do hospital que eu vira no dia anterior. Havia um hematoma grande nas costas de uma mão.

"Você está bem?"

Ela não tirou os olhos da janela.

"Estou, Blythe."

"Tinha sangue no banheiro."

Ela pareceu surpresa, como se tivesse esquecido que eu também morava ali.

"Esquece isso."

"Era um bebê?"

Ela ergueu os olhos e encontrou um ponto no teto onde focar. Eu a vi engolir em seco.

"Como assim?"

"A sra. Ellington. Ela teve um bebê que não vingou."

Minha mãe finalmente olhou para mim. Então além de mim. Ela soltou o ar por entre os dentes e voltou a olhar para a janela, balançando a cabeça. "Você não sabe do que está falando."

Na hora me arrependi de ter contado a minha mãe sobre a sra. Ellington. Desejei poder enfiar as palavras de volta na minha boca — não queria que minha mãe se aproximasse de meu relacionamento com ela. Era a única coisa sagrada que eu tinha na vida. Saí do quarto e fui para a escola. Quando voltei para casa, tudo parecia ter voltado ao normal. Minha mãe estava na cozinha, com o jantar no forno. Meu pai se servia uma bebida. O telefone da parede tocou. Ele o tirou do gancho, desligou e deixou o fone pendurado. Ficamos ouvindo o som vago da linha enquanto comíamos.

43

Um dia antes de Sam morrer, fomos ao zoológico.

O tempo estava quente apesar da época do ano, e a previsão era de sol.

Ouvimos Raffi no carro. *Zoo, zoo, zoo, how about you, you, you?* Tínhamos levado comida e a câmera boa, mas nos esquecemos de tirar fotos.

Violet puxou seu braço o dia todo, querendo correr na frente. Ela sempre queria estar à frente. Vocês dois contra o mundo. Eu não consegui tirar os olhos das costas de vocês. De como eram parecidos. A silhueta dos dois juntos. O modo como seu corpo se inclinava um pouco para o lado em que Violet estava, como ela sempre se esticava para tocar a curva do seu cotovelo.

Alimentei Sam do lado de fora do espaço onde havia o urso-polar, e você comprou suco de maçã para Violet numa máquina de venda automática, porque ela disse que as caixinhas de suco que tínhamos levado de casa tinham um gosto esquisito. Um esquilo roubou um biscoito que sobrara na parte de baixo do nosso carrinho. Violet chorou. Ela não queria usar o chapéu que eu havia levado. Sam derramou um pouco do leite e eu o limpei com as toalhas de papel amarronzadas do banheiro, porque tinha esquecido os lenços umedecidos. Tracei círculos na palma dele, corri meus dedos pelo seu braço e fiz cócegas sob seu queixo. Sua risada era como um grito, espirituosa e expansiva, e eu amava aquilo. Uma senhora que estava por perto, segurando a mão enluvada de um menininho, me disse: "Que bebê mais fofo você tem, um rapazinho tão alegre!". Obrigada, ele é meu, eu o fiz. Há um ano inteiro. Sam era uma parte tão grande de mim que, nos segundos logo antes de ele chorar, meu interior literalmente se comprimia, como se alguém estivesse enchendo uma bexiga dentro da minha caixa torácica.

"Espera só até ver isso!", você disse para Violet. Descemos a rampa para o subsolo, onde estava escuro e havia eco, e vocês dois se colocaram diante do vidro. Vocês eram sombras contra o brilho verde-elétrico da água no tanque, partículas de sujeira e escama de peixe flutuando ao redor de vocês, como um dente de leão soprado. Fiquei para trás, com Sam no colo, e senti como se estivesse observando a família de outra pessoa. Que fossem ambos meus me parecia impossível naquele momento. Vocês ficavam tão lindos juntos. O urso-polar pressionava a palma contra o vidro, bem na frente do rosto de Violet. Ela prendeu o fôlego e abraçou sua cintura, em assombro, terror, deslumbre, o tipo de reação que só se observa algumas vezes na vida dos filhos, um lembrete de que são novos neste mundo, de que não são capazes de compreender quando estão seguros e quando não estão.

Compramos um leãozinho para cada um na lojinha do zoológico, e Violet jogou o dela pela janela do carro no caminho de volta. Fiquei brava, olhando para trás na estrada, me perguntando se o brinquedo de plástico tinha atingido o para-brisa de alguém. Você gritou e disse a ela que aquilo era perigoso.

"Eu não queria a mamãe leoa. Odeio a minha mãe."

Olhei para você, respirei fundo e virei para o outro lado.

Deixa pra lá. Então Sam começou a chorar. Ele havia deixado Benny cair, de modo que Violet o pegou e devolveu ao irmão. Ela conseguiu acalmá-lo, e você disse: "Muito bem, Violet".

O nariz dela estava queimado do sol — eu não pensara em levar protetor solar em fevereiro. Apertei um tubo velho de babosa e espalhei com o dedo no nariz dela. Contei as sardas em seu nariz, querendo segurá-la naquele raro momento em que tinha permissão para tocá-la. Ela ficou me olhando como se nunca tivesse ouvido alguém contar. Pensei que Violet poderia me abraçar, e meus músculos se contraíram, na expectativa da sensação do seu corpo contra o meu — fazia muito tempo. Mas ela desviou o rosto.

Ela ficou olhando enquanto eu dava banho em Sam antes de colocá-lo para dormir, então se sentou comigo no chão, esfregou a barriguinha dele e disse: "Ele é um bebê bonzinho, né?". Violet lhe entregou Benny, e Sam ficou mordendo uma orelha do coelhinho enquanto a irmã o observava em silêncio. Deixei que Violet colocasse o pijama nele, um exercício de paciência para ambas, porque ela raramente pedia aquilo. Enquanto vestia a segunda perna, ela disse: "Não quero mais o Sammy". Estalei a língua para ela e mexi na barriga dele. Sam sorriu para Violet e movimentou as pernas roliças. Ela deu um beijo nele de qualquer forma, depois se sentou sobre a tampa fechada da privada e ficou nos olhando enquanto eu passava uma toalhinha na gengiva dele.

"Estão nascendo mais dentes", eu disse a Violet. "Antes que a gente perceba, ele vai ter mais dentes que você, se os seus continuarem caindo."

Ela deu de ombros e foi embora, em busca de você.

Você foi doce aquela noite. Foi afetuoso comigo. Antes de ir para a cama, nós nos esgueiramos juntos até o quarto de cada um deles e ficamos olhando para suas cabecinhas macias e lindas.

44

Saímos mais cedo do que eu havia planejado, por algum motivo. Era um daqueles raros dias tranquilos, em que ninguém sujava a roupa no café da manhã e Violet deixava que eu penteasse seu cabelo sem muito escarcéu. Então não precisei gritar coisas que não se deve gritar. *Anda logo! Estou perdendo a paciência!* Foi uma manhã muito pacífica.

Raramente ficávamos os três juntos durante a semana, mas a escola de Violet estava fechada naquele dia. Eu quis tomar um chá no caminho do parque. Joe conversou com Violet como sempre fazia enquanto eu colocava mel no meu chá. Ele me ajudou a descer o carrinho pelos dois degraus altos e acenou em despedida. Seguimos até a esquina, sentindo o vento fresco do inverno no rosto.

Estávamos parados em um cruzamento que atravessávamos quase todo dia. Eu conhecia cada rachadura na calçada. Poderia fechar os olhos e visualizar os grafites no prédio de tijolos aparentes a noroeste.

Ficamos esperando o farol abrir para nós. Sam no carrinho olhando para os ônibus, Violet e eu quietas. Fiz menção de pegar a mão dela, pronta para nosso cabo de guerra de sempre, mas naquele dia parecia não haver motivo para discussão.

"Cuidado com a rua", eu disse, com uma mão apoiada no carrinho. Sam estendeu os braços na direção de Violet. Ele queria sair. Peguei meu chá do porta-copo e o levei à boca. Ainda estava quente demais, mas o vapor aqueceu meu rosto. Violet olhou para mim enquanto esperávamos, e achei que fosse me perguntar alguma coisa. Quando vamos atravessar? Posso voltar para comprar um donut? Soprei o chá de novo enquanto ela ficava me olhando. Devolvi-o ao porta-copo e toquei a cabeça de Sam no carrinho, um pequeno lembrete de que eu estava ali, atrás dele, ciente de que ele queria sair. Olhei para Violet. Então voltei a levar o chá à boca.

As luvas cor-de-rosa dela deixaram os bolsos e vieram na minha direção. Violet puxou meu cotovelo com ambas as mãos. Tão depressa, com tanta força, que o líquido quente escaldou meu rosto. Derrubei o copo e arfei, olhando para baixo. Então gritei: "Violet! Olha o que você fez!".

Enquanto as palavras saíam da minha boca, enquanto eu agarrava minha pele queimada com ambas as mãos, o carrinho de Sam deslizou para a rua.

Nunca vou esquecer a expressão nos olhos dela — eu não conseguia desviar os meus. Mas soube o que aconteceu assim que ouvi.

O impacto retorceu o carrinho.

Sam ainda estava preso ao cesto pelo cinto quando morreu.

Ele não teve tempo de pensar em mim, ou para se perguntar onde eu estava.

Pensei imediatamente na jardineira com listras em azul-marinho e branco que eu havia vestido nele aquela amanhã. No fato de Benny também estar no carrinho. Que eu teria que levar o coelhinho para casa sem ele. Então me perguntei como tiraria Benny daquela confusão, do carrinho retorcido, porque Sam precisaria dele para dormir à noite.

Fiquei olhando incrédula para o meio-fio, cercada pelo caos — o ligeiro declive no cimento e depois uma canaleta onde a calçada encontrava o asfalto —, como não havia impedido o carrinho? O gelo havia derretido com o calor do dia anterior. A calçada estava seca. Por que as rodinhas não haviam se retardado quando atingiram a canaleta? Em geral eu tinha que empurrar com força quando atravessávamos, não tinha? Eu não precisava empurrar com força normalmente?

Não conseguia respirar. Olhei para Violet. Eu tinha visto suas luvas cor-de-rosa indo na direção do carrinho quando o soltara. Tinha visto suas luvas no puxador antes que o carrinho fosse para a rua. Fechei os olhos. Lã cor-de-rosa, puxador de borracha preta. Balancei a cabeça vigorosamente diante da ideia.

Não tenho lembrança do que aconteceu em seguida ou de como chegamos ao hospital. Não me recordo de vê-lo ou de tocá-lo. Espero que tenha desafivelado o cinto e o segurado no asfalto frio. Espero que o tenha beijado repetidamente.

Mas talvez eu só tenha ficado ali. Na calçada, olhando para a canaleta.

Uma mãe dirigia um SUV com os dois filhos no banco de trás, da mesma idade que os nossos. Ela passou direto pelo farol verde, com todo o direito, como provavelmente havia feito três mil vezes antes. Os dois carros vindo no sentido contrário pisaram no freio quando viram o carrinho, mas ela não teve tempo. Nem freou. Sempre me pergunto sobre os pensamentos que ocupavam sua cabeça quando aconteceu. Se ela estava cantando com os filhos ou respondendo a uma série de perguntas deles. Talvez olhando pelo retrovisor, sorrindo para o bebê. Talvez ela estivesse sonhando acordada, pensando em como preferiria estar em qualquer outro lugar que não aquele carro, ouvindo os filhos gritar.

Eu queria que doesse mais. Queria ainda poder sentir como se tivesse acontecido hoje. Há momentos em que a dor some e penso: *Meu Deus, estou morta por dentro. Morri com ele.* Eu costumava passar cada minuto de cada dia olhando para as coisas dele, desejando que a dor voltasse a me inundar. Soluçava, porque não doía o bastante. Então, dias depois, a dor voltava a crescer e o mundo parecia um pouco mais vivo, de maneiras que eu desprezava. Eu sentia o cheiro do bolo de banana da casa ao lado e aquilo me paralisava — o fato de poder sentir, de minhas glândulas salivarem, de alguém do outro lado da parede ter o tipo de manhã que permitia assar um bolo de banana para as crianças. Eu estava entorpecida — a cruel falta de dor me entorpecia. Depois, eu rezaria para que o entorpecimento retornasse. Ainda que encontrasse satisfação na dor, sabia que não sobreviveria a ela.

Quando você nos encontrou no hospital, puxou Violet em um abraço e segurou a cabeça dela contra seu peito. Então olhou para mim e abriu a boca para falar, mas não saiu nada. Ficamos olhando um para o outro, então choramos. Violet se soltou dos seus braços e você veio até mim. Dobrei o corpo na direção do chão e me apoiei nas suas pernas.

Violet ficou observando, em silêncio. Ela se aproximou e pôs a mão sobre a minha cabeça.

"O carrinho do Sammy escapou da mão da minha mãe e um carro bateu nele."

"Eu sei, querida. Eu sei", você disse.

Eu não conseguia olhar para nenhum dos dois.

A polícia voltou para falar com você, para explicar tudo o

que já tinham me explicado. Que a motorista não seria acusada, que precisávamos tomar algumas decisões sobre o corpo do bebê. E os órgãos. Eles achavam que três poderiam ser transplantados para outros bebês, de mães que haviam feito um trabalho melhor mantendo-os vivos do que eu havia feito. Um enfermeiro me deu um comprimido para me acalmar.

Levei Violet até o bebedouro. Enquanto ela deixava o copo extravasar, vomitei na lixeira cheia de luvas de látex e embalagens de produtos médicos descartadas. Ouvi você chorando mais adiante no corredor, através da porta pesada de vidro que nos separava do restante da área de espera. Violet me olhou, alternando o peso do corpo de uma perna para outra. Ela não ousava falar comigo. Eu sabia que estava louca para fazer xixi, mas queria deixar que fizesse nas calças. Vi o jeans passar de claro a escuro conforme a umidade se espalhava. Eu não disse nada, nem ela.

Falei com a polícia como se estivesse pedindo um hambúrguer pela janela de um drive-thru. Minha filha puxou meu braço. O chá quente me queimou. Soltei o carrinho. Então ela o empurrou para a rua.

Mais alguma coisa, senhora?
Não, só isso.

Eu não tinha como protegê-la com uma mentira. Eles pediram que eu repetisse aquilo algumas vezes, provavelmente procurando por sinais de choque, inconsistências. Talvez tenham encontrado. Não sei. Não sei o que disseram a você quando eu não estava. Mas, quando voltei, o policial se agachou, levou uma mão ao ombrinho de Violet e disse a ela: "Acidentes acontecem, está bem, Violet? Acidentes acontecem e não é culpa de ninguém. A mamãe não fez nada de errado".

"Ouça o policial, Blythe. Você não fez nada de errado." Você repetiu aquilo para mim e me abraçou.

"Acho que ela o empurrou", eu disse, baixo, enquanto você

passava pomada na minha pele queimada. Eu não sentia nada.
"Acho que ela o empurrou para a rua. Falei isso pra polícia."

"Shhh." Como se eu fosse um bebê. "Não diga isso. Está bem? Não diga isso."

"Vi as luvas cor-de-rosa dela no puxador do carrinho."

"Blythe. Não faça isso. Foi um acidente. Um acidente terrível."

"Deve ter havido um empurrão. Teria parado no meio-fio."

Você olhou para o policial e balançou a cabeça, enxugando as lágrimas do rosto. Você pigarreou. O policial contraiu os lábios pálidos e rachados. Ele assentiu para você, em algum tipo de reconhecimento. A mãe irracional. A mulher incapaz. *Olha. Tenho que passar pomada nela. Tenho que silenciá-la.*

Violet fingiu não ter ouvido o que eu dissera. Ela desenhava flores em um quadro-branco perto de um diagrama de órgãos que alguém havia feito quando eu não estava ali, talvez para que meu marido compreendesse quais partes do meu filho outras pessoas queriam. Parecia um mapa dos Grandes Lagos. O policial disse que nos daria um momento a sós.

Quando ele saiu, você repetiu devagar para mim, com a voz falhando: "Blythe, foi um acidente. Foi só um acidente horrível".

Eu estava sozinha.

Na semana anterior, quando íamos para o parque, Violet me fizera uma pergunta naquela mesma esquina, uma pergunta cuja resposta ela sabia.

"Os carros só param quando o farol fica vermelho?"

"Já faz sete anos que você sabe disso! Você sabe que os carros param no farol vermelho. E que o amarelo é um aviso para tomar cuidado, porque o farol vai fechar. Por isso é perigoso atravessar a rua antes que os carros já estejam completamente parados no farol vermelho." Ela assentiu.

Eu pensara em quanta curiosidade ela demonstrava em relação ao mundo a sua volta. E me perguntara se devíamos começar a ensinar a ela o que eram mapas. Podíamos andar pelo bairro procurando por placas de rua ou indicando caminhos. Poderíamos nos divertir muito fazendo aquilo juntos.

Sentada na sala para as famílias do setor de emergência, repassei aquela pergunta repetidas vezes na cabeça.

Você levou Violet para casa, mas eu não podia ir embora. O corpo do meu filho ainda estava naquele prédio.

Sob um lençol? No porão? Em uma daquelas bandejas que saem da parede, como uma grade de forno? Meu bebê estava numa grade de forno, estaria com frio? Eu não sabia onde o tinham colocado, mas não podíamos vê-lo. Benny estava em um saco plástico sobre minhas pernas, com o rabo branco manchado.

45

Eu vomitei tudo o que comia por onze dias. Chorava nos meus sonhos, então acordava e chorava no escuro. Meu corpo tremia por horas seguidas.

 O médico veio com roupa de passeio num sábado de manhã, alguém cuja casa você tinha projetado e que havia se oferecido para ajudar. Ele disse que eu devia estar com algum problema no estômago, que não era só luto, que às vezes o sistema imunológico podia ser comprometido quando se lidava com algo assim. Você concordou e lhe agradeceu com uma garrafa de vinho quando ele estava de saída. Eu não ligava o bastante para mandar os dois à merda.

 Sua mãe veio ficar conosco. Ela me levava chá, lenços, comprimidos para dormir, panos frios para fazer compressas em meu rosto. Eu dizia o que precisava para que ela saísse do quarto. *Vou ficar bem, prometo. Só preciso de um tempo para mim.* Ela se esforçava ao máximo, mas sua presença ocupava espaço no meu cérebro, me distraía da única coisa na qual eu queria pensar. Nele. A raiva dificultava a respiração. A tristeza dificultava abrir os olhos, deixar a luz entrar em mim. Eu pertencia à escuridão, a escuridão me possuía.

 Sua mãe levou Violet para passar alguns dias num hotel,

achando que a mudança de cenário ajudaria. Eu não via Violet desde o hospital. Na manhã em que você foi buscá-la, fiquei sentada sob a janela do nosso quarto, segurando uma lâmina que você usava em suas maquetes e deixara sobre a mesa. Levantei a blusa e fiz um corte leve na pele, das costelas até a cintura. Gritei por Sam até ficar rouca. O sangue surgiu em uma linha perfurada e tinha um sabor rançoso, como se eu estivesse apodrecendo desde o minuto em que Sam morrera. Eu não conseguia parar de levá-lo à boca. Esfregava o sangue pela barriga e pelos seios, e queria mais. Queria sentir que tinha sido assassinada, que alguém havia tirado minha vida e me deixado ali para morrer.

Quando ouvi a voz de Violet lá embaixo, tive que segurar uma mão na outra com firmeza para impedi-las de tremer. Tranquei a porta do quarto, tomei um banho e limpei o sangue do chão com uma blusa comprada na semana anterior. Eu levara Sam comigo em meio à mistura de chuva e neve, porque achava que não tinha mais roupas. Quando esse tipo de coisa parecia um problema. Eu esquecera de levar comida para ele. Tinha ignorado sua fome enquanto esperava impaciente na longa fila do caixa e atrasara o horário de sua soneca.

"A mamãe está lá em cima", ouvi você dizer a ela. Eram raras as vezes em que você, ou ela, me chamava de mamãe.

Você usava uma calça preta de moletom e uma camisa vermelha de flanela. Você não trocou de roupa por semanas depois que ele morreu. Era a única coisa em você que parecia diferente, embora eu soubesse que sofria imensamente. Eu ouvia você ir do escritório para nosso quarto, para o quarto de Violet e para a cozinha. Você nunca entrava no quarto dele. Você andava em looping pela casa, produzindo o mesmo estalar do piso e os mesmos ruídos: a descarga soando, a janela do corredor abrindo, a porta da geladeira fechando. Talvez estivesse esperando, respeitosamente, alguém lhe dizer que a vida podia continuar, que você podia colocar o alarme para ir para o trabalho que tanto amava, que podia ir jogar basquete às quintas, e rir com Violet tão alto quanto antes. Talvez você nunca esperasse reencontrar tais alegrias na vida.

Sabia que você falou comigo só quatro vezes? Quatro vezes em quase duas semanas. Olhar um para o outro era dolorido demais.

    1. Você disse que não queria um funeral. Então não houve um.

    2. Você quis saber onde ficava a garrafa térmica de Violet.

    3. Você me disse que sentia falta dele, então se deitou ao meu lado na cama, nu e molhado do banho, e chorou por quase uma hora. Eu levantei o cobertor, o único convite que eu havia feito a você desde a morte dele, e você rolara para mais perto. Abracei sua cabeça contra o peito e me dei conta de que não havia espaço para você dentro de mim, não naquele dia, talvez nunca mais. (Foi a última vez que você me disse tais palavras — sinto falta dele — por vontade própria. "É claro que sinto falta dele", você me responderia meses depois, sempre que eu reunia a coragem para perguntar.)

    4. Você me perguntou se eu podia fazer o jantar para Violet na noite em que ela voltou, porque você ia sair, só estaria em casa até as cinco. Eu disse que não, não podia, e você saiu do quarto.

Eu te odiei por tentar agir normalmente. Por me deixar lá com ela, sozinha, entre as paredes da casa de Sam.

Violet nunca subiu. Eu jamais desci.

Quando acordei no dia seguinte e vi que você havia tirado o quadro do quarto dele e o apoiado contra a parede perto do pé da nossa cama, senti uma ausência de peso por um momento. A dor parou de martelar meus ossos. Eu tinha ficado olhando para aquela mulher segurando o filho por quase um ano enquanto embalava, amamentava, fazia-o arrotar e sussurrava canções de ninar em seu ouvido. Ao ver o quadro, eu me dei conta de que sobreviveria, não sei por quê. Eu soube que ia conseguir me arrastar para fora daquele lugar que esmagava cada grama de mim. E odiei você por isso. Não queria voltar a me sentir normal nunca mais.

Fui de roupa de baixo até o quarto de Violet, com as pernas pesadas como nunca. Abri a porta e lá estava ela, remexendo-se sob os lençóis. Suas pálpebras tremeram e ela apertou os olhos à luz do corredor.

"Se levanta."

Servi o cereal dela e olhei para a cozinha. Alguém havia tirado o cadeirão, as mamadeiras, a colher de silicone azul e as bolachas que ele gostava de ficar chupando. Os pés de Violet se arrastaram até o nosso banheiro no andar de cima, onde você estava se barbeando.

Não sei por que você colocou o quadro ali. Nunca falamos a respeito. Está no nosso quarto agora, aqui comigo, nesta casa vazia. Nem noto mais os detalhes, como o acabamento das torneiras ou o fato de que a porta da área de serviço abre para o lado errado. Mas, de vez em quando, aquela mulher, aquela mãe, olha para mim. O sol a atinge pela manhã e ilumina as cores de seu vestido por horas.

46

Alguns dias, quando eu não aguentava mais ficar em casa, pegava o metrô e ia de um extremo ao outro da linha. Gostava da escuridão lá fora, além das janelas dos vagões, gostava que ninguém conversava. O movimento do trem me tranquilizava.

Vi um pôster pendurado em um quadro na plataforma e tirei uma foto com o celular.

Dois dias depois, o endereço me levou ao porão de uma igreja. A sala estava fria e não tirei a jaqueta, embora todas as outras pessoas tivessem pendurado seus casacos em cabides na arara no canto. Eu precisava de uma camada extra entre mim e o frio úmido que atravessava as paredes brancas de cimento. Uma camada extra ente mim e elas. As mães. Havia onze delas. Havia biscoitos de gengibre, um bule de café e sachês de creme em uma cesta forrada com um guardanapo natalino, embora fosse abril. Havia cadeiras de plástico laranja, do tipo que usavam nas assembleias realizadas no auditório da escola quando eu estava no ensino médio. Alguma profanidade fora escrita na cadeira na qual me sentei. Ali estávamos, reunidas, eu e as mães.

A líder do grupo, uma mulher impossivelmente magra com pulseiras douradas nos braços, pediu que nos apresentássemos. Gina tinha cinquenta anos, era mãe solteira e tinha três filhos, o mais velho havia matado alguém em uma casa noturna dois meses antes. A tiros. Ele aguardava o julgamento, mas ia se declarar culpado. Ela chorou ao falar. Sua pele estava tão seca que as lágrimas abriram rios escuros e bem marcados em seu rosto. Lisa, que estava ao lado de Gina, dera tapinhas na mão dela, embora as duas não se conhecessem. Lisa era veterana no grupo. A filha cumpria uma sentença de quinze anos de prisão por tentar assassinar a namorada, e mal tinham se passado dois. Ela não trabalhava fora desde que a filha nascera. Sua voz era suave e ela fazia uma pausa antes da última palavra de cada frase. Lisa tinha bolsas cor de ameixa sob os olhos.

Eu era a próxima. As luzes fluorescentes piscaram pouco antes de eu falar, e me perguntei se poderia ser salva por uma queda de energia. Eu disse a elas que meu nome era Maureen e que minha filha tinha sido presa por furto. Furto foi a coisa menos ruim em que consegui pensar. Parecia apenas um erro que todo mundo já tinha cometido, mas pelo qual nem todos haviam sido pegos. Era como se eu ainda fosse mãe de uma pessoa que era boa e digna de amor.

Não me recordo de todos os detalhes do que foi dito naquela dia, mas lembro que havia um estupro, algumas acusações de porte de drogas e um filho que havia matado a esposa com a pá para neve. A mãe disse que era o assassinato de Sterling Hock, como se todas tivéssemos lido a respeito no jornal, mas eu nunca ouvira falar daquilo. A líder do grupo nos lembrou de que não devíamos dar sobrenomes ou detalhes. Deveríamos ficar no anonimato.

Procurei em cada rosto algo familiar.

"Sinto como se tivesse sido eu a cometer o crime", uma das mães disse. "É como os guardas da prisão me tratam. É como os advogados me tratam. Todo mundo me olha como se fosse eu quem tivesse feito algo errado. Mas eu não fiz." Ela deu uma pausa. "Nós não fizemos nada de errado."

"Não mesmo?", outra mulher falou, depois de refletir por um momento. Algumas delas deram de ombros, ou assentiram, ou ficaram totalmente imóveis. A líder do grupo pareceu estar contando até dez em silêncio, uma tática que talvez tivesse aprendido quando estudava para ser assistente social, e então nos lembrou de que havia biscoitos para o café.

"Você vai voltar na semana que vem?", Lisa, a das bolsas sob os olhos, perguntou enquanto me passava um guardanapo ao ver o café pingando na minha mão enquanto eu enchia o copinho de isopor.

"Ainda não sei." Minha testa estava coberta de suor. Eu não aguentava mais ficar numa sala com aquelas mulheres. Quisera ver outras mães como eu, mãe cujas crianças haviam feito coisas tão terríveis quanto a minha, mas começava a sentir as paredes do porão se fecharem sobre mim. Tateei o interior da bolsa atrás da receita que ainda não havia usado. Em vez dela, senti a maciez de uma fralda dele. Eu sempre carregava uma na bolsa.

"Esse é o segundo grupo que frequento. O outro é às segundas, mas, como costumo trabalhar nas noites de segunda, só vou quando alguém troca de turno comigo."

Assenti e tomei o café morno.

"Sua filha, ela está perto o bastante para que possa visitá-la?"

"Sim." Olhei em volta, procurando a saída.

"A minha também. Isso facilita as coisas, não é? Você a visita sempre?"

"Desculpa... o banheiro?"

Ela apontou na direção da escada e eu agradeci, desesperada para sair do porão.

"Não somos tão ruins assim", ela disse. Eu parei à porta. "Você vai descobrir por si mesma, se decidir voltar do banheiro."

"Você sempre soube?" As palavras pareciam dentes sendo arrancados da minha mandíbula. Mas eu tinha que perguntar.

"O quê?"

"Você sempre soube que havia algo de errado com ela? Quando ela era nova?"

A mulher ergueu as sobrancelhas para mim, acho que percebendo que eu havia mentido para elas.

"Minha filha cometeu um erro. Você nunca cometeu um erro, Maureen? Poxa, somos todos humanos."

47

A cidade me sufocava. Eu queria ir embora. Dirigir. Vinte e duas semanas haviam se passado e ainda achava difícil andar na rua. Achava difícil pensar. Eu queria que nós dois entrássemos no carro e, lentamente, um quilômetro depois do outro, deixássemos aquele lugar para trás por um tempo. O mar. O deserto. *Qualquer lugar*, eu tinha dito, *qualquer lugar*. Mas você não queria sair da cidade. Sentia que não era certo, não sem Violet, e que ela precisava da familiaridade do lar naquele momento.

Eu não olhava nos olhos dela desde que ele havia morrido. Voltara a passar os dias na cama. Quando não estava lá, eu estava na cozinha, olhando para a louça na pia, incapaz de lavá-la. Incapaz de fazer qualquer coisa.

Havia recordações dele em toda parte. Mas, acima de tudo, elas viviam em Violet. No espacinho entre seus dentes da frente. No cheiro dos lençóis dela pela manhã. Na jardineira listrada que ela insistia em usar o tempo todo e que combinava com a que ele usava quando morrera. No caminho para a escola. Na água do banho.

Naquelas mãos.

Eu ansiava por encontrá-lo nela, por mais doloroso que fosse. E a odiava por isso.

Ninguém nunca falava sobre ele. Nossos amigos. Os vizinhos. Seus pais ou sua irmã. Eles perguntavam como estávamos indo, com os olhos cheios de compaixão, mas nunca tocavam no nome dele. Era tudo o que eu queria que fizessem.

"Sam." Às vezes falava em voz alta, quando estava sozinha em casa. "Sam."

Caroline, mãe do menino que morrera no parquinho dois anos antes, me mandou um e-mail poucos meses depois que Sam se foi. Meu coração acelerou quando vi o nome dela.

Tenho rezado para que você, como eu, descubra uma maneira de seguir em frente. Não sei como, mas acabei encontrando uma sensação de paz, mesmo no luto.

A paz sobre a qual ela escrevia não se aplicava a mim. Deletei o e-mail.

"Talvez você devesse ir. Sozinha", você falou da porta do banheiro. Afundei mais na água da banheira, até cobrir minhas orelhas.

Mais tarde naquela noite, perguntei a você o que queria dizer com aquilo. Ir aonde? *Só ir.* Você não me queria lá.

"Há lugares que podem ajudá-la. Com o luto. Retiros."

"Como uma clínica de reabilitação?" Olhei zangada para ele.

"Como um centro de bem-estar. Encontrei um no interior. Fica a poucas horas daqui." Você me entregou uma folha impressa no papel de gramatura alta do seu escritório. "Eles têm vaga. Eu liguei."

"Por que quer que eu vá?"

Você se sentou na beirada da cama e levou a cabeça entre as mãos. Suas costelas se sacudiram e suas lágrimas caíram sobre a calça, devagar e uniformemente, pingando como a torneira da nossa cozinha. Uma confissão se formava dentro de você, algo pesado que o consumia por dentro, algo que ainda não havia sido dito em voz alta. *Não faz isso*, implorei a você em silêncio. *Por favor, não faz isso. Não quero saber.*

Você coçou o queixo e olhou para o quadro do quarto de Sam, apoiado contra a parede.
"Eu vou."

48

Havia banhos de som, círculos de energia curativa, lições envolvendo abelhas e redes de seda penduradas nas vigas de madeira de um celeiro reformado. Meu quarto tinha óleos essenciais alinhados na bancada do banheiro e um guia de bolso para a cura natural na gaveta da mesa de cabeceira. Havia terapia às nove da manhã e às três da tarde. Primeiro individual, depois em grupo. Eles me entregaram um documento quando cheguei. Fiz um X no quadradinho que dizia: *Recuso-me deliberadamente a participar das sessões de terapia que estão incluídas na tarifa semanal.* Não queria ter que dizer o nome da nossa filha em voz alta enquanto estivesse ali. Eu havia ido embora para me afastar dela. Não estava interessada em falar dela, ou de você, ou do desastre que era minha mãe. Meu filho tinha morrido. Eu só queria ficar em paz.

O jantar era servido às cinco em ponto. As mesas individuais do salão estavam todas ocupadas, então me sentei no banco da longa mesa comunitária e fiquei olhando para o mar de pessoas ricas. Meu agasalho não parecia apropriado ali. Subi o zíper do casaco e peguei um pouco de feijão-preto.

"Recém-chegada?" Quase derrubei a colher e olhei para a esquerda — a voz era igualzinha à da minha mãe. A mulher se inclinou para olhar minha tigela e disse que sentia que aquela não era a comida certa para meu campo energético. Ao fim da noite, dividíamos um cobertor diante da fogueira e bebíamos chá de gengibre enquanto eu a ouvia falar. Iris era a mulher mais intensa que eu já havia conhecido. Mas gostei dela desde o princípio.

Iris me convidou para acompanhá-la em sua caminhada matinal, cronometrada com precisão para que cruzássemos o campo quando o sol nascesse. Ela chegou na minha varanda com uma zirconita na mão sem a qual, insistia, não podia começar o dia. Caminhávamos pela campina que separava os chalés dos hóspedes do prédio principal, então passávamos por um riacho que se estendia pelo norte da propriedade, depois por uma trilha que avançava pelos campos de lavanda. Demorávamos uma hora e meia, eu sempre um passo atrás dela. Iris falava por cima do ombro em um fluxo de consciência constante, dando uma ênfase tão particular a suas palavras que quase parecia que havia ensaiado cada frase. Seu nariz era comprido e pontiagudo. Seu cabelo preto cortado na diagonal na altura do queixo mal se movia enquanto ela caminhava vigorosamente, sem nunca se enrolar devido à umidade, como acontecia com o meu.

Na maior parte do tempo, ela falava sobre sua vida, seu câncer, os milagres que testemunhara como médica, as perdas sofridas. Iris havia sido casada com um cirurgião que tivera um ataque cardíaco fatal enquanto realizava uma operação. Ela falou sobre o incidente como se a pior parte fosse o fato de ele não ter conseguido terminar o procedimento. Quando terminava de contar o que quer que fosse sua intenção compartilhar naquele dia — sempre parecia haver uma intenção, como se ela seguisse um livro didático —, Iris parava para alongar as panturrilhas e me dizia para seguir na frente no restante do caminho.

Então as perguntas sobre Sam começavam. Perguntas que

me faziam sentir como se estivesse sob o foco de luz em uma mesa cirúrgica, minha caixa torácica sendo aberta. Um osso por vez.

Eu havia contado sobre Sam no jantar em que nos conhecemos, porque ela me perguntara diretamente: "Quantos filhos você tem? Estão todos vivos?".

Eu respondera tranquilamente. Tinha um filho. Ele havia morrido. Iris demonstrou pouca compaixão. Falou sem rodeios. Disse que eu precisava encontrar um novo modo de viver neste mundo. Eu a odiei e a amei.

Eu me levantava às cinco todas as manhãs. Escovava os dentes e saía para a grama fresca e molhada de orvalho, para conversar com uma mulher que nem conhecia. Quando contava a Iris sobre Sam, minhas pernas doíam e meu peito pesava tanto que me puxava para baixo. Ao fim da caminhada, eu voltava ao chalé com os pés molhados e a legging úmida, entrava debaixo do chuveiro externo fumegando de tão quente e esquecia tudo o que dissera mais cedo, todas as perguntas que Iris tinha me feito. *Como você acha que ele estaria agora se não tivesse morrido? Do que mais gostava nele? Como era a sensação de segurá-lo? Como ele veio ao mundo? Como estava o tempo no dia em que ele morreu?* Eu apagava tudo, como se fosse um caso com outro homem, um sexo ilícito sobre o qual ninguém mais podia saber.

No dia anterior à minha partida, duas semanas depois de você me deixar ali, o encarregado da propriedade me encontrou no riacho gelado. Eu estava nua e fora de mim, debatendo-me como um animal sendo comido vivo.

Me deixa tocar nele. Sou a mãe dele. Preciso dele. Preciso levá-lo para casa.

Fiquei sem voz por horas.

Eu nem conseguia ficar de pé quando me tiraram de lá. O médico residente veio e foi embora. As pessoas sussurravam e levavam as mãos às clavículas enquanto me viam recuperar o uso das pernas e vestir uma calça de moletom da lojinha, com o logo do centro bordado no quadril. Tirei o cobertor dos ombros e deixei meus seios murchos encararem de volta a pequena multidão ao meu redor. Eu havia ultrapassado o lugar onde a vergonha poderia existir.

Iris levou chá ao meu chalé, mas não abri a porta quando ela bateu ou quando pediu desculpas em voz alta através das tábuas de cedro por ter se equivocado em seu julgamento sobre o quão frágil eu estava. Frágil. Tracei a palavra no lado de dentro da porta com a ponta do dedo.

Uma terapeuta especializada em luto, a mesma que eu me recusara a ver, pediu para fazer uma avaliação formal comigo e para eu considerar ficar ali por mais tempo. Ela sugeriu que poderia não ser seguro eu ficar sozinha. E sugeriu ligar para você.

"Não, obrigada", eu disse, e só. Não tinha muito mais a falar.

Na manhã seguinte, eu me sentei à varanda do chalé com minha mala, esperando por você. Fiquei olhando para as árvores do outro lado da propriedade, todas inclinadas para oeste.

"E aí?" Você manteve os olhos na estrada. Pus a mão sobre a sua, apoiada no câmbio. Você passou da quinta para a sexta marcha. Eu sabia o que deveria dizer a seguir.

"Como ela está? Como está Violet?"

49

"Vamos ficar bem. Agora vai. Divirta-se." Endireitei as peças do quebra-cabeça espalhadas pelo chão e me forcei a olhar para Violet. Ela não ergueu os olhos. Você tinha um compromisso de trabalho. Aquilo vinha sendo mais frequente do que costumava ser, aparentemente, e agora você parecia diferente quando saía de casa. Usava mais camadas de roupa, calça jeans com cinto. Você estava bonito, e eu havia te dito isso mais cedo, no quarto.

"Sou o mesmo cara com quem se casou", você disse.

Eu não podia dizer o mesmo a meu respeito, e ambos sabíamos disso. Nossos olhos se encontraram no espelho de corpo inteiro atrás da porta.

O quebra-cabeça do sistema solar tinha mil peças e nunca estivera em nossa casa antes de eu partir para o retiro. Seus pais tinham ficado com você e com Violet na minha ausência. Sua mãe e eu não conversávamos muito desde que Sam morrera, embora ela tivesse ligado a cada dois dias durante meses para dar um oi rápido, se oferecer para passar uns dias conosco e dizer que estava pensando em mim. Ela tentava, mas não sabia como ficar comigo, e eu não sabia como ficar com mais ninguém. Eles tinham ido embora antes de eu chegar do retiro, embora os biscoitos que ela havia feito ainda estivessem quentes na bancada. A babá estava lá quando entrei — eu não a vira desde que Sam morrera. Seus olhos estavam inchados e vermelhos. Nós nos abraçamos e eu pensei no cheiro açucarado que ela deixava nele sempre que eu o pegava dos seus braços.

Três dias. Foi o que demorou para Violet falar comigo depois que voltei para casa. Àquela altura, fazia quase sete meses que Sam havia morrido. Ela começou com Netuno, enquanto eu trabalhava em Júpiter. Acabamos nos encontrando em algum lugar perto do sol.

"Por que você foi embora?"

"Eu precisava me sentir melhor."

Passei a peça que ela procurava.

"Senti sua falta", eu disse.

Ela encaixou a peça e olhou para mim. Sempre me diziam que ela parecia mais velha do que de fato era, mas só entendi naquele momento. A cor de seus olhos me pareceu mais escura. Tudo parecia diferente na casa, para onde quer que eu olhasse. Tudo havia mudado. Eu desviei os olhos primeiro. Minha boca se encheu de bile. Ela notou quando eu engoli. Depois de novo. Pedi licença e fui ao banheiro.

Quando voltei, o quebra-cabeça tinha sido guardado. Eu a encontrei no quarto, lendo um livro. Sem dúvida ela havia me ouvido tentando vomitar no banheiro.

"Quer que eu leia para você?"

Ela fez que não.

"Meu estômago não está legal. Por causa do jantar. Você está se sentindo bem?"

Ela assentiu. Eu me sentei na beirada da cama.

"Quer conversar sobre alguma coisa?"

"Quero que você vá embora de novo."

"Do seu quarto?"

"Quero que você deixe a gente sozinho. Eu e o papai."

"Violet."

Ela virou a página.

Meus olhos se encheram de lágrimas. Eu a odiei. Queria tanto ter Sam de volta.

50

Depois que minha mãe nos deixou, meu pai seguiu em frente como se nada tivesse acontecido. Logisticamente, não havia dificuldade — ela tinha se tornado cada vez menos parte de nossa rotina conforme os anos foram passando, até virar uma observadora casual, acompanhando-nos como se assistisse a um filme que pudesse desligar antes do fim.

A única coisa que mudou foi o lugar da minha escova de dente e da minha escova de cabelo, que ele passou para a gaveta de cima do banheiro, manchada por anos de maquiagem e produtos pegajosos para o cabelo vazados das embalagens de aerossol. O fato de minhas coisas não ficarem mais guardadas debaixo da pia fazia com que eu sentisse que tinha novas responsabilidades, embora não soubesse quais.

Meu pai começou a receber amigos para jogar pôquer nas noites de sexta. Eu ia para a casa da sra. Ellington e ficava lá com Thomas, assistindo a filmes e comendo pipoca até ela desligar a televisão e se oferecer para me acompanhar até em casa. Eu ia direto para a cama. Mas, uma noite, me demorei no corredor escuro do lado de fora da cozinha, escutando. A casa cheirava a perfume almiscarado e cerveja.

Eu não me importava com aquelas noites, com a casa cheia

de homens e seus odores — era uma das poucas vezes em que meu pai parecia uma pessoa real. Na época, ele não bebia muito além de seu copo de uísque costumeiro de depois do trabalho, mas os outros bebiam. Eles xingavam uns aos outros, as palavras arrastadas, então alguém bateu na mesa. Ouvi uma cascata de fichas de jogo indo ao chão.

"Você está me enganando", meu pai disse de um modo que eu nunca o havia ouvido falar antes, como se fosse difícil respirar entre as palavras. Então alguém falou: "Quem te enganava era sua mulher, seu frouxo, seu merda. Não é à toa que ela te abandonou".

Quando ergui os olhos do chão do corredor, vi meu pai me encarando, tremendo de raiva à porta da cozinha. Minhas pernas estavam entorpecidas demais para se mover quando ouvi seus passos se aproximando. Ele me mandou para o quarto aos gritos. Alguém bateu uma garrafa contra a mesa. Um homem disse: "Desculpa, Seb, as coisas saíram um pouco do controle. Ele bebeu demais".

Pela manhã, meu pai me disse que sentia muito que eu tivesse ouvido aquilo. Dei de ombros e falei: "Ouvido o quê?".

"Blythe, algumas pessoas podem pensar coisas ruins sobre você, que não são verdade. A única coisa que importa é no que você mesma acredita a seu respeito."

Tomei meu suco de laranja, ele tomou o café dele. Pensei: meu pai é melhor que esses homens. Mas algo dito naquela noite ainda ressoava nos meus ouvidos — frouxo. *Seu frouxo*. Pensei em todas as vezes em que ele jamais se defendeu, ou pediu para ela ficar em casa em vez de ir para a cidade. Pensei no pano de prato molhado pendendo de sua cabeça. Pensei no homem que havia ligado, nos coágulos volumosos no vaso sanitário. Nos comprimidos que ele nunca levava embora, nos pratos quebrados que ele sempre recolhia. Em seu recolhimento silencioso no sofá. Eu odiava que minha mãe o tivesse deixado, mas me perguntei se ele realmente tentara impedi-la.

51

Voltei a escrever depois de jogar fora tudo o que havia escrito antes de Sam morrer. Meu cérebro havia mudado, era como se estivesse numa frequência diferente de antes. Antes. Depois. Depois parecia conciso, minhas frases abruptas e afiadas, como se cada parágrafo pudesse ferir alguém. Havia tanto ódio na página, e eu não sabia o que mais fazer com ele. Eu escrevia sobre coisas que desconhecia. Guerra. Os pioneiros. Uma oficina mecânica. Enviei o primeiro conto concluído para uma revista literária que me publicara quando eu ainda não tinha filhos. A resposta deles foi tão brusca quanto a carta que eu enviara com o texto, e foi gratificante, assim como tinha sido espalhar sangue pela minha barriga uma semana depois da morte de Sam. *Foda-se. Não foi pra vocês que escrevi mesmo.* Nada fazia o menor sentido, mas aquilo preenchia as horas que eu precisava atravessar.

 Comecei a ir a um café que ficava a uma curta caminhada de casa. Não tocava música ambiente e as xícaras mais pareciam tigelas. Eu gostava de lá. Você não. Então virou um lugar só meu, onde eu escrevia. Havia um homem que sempre frequentava o lugar, um jovem, talvez sete ou oito anos mais novo que eu. Ele ficava trabalhando no laptop, nunca aceitava mais café. Ambos preferíamos nos sentar nos fundos, longe da corrente de ar que entrava pela porta. Eu gostava do jeito como ele pendurava a jaqueta na cadeira, transformando o forro grosso do capuz em um apoio confortável para descansar a cabeça, e comecei a pendurar meu casaco do mesmo jeito.

Um dia, o rapaz chegou com duas pessoas mais velhas. Uma delas tinha o nariz largo dele e a outra, seus olhos escuros. Ele pediu que se sentassem e pegou café para ambos e um croissant para dividirem. Ele pôs dois guardanapos sobre a mesa, com cuidado, um na frente de cada pessoa, como se estivesse servindo antigos clientes de um restaurante refinado.

O rapaz havia comprado sua primeira casa! A notícia me entusiasmou. Fiquei ouvindo enquanto ele explicava cada uma das fotos no celular. A entrada da cozinha é aqui, isso dá no lavabo, e, ah, aqui vai ser o quarto do bebê. Ele ia ter um filho! Como meu Sam. Queria que o rapaz olhasse para mim, para eu poder mostrar que me importava com seu futuro, que havia me perguntado se aquele moço bom tinha alguém em sua vida que o amava.

Eles falaram sobre impostos, a reforma do telhado e quanto tempo o rapaz levaria para chegar ao trabalho. Então a mãe perguntou sobre os planos dele para quando o bebê nascesse, dali a um mês.

"Posso vir para a cidade durante a semana para ajudar no que precisarem. Louça, roupa... não seria um problema pra mim, eu tenho tempo. Posso trazer a cama de armar do quarto de hóspedes de casa." A voz dela era tão esperançosa, e eu soube antes mesmo de o filho responder que aquilo seria uma das coisas mais difíceis que ela já tivera de ouvir. Ele explicou que a mãe de Sara ia ficar com eles. Que daquele jeito seria melhor para Sara. Ela podia ir visitar depois, quando estivessem mais encaminhados, depois que tivessem passado algum tempo juntos, só os três. E a mãe de Sara. Ele avisaria quando ela pudesse visitar. Talvez algumas semanas depois. Era preciso ver como tudo ficaria.

A cabeça da mãe se movia devagar para a frente e para trás enquanto ela se esforçava para dizer: "Claro, meu bem". Ela colocou a mão sobre a dele pelo mais breve momento antes de recolhê-la e pousá-la sobre as próprias pernas, sob a mesa.

O coração de uma mãe se parte de um milhão de maneiras em sua vida.

Fui embora — não queria escutar mais. Peguei o caminho mais longo para casa.

52

Houve um momento no carro, quando voltávamos para casa de algum lugar — não me lembro. Viramos um para o outro nos bancos da frente, abafando as risadas e nos encarando, o mesmo reflexo que costumávamos ter quando Violet dizia algo engraçado. Era tudo o que importava — compartilharmos aquele conhecimento íntimo um do outro. Termos criado Violet juntos e agora ela estar ali, dizendo aquelas coisas impossivelmente adultas aprendidas conosco com sua vozinha de menina de oito anos. Como eu fora capaz de encontrar aquele momento de felicidade perfeitamente típica com você? Com ela? Não passava um dia sem que eu repassasse mentalmente o que havia acontecido naquele cruzamento.

Mas a vida seguia em frente, quisesse eu ou não, eu me dei conta enquanto desviava os olhos dos seus. Estávamos juntos, nós três, no carro sem ele, olhando uns para os outros como fazíamos antes. Fazia mais de um ano que ele se fora.

Senti uma saudade desesperada dele. Queria dizer seu nome no carro para que vocês dois tivessem de ouvi-lo. Ele deveria estar ali conosco.

Eu me abaixei e peguei um pacotinho de lenços na bolsa aos meus pés. Olhei para Violet, atrás de você no banco. Puxei um lenço e joguei-o no banco de trás por cima da minha cabeça. Ela viu o lenço voando e aterrissando sobre suas pernas. Puxei outro, depois outro, depois outro. Você tirou os olhos da estrada e os voltou para mim uma vez, depois outra, em seguida deu uma verificada em Violet pelo retrovisor. Os olhos dela encontraram os seus, então Violet ficou olhando em silêncio para fora da janela enquanto os lenços flutuavam para o banco de trás.

Às vezes fazíamos isso quando Sam chorava no carro. Jogávamos lenços em sua direção até que seus soluços tristes e prolongados se tornavam uma gargalhada crescente. Ele adorava aquilo. Às vezes gastávamos uma caixa inteira, morrendo de rir, os leves paraquedas brancos preenchendo o carro, os gritinhos das crianças cada vez mais agudos, nossos rostos cansados e aliviados, voltados para a frente com um sorriso vago.

Nenhum de vocês disse coisa alguma enquanto eu fazia aquilo para ele aquela tarde. Eu me virei quando o pacotinho esvaziou e o deixei sobre o painel, para que você fosse obrigado a ver aquilo enquanto dirigia. Acho que havia campos do outro lado da janela. Eu me lembro de olhar para fora querendo correr através deles até você finalmente me pegar pelo capuz do moletom. Se é que ia correr atrás de mim.

Naquela noite, perguntei a você se Violet devia falar com alguém. Um psicólogo infantil, para ajudar com o luto. Ela parecia relutante em falar a respeito.

"Ela parece estar lidando muito bem com tudo. Não sei se precisa disso."

"E quanto a nós? Juntos. Terapia de casal." Tampouco conseguíamos falar sobre ele. Você nem mencionou o que eu havia feito no carro.

"Acho que estamos nos saindo muito bem também." Você deu um beijo na minha testa. "Mas você deveria tentar. Sozinha. Deveria tentar de novo."

Eu andava a esmo pela nossa casa em silêncio.

Você vinha construindo uma maquete no seu escritório, e suas coisas estavam espalhadas pela mesa, sob a luminária articulável. Cola, base de corte e um conjunto de estiletes com lâminas intercambiáveis. As pequenas paredes de contracole estavam alinhadas ao lado. Violet adorava ficar vendo você construir maquetes para o trabalho.

Peguei as lâminas uma a uma e as guardei na lata. Não deviam estar ali soltas. Eu já pedira que você fosse mais cuidadoso com elas. Peguei a última e passei pelo dedo, encolhendo-me diante de sua afiação. Da facilidade com que a lâmina podia cortar. Da facilidade com que eu podia cortar. Toquei a cicatriz sob a blusa, a linha volumosa que tinha se formado na pele da minha barriga. Em como a sensação do sangue fora boa. Fechei os olhos.

"O que está fazendo?" Sua voz me fez pular.

"Estou arrumando suas coisas. Você não devia deixar tudo isso espalhado desse jeito. Violet poderia encontrar."

"Eu arrumo. Vai dormir."

"Você vem?"

"Daqui a pouco." Você se sentou no banquinho e acendeu a luminária. Toquei seu ombro e massageei sua nuca. Dei um beijo atrás da sua orelha. Você encaixou uma lâmina num estilete e pegou a régua de metal. Sempre prendia o fôlego enquanto trabalhava. Pus a orelha nas suas costas e fiquei ouvindo uma longa inspiração. "Desculpa, querida. Hoje não. Preciso terminar isso."

Horas depois, o barulho me acordou — uma a uma, devagar, as lâminas sendo guardadas na lata. Clink. Clink. Clink. Uma pausa. Então, clink, clink. Uma pausa. Abri os olhos e me situei no quarto com o brilho tênue do reflexo do lustre de vidro. Clink, clink. Minha cabeça pendeu para o lado e o som das lâminas metálicas contra a lata se tornaram o granizo batendo contra a calha lá fora. O vento ganhava velocidade. Clink, clink.

Clink. Fechei os olhos e sonhei com meu bebê no colo, o cheiro de seu pescocinho quente e a sensação de seus dedos na minha boca, do sangue pingando nele devagar, como as gotas de água caindo de uma torneira, ele se retorcendo a cada pingo. Vi o sangue atingir sua pele fresca e se juntar aos rios entrecortados que se acumulavam nas dobras de seu corpinho. Eu o lambi como se ele fosse um sorvete de casquinha derretendo. O gosto era doce como o do purê de maçã que eu lhe dava no verão antes de sua morte.

Você não veio para a cama aquela noite. De manhã, eu o encontrei dormindo no chão do quarto dela, com o cobertor que ficava no sofá da sala.

"O granizo a assustou", você disse no café da manhã. "Ela teve um pesadelo."

Você acariciou a cabeça de Violet e serviu mais suco para ela, enquanto eu voltava para a cama lá em cima.

53

"Está congelando lá fora, Blythe. Ela não leva luvas para a escola?" Sua mãe franziu a testa ao se inclinar para tirar as botas molhadas. Tinha vindo passar alguns dias conosco para ver Violet, e fora buscá-la na escola. Violet estava sobre uma poça de neve derretida, limpando a calça.

"Estão na mochila, mas ela não usa."

Violet passou por mim a caminho da cozinha.

Sua mãe ajeitava o cabelo ralo diante do espelho do corredor, e só pelo modo como o fazia eu sabia que pensava em algo. Recostei-me contra a parede e esperei que falasse.

"Sabe, a professora disse que Violet teve um dia difícil. Que ela parecia brava. Não quis participar de nenhuma das atividades."

Senti o peito apertar. "A professora já mencionou isso antes. Mas quando tento falar a respeito, Violet dá de ombros. Fox acha que ela fica entediada na escola."

"Ela estava sentada sozinha em um canto do pátio quando cheguei. Sem brincar com os outros." Sua mãe levantou as sobrancelhas e olhou para a cozinha para se certificar de que Violet não poderia nos ouvir. "Não faz nem dois anos. Você tem que lembrar que ela o amava também, como todos nós. Apesar de tudo."

Apesar de tudo — suas palavras me surpreenderam. Ela nunca mencionava a morte de nosso filho. Eu não sabia se ela fazia ideia do que eu sabia. Sempre quis perguntar a ela. Sua mãe era o mais próximo que eu tinha de um aliado.

"Helen", sussurrei. "Fox falou com você sobre o dia em que Sam morreu? Sobre o que eu disse que aconteceu?"

Ela desviou o rosto e virou para ajeitar o casaco que havia pendurado ao entrar. "Não. E não sei se consigo falar a respeito, para ser sincera. Sinto muito. Sei que você estava lá, que viveu aquilo, mas... não consigo."

"Como você disse 'apesar de tudo', achei que..."

"Quis dizer apesar de Violet parecer não ter sido afetada", ela falou, decidida. "Com quão bem ela se adaptou apesar de vocês não estarem emocionalmente disponíveis." Olhei na direção da cozinha, e sua mãe voltou a baixar a voz. "Não é uma crítica, Blythe, de verdade. Vocês passaram por um verdadeiro inferno."

Assenti para dissipar qualquer tensão que pudesse ter causado. Ela me pareceu tão frágil naquele momento, tão mais velha que seus sessenta e sete anos, e me dei conta de que perder o neto também a devastara. É claro que você não havia dito a sua mãe o que eu achava. Violet chamou a avó, pedindo para ela lhe fazer cookies com gotas de chocolate, e eu a ouvi mexendo no armário onde ficavam as tigelas. Sua mãe tinha ido ao mercado em meio à neve aquela manhã para comprar todos os ingredientes necessários. Peguei a mão dela e apertei.

"Você é uma pessoa forte", ela disse calmamente. Aquelas palavras não significavam nada para mim — não eram verdade. Sua mãe me amava, mas não me conhecia nem um pouco.

Eu vi quando ela o puxou de lado, para a sala escura, quando você chegou aquela noite. Vocês conversaram baixinho. Ouvi seus tapinhas nas costas dela. Você voltou com o cheiro forte do perfume de rosas dela, e eu pensei naquele abraço a noite toda.

54

Há uma história envolvendo Violet e eu que às vezes passa pela minha cabeça.

A história é assim:

Ela mama no peito até fazer um ano. A sensação de sua pele quente na minha me preenche. Sou feliz. Sou grata. Não tenho vontade de chorar quando preciso ficar perto dela.

Ensinamos coisas uma à outra. Paciência. Amor. Os momentos simples e felizes com ela fazem com que eu me sinta viva. Construímos torres depois da soneca dela, lemos o mesmo livro todas as noites, até que ela conheça cada página, e ela só pega no sono se eu a embalo. Não odeio você por chegar tarde do trabalho, por chegar tarde para tirá-la das minhas mãos. É a mim que ela chama quando acorda no meio da noite. Ela me recebe com gritinhos de bom dia quando entro em seu quarto e passamos uma hora tranquila juntas antes de você acordar. Ela não precisa de você como precisa de mim.

Vamos juntas até a escolinha e ela acena para mim do outro lado do portão. Eu sinto saudade dela o dia todo. Ela me faz um cartão no Dia das Mães, com palavras escritas sobre uma imagem que a professora imprimiu para ela, e meus olhos se enchem de lágrimas quando o abro. Não morro de medo quando a pego no fim do dia.

Ela sorri para mim. Abraça minhas pernas. Eu peço beijos.

Ela cuida dele como se fosse uma boneca. Toca sua cabeça enquanto o segura. Fica observando enquanto o amamento, se aninha ao nosso lado e quer compartilhar do calor de nossos corpos. Não fico querendo que eu e ele estivéssemos sozinhos, sem ela. Ela fala sobre o bebê na ausência dele. Conta a desconhecidos a seu respeito. De vez em quando, pergunta se podemos ir ao parque, porque sente falta de ficarmos só as duas. Então fazemos isso, e nos sentamos em balanços lado a lado, compramos sorvete de casquinha de baunilha. Voltamos para casa e ele está nos esperando, a salvo com você. Não finjo em silêncio que ele é meu único filho.

Ela fica sentada na minha cama enquanto me troco, e falamos sobre as coisas que mães e filhas falam. Sou gentil, sou calorosa. Ela é curiosa. Gosta de ficar perto de mim. Seus olhos são brandos. Eu confio nela. Confio em mim mesma ao lado dela. Eu a vejo crescer e se tornar uma jovem boa e respeitosa. Que sente que é minha. Nós dois temos um filho e ela tem um irmão. Amamos os dois igualmente. Somos uma família de quatro, que come a mesma coisa todo domingo, que discute sobre o que ver na TV às sextas, que faz uma viagem de carro no feriado da primavera.

Não passo meus dias pensando em quem poderíamos ter sido.

Ou em como seria a vida se ela tivesse morrido no lugar dele.

Não sou um monstro, nem ela.

55

Você tinha saído para comprar mais protetor solar na lojinha no saguão do hotel. Nunca nos demos muito bem com férias na praia; a gente se queimava rápido demais. Mas nós estávamos tentando ser uma família normal. Sua mãe havia sugerido a viagem, dizendo que uma mudança de cenário poderia ser boa para nós, então você fez a reserva. Violet adorava brincar na areia, embora já tivesse nove anos. Eu lia um romance sob o guarda-sol listrado e levantava a aba do chapéu de vez em quando para dar uma olhada. Ela cavava um labirinto de canais para encher de água depois. Um menino magrinho, que não devia ter mais de três anos, estava parado entre ela e o mar, cutucando um canto do polegar.

Ela foi até ele na ponta dos pés e se agachou. O vento impedia que suas vozes chegassem até mim. Ele parecia estar rindo. Ela caiu, com uma expressão boba no rosto, e ele riu para o sol. Depois ele a seguiu, e ela lhe entregou um balde para ajudar a encher os canais.

Eu já havia admirado a elegância da mãe do menino quando a vira perto da piscina naquele mesmo dia.

"Que gracinha a sua filha brincando com ele assim. Ela já fica de babá?"

Eu expliquei que Violet parecia mais velha do que de fato era. Eu convidei a mulher para se sentar na sua espreguiçadeira vazia enquanto os dois brincavam. Ficamos observando nossos filhos e trocando cortesias, como as mães costumam fazer. O menino olhou para ela e a chamou, acenando, mostrando o balde que lhe fora dado.

"Estou vendo, estou vendo! Que legal, Jake!" Eles iam ficar a semana toda lá. O marido e os outros dois filhos iam passar o dia passeando de barco, mas ela e Jake costumavam ter enjoos. Violet começou a enterrar o menino na areia. Primeiro as pernas. Depois o tronco. Ela dava tapinhas na superfície e alisava o monte de areia, enquanto o menino se mantinha tão imóvel quanto podia.

"Você se importa se eu usar o celular?", a mãe me perguntou, erguendo o aparelho.

Ela precisava fazer uma ligação de trabalho, mas ventava demais na praia, então ela correu para o caminho de madeira atrás de nós. Eu fiquei olhando para o modo como a saída de praia branca esvoaça em torno das pernas dela.

O menino estava enterrado até o queixo agora, a cabecinha quente e redonda parecendo uma cereja derrubada na areia. Violet correu para a água para encher o balde maior, depois voltou devagar para ele, com os braços trêmulos. Como aguentava carregar tanto peso? Eu me endireitei na cadeira. Ela posicionou o balde acima da cabeça dele e vi seu peito se erguer. Fez uma pausa e me olhou, para confirmar se eu observava. Eu a encarava, com o coração acelerado. O menino estava de olhos fechados. Eu me atrapalhei ao me levantar. Um pouco de água espirrou quando Violet levou uma mão sob o balde. Ela ia virá-lo. Devia ter quase cinco litros de água ali, as vias respiratórias do menino se encheriam em um instante. Violet o encarou, imóvel, a mão pronta para virar o balde. Senti as pernas fraquejarem e tentei gritar, mas nada saiu. Bati no peito, tentando encontrar minha voz. Então finalmente gritei. O nome dele saiu, quase inaudível, num tom que parecia que minha garganta pegava fogo.

"Sam!"

"O que foi?" O toque da sua mão no meu braço me assustou, e eu a afastei. Violet ficou olhando para nós, o balde colocado no chão ao seu lado. O menino virou o pescoço e o monte de areia em volta dele rachou como se fosse gelo.

"Você estragou tudo!"

"Desculpa", ele disse, e começou a choramingar.

Ela ficou de joelhos e o ajudou a levantar, limpando a areia das costas do menino e do cabelo loiro e fino. "Não chora. A gente faz de novo. Tudo bem?" Ela pôs as mãos nos ombrinhos dele, e o menino assentiu. Violet me olhou brevemente, para se certificar de que eu continuava olhando.

"Nada", eu finalmente respondi a você, então ajeitei a parte de baixo do biquíni. Sentia o coração batendo forte no peito. Fiquei vendo Violet tentando animar o menino. Talvez eu tivesse exagerado. Voltei a pensar nas luvas cor-de-rosa empurrando o carrinho, mas afastei a imagem rapidamente. Você me passou a sacola com o protetor e parecia tranquilo, sinal de que não me ouvira dizer o nome dele. Ou só estava fingindo não ter ouvido.

Ficamos na praia por mais duas horas. Terminei de ler meu livro. Você empinou pipa com as crianças. Jantamos com a família do menino aquela noite, a mãe elegante e os três filhos vestindo xadrez.

Fiquei vendo Violet colocar marshmallows na ponta dos espetos dos meninos e ensiná-los a fazer sanduichinhos com eles, com bolacha e chocolate. Senti seus olhos em mim. Virei para encará-lo, e você sorriu. Você terminou o vinho. Eu me levantei para quebrar outro tablete de chocolate em pedacinhos e passei às crianças. Me juntei a você numa cadeira de madeira baixa com encosto alto e apoio para os braços, sentando-me no seu colo, no qual costumava passar tanto tempo antes de as crianças nascerem, e enfiei as mãos sob sua camisa para esquentá-las. Você beijou minha boca. Notei que a mulher nos observava do outro lado das chamas. As coisas podiam ser fáceis, se eu apenas permitisse.

56

Uma longa e exasperada pausa antes de uma resposta que deveria vir fácil. Fechar a porta do banheiro quando costumava deixá-la aberta. Trazer um café para casa em vez de dois. Não perguntar o que o outro vai pedir no restaurante. Virar para a janela ao ouvir o outro começando a acordar. Andar um pouco mais à frente.

Esses deslizes de comportamento são deliberados e perceptíveis. Eles se alimentam do que já foi. A virada se dá devagar, e quase parece não significar nada; quando toca a música perfeita ou o sol se esgueira para dentro do quarto, pode quase não significar nada.

Na manhã do seu aniversário de trinta e nove anos, eu desci para a cozinha e preparei meu café da manhã. Você tinha sugerido na noite anterior (na verdade, havia mencionado duas vezes) que gostaria de ir comer ovos no lugar da esquina.

Mas eu queria que você acordasse na nossa cama e percebesse pelo cheiro que eu estava torrando um bagel. Você odiava bagels. Então se daria conta de que eu não iria tomar café fora. Eu queria magoar você. Queria que pensasse: *Talvez ela não me ame mais*. Queria que ficasse decepcionado a ponto de virar na cama e voltar a dormir, sentindo que não era o tipo de marido cuja esposa queria deixá-lo feliz em uma manhã que deveria ser significativa.

    Você desceu vinte minutos depois, usando o suéter que eu odiava. A lã formava bolinhas e já estava puída. Eu estava enxaguando a faca suja de cream cheese. Eram nove horas, e você disse que ia sair para comprar o jornal. Assinávamos o *Times*, então o joguei na bancada, na sua direção. Você disse que queria o *Journal*. Achei que você nem gostasse mais daquele jornal. Você voltou depois de uma hora e meia e não disse nada. Não comeu até esquentarmos as sobras de espaguete, bem depois da hora do almoço. De modo que devia ter ido tomar café fora sem mim. Nunca falamos a respeito, e nunca me arrependi de ter feito isso com você.

    Três dias antes, você havia me perguntado o nome das flores que eu comprara para colocar na mesa da cozinha no fim de semana anterior, *as brancas e fofas*. Eram dálias. Perguntei por que queria saber, e você disse que só estava curioso, que gostava delas, eu devia comprar com mais frequência. Aquilo era estranho. Você nunca ligara para flores. Nunca havia me perguntado o nome de nenhuma.

    Na semana seguinte, você se sentou na poltrona, com meu celular na mão. Eu o havia deixado na mesa. Você procurava uma foto sua que eu havia tirado um mês antes. Eu não aparecia com você, nem Violet. Era uma foto só sua, lindo, sorrindo, com a barba dois dias sem fazer, um cotovelo apoiado na mesa do restaurante. Mais tarde aquela noite, na cama, eu pensei: talvez ele estivesse pensando em que aparência tem para outras mulheres; talvez estivesse imaginando o tipo de primeira impressão que causaria sobre uma mulher que poderia achá-lo atraente; talvez estivesse tentando encontrar uma versão diferente de si mesmo naquela foto.

    Mas olhar uma foto de si mesmo não é prova de que se está tendo um caso. E perguntar sobre certo tipo de flor tampouco. No entanto, é o tipo de coisa que vai corroendo a mente de uma pessoa até ela não se sentir mais amada; esse tipo de coisa nos levou de um ponto em que poderíamos ter sobrevivido, mesmo diante de uma morte que quase me matara também, a um ponto a partir do qual simplesmente não há volta. Essas coisas se tornaram pesadas demais, dolorosas demais, abusos constantes onde antes parecera ser o lugar mais seguro do mundo.

Foi por isso que não saí para tomar café da manhã com você no seu aniversário de trinta e nove anos.

57

Você se serviu uma xícara de café e deslizou a carta de demissão para mim. Eu tinha acabado de deixar Violet na escola, e não esperava encontrá-lo em casa.

"Mas por quê?"

Você se recostou e cruzou as pernas. Notei que não fazia a barba havia alguns dias. Talvez três ou quatro. Havia tanto em você que eu não via mais.

"Quero algo mais inovador. Talvez focado em sustentabilidade. Não há mais espaço para criatividade lá. Wesley tomou conta de tudo."

Observei seus dedos batucando devagar na mesa de madeira. Então meus olhos voltaram à carta e à sua assinatura. O texto era curto. Algumas poucas frases. Com a data do dia anterior.

"Devíamos ter conversado a respeito, não acha?" Eu não sabia como era nossa situação financeira, ou quanto dinheiro tínhamos guardado. Minha mente acelerou, tentando recordar o último extrato bancário que havia visto. Você pagava nossas contas. Eu não controlava quanto ganhávamos ou gastávamos. Comecei a me sentir uma tola. "Quer dizer, estamos bem financeiramente? É uma decisão importante."

"Estamos bem." Você gostava de me manter à margem. Voltou a batucar na mesa. "Não quis incomodar você com isso."

"E agora?"

"Tenho algumas oportunidades para considerar."

Você se esticou na cadeira e ficou batendo os calcanhares. Parecia inquieto. Talvez aliviado. Na hora, não consegui entender direito.

"Vou sair para correr."

"Está frio lá fora."

"Vá em frente. Faz o que costuma fazer durante o dia, quando não estou aqui." Você bagunçou meu cabelo, como sempre fazia com Violet, e saiu da cozinha para procurar seus tênis. Nunca mais tinha saído para correr.

Algo não parecia certo. Eu me sentia meio tonta. Tive um impulso de ligar para sua mãe. Ela estava passeando com o cachorro quando atendeu.

Eu disse a ela que já queria conversar sobre as festas de fim de ano, saber dos planos deles de vir. Ela disse que iam comprar passagens para 22 de dezembro e que no dia seguinte levariam Violet para patinar no gelo, com sua irmã. Pedi ideias de presente para seu pai. Falamos sobre quem cozinharia o que para a ceia.

"Sei que ainda vai ser difícil", ela disse. "Sem Sam."

"Sinto a falta dele."

"Eu também."

"Helen", eu disse, me perguntando se não deveria apenas me despedir. "Fox me contou essa manhã que pediu demissão. Você sabia que ele estava pensando em sair do trabalho?"

"Não, ele não comentou nada." Ela fez uma pausa. "Se dinheiro for um problema vocês sabem que sempre podemos ajudar. Não quero que se preocupem com isso."

"Não é isso. Só... sinto que não o conheço mais. Ele anda tão... distante." Prendi o fôlego e revirei os olhos. Não gostava da ideia de falar a respeito daquilo com sua mãe, mas estava desesperada para que alguém me tranquilizasse. "Acho que pode estar acontecendo alguma outra coisa."

"Ah, acho que não, querida. Não." Seu tom sugeria que compreendera do que eu estava falando. "Vocês ainda são pais de luto, Blythe. É difícil para os dois. Talvez Fox esteja com mais dificuldades do que você imagina." Ela fez uma pausa para que eu pudesse concordar, mas não falei nada. "Tenha paciência com ele."

"Não diga que eu liguei, por favor." Massageei as têmporas, tentando aliviar a tensão.

"Claro." Ela mudou o assunto para quando pegariam o voo de volta, e eu fiquei olhando pela janela da sala, a sua espera.

Seu laptop estava ligado e eu sabia sua senha. Sua mesa permanecia igual, com as ferramentas espalhadas, um projeto em andamento deixado no ponto em que o havíamos interrompido na noite anterior. Nada indicava um processo gradual, nada parecia diferente. Abri sua caixa de entrada e fui passando pelas mensagens. Não foi difícil encontrar o e-mail do seu chefe: *Fico feliz que tenhamos concordado que essa é a melhor solução dada a natureza do incidente. Sinto muito que tenha terminado assim. Talvez ambos pudéssemos ter sido mais discretos no manejo da situação. Cynthia entrará em contato com os detalhes da indenização.*

Tinha havido algum tipo de incidente. Indenização — você tinha sido demitido.

Abri um e-mail que sua assistente havia lhe mandado naquela manhã. Você ainda não o havia lido. Ela escrevera apenas: *Acabei de falar com o RH. Me liga.*

Fui para o quarto de Violet e peguei o lápis e a borracha de unicórnio que sua assistente havia lhe dado. Senti o cheiro da borracha, como se fosse possível encontrar uma confirmação ali. Devolvi ambos à prateleira e me deitei na cama desfeita dela.

Levei ambas as mãos ao peito. As noites até tarde no escritório. A rejeição quando eu o tocava. O modo como seus dedos batucavam a mesa enquanto você mentia para mim. Fechei os olhos e senti o cheiro pungente do sono de Violet no travesseiro.

"Eu te odeio", sussurrei. Para vocês dois. Eu odiava vocês dois. Só queria Sam. Se ele continuasse lá, tudo estaria bem. Chorei até ouvir você abrir a porta da frente. Seus tênis caíram no piso. Seus pés tocaram a escada. Fiquei deitada, e você passou pela porta do quarto de Violet a caminho do banheiro, onde tomou um banho. Deixei o e-mail aberto no seu laptop. Você o encontrou vinte minutos depois, mas não me disse nada.

58

Na manhã seguinte, depois de deixar Violet na escola, fiquei esperando do lado de fora por um tempo antes de entrar em casa. Queria que você tivesse saído, mas seu cheiro ainda era forte demais lá dentro. Você estava em algum lugar. Não o chamei. Fechei a porta do banheiro, entrei no chuveiro e esfreguei a pele com força. Cada pedacinho dela. Fiquei sob a água até que ela esfriasse.

Eu podia ouvir você do outro lado da porta, os sons que eu ouvira quase todas as manhãs da nossa vida juntos. As gavetas abrindo e fechando. A cueca limpa. A camiseta de baixo. Então o armário. Sua camisa — você devia estar querendo impressionar alguém aquele dia. Os prendedores metálicos do cabide tiniram. Seu paletó passou dos ombros pesados de madeira para seus braços.

Então a porta do banheiro se abriu. Eu estava nua. Você olhou para meu corpo de um jeito diferente aquela manhã; a pele sobrando onde eu carregara seus filhos; os seios que eles haviam secado de tanto mamar; o trecho irregular de pelos pubianos, que não recebiam atenção havia anos — tudo ali, diante dos olhos de um homem que tinha algo melhor, mais jovem, mais firme para olhar. Imaginei a pele dela suave, livre de veias roxas e pelos persistentes. Observei você me olhando. Me perguntei o que meu corpo significava para você àquela altura. Era apenas um instrumento? O barco que o levara até ali, pai de uma menina linda e de um filho que você mal havia conhecido?

Você notou que eu o observava e desviou os olhos. Sabia que tinha se demorado demais no meu corpo nu. Sabia que eu sabia. Então pegou uma toalha pendurada e passou para mim.

Não trocamos uma palavra aquela manhã. Você ficou fora até as dez da noite. E então chegou e me comeu com tanta força que eu sangrei. Eu tinha implorado. Imaginei que tivesse trepado com ela também aquela noite. Mas queria me sentir usada, de um jeito mecânico que faria meu corpo parecer algo separado de quem eu era. Eu queria me sentir como uma embarcação no mar. Enferrujada, amassada, confiável.

Há dias, como aquele, que marcam os momentos em nossa vida que mudam quem somos. Eu era a mulher traída? Você era o homem que me traía? Já éramos pais de um menino morto. De uma menina que eu não conseguia amar. Íamos nos tornar o casal que se separava. O marido que ia embora. A mulher que nunca conseguiu superar.

1972

Chegou um momento em que ficou claro para todo mundo que Etta estava indo embora. Ela parou de cozinhar e de comer. Àquela altura, não fazia mais muita coisa. A casa cheirava mal, como toalhas molhadas deixadas por tempo demais dentro da máquina de lavar. Em alguns dias, ela vagava pelo andar de cima; em outros, não saía do quarto.

Era uma época difícil para Cecilia também. Ela definhava, sobrando nas roupas que lhe serviam bem meses antes. Perdera o apetite e parara de se cuidar como as outras meninas de quinze anos sabiam muito bem como fazer. Não queria pedir a Henry dinheiro para comprar absorventes, então começou a colocar meias dentro da calcinha quando ficava menstruada. Nunca havia sabão em pó na casa, então ela deixava que se acumulassem debaixo da cama. Quando Henry as encontrou, Cecilia se sentiu humilhada. Ele pediu à irmã que fosse passar um tempo com eles. Ela morava no exterior, e até onde Cecilia lembrava Henry nunca a mencionara, então imaginou que devia estar desesperado. As duas mantinham tanta distância uma da outra quanto possível — a irmã de Henry compreendia que a situação era delicada. Ela limpava a casa e comprava comida para estocar na geladeira.

Um dia, Cecilia ouviu a irmã de Henry dizer que a menina devia ir para um internato. Não achava seguro ela continuar morando com a mãe. O golpe de punho de Henry fez os talheres sacudirem.

"É a filha dela, pelo amor de Deus. Etta precisa ficar com Cecilia."

"Henry. Ela não quer ficar. Ela não ama a menina."

Cecilia espreitou do canto e olhou para ele. As mãos de Henry cobriram o rosto por um minuto. Então ele sacudiu a cabeça. "Você está errada. Amor não tem nada a ver com isso."

Alguns dias depois, Etta se enforcou em um carvalho na frente de casa, usando um cinto de Henry. Era uma manhã de segunda-feira, e o sol estava saindo. Eles moravam na mesma rua da escola de Cecilia. Etta tinha trinta e dois anos.

59

Eu me perguntava se a dor de passar os dias pensando em você trepando com outra mulher significava que eu começaria a sentir menos a falta de Sam. Certamente há um limite de quanta tristeza uma pessoa pode carregar. Achei que se eu focasse minha atenção no que você havia feito comigo talvez a dor da perda de Sam começasse a parecer menos sufocante, a me consumir menos.

Mas isso nunca aconteceu. Eu não conseguia encontrar desgosto o suficiente na sua traição. O que acontecera com Sam tinha me entorpecido, me atingido com tanta força que eu ainda não conseguia sentir nada mais profundamente que sua perda. Você queria outra mulher? Tudo bem. Não me amava mais? Eu compreendia.

"Sejam fortes juntos", disse a médica que falou conosco no hospital quando Sam morreu, antes que você fosse embora. "Muitos relacionamentos não sobrevivem à morte de um filho. É melhor que saibam disso e se esforcem pelo casamento."

"Quem é que diz uma coisa dessas?", você comentou comigo depois. "Já temos o bastante com que nos preocupar."

Por oito dias, não confrontei você quanto a minhas suspeitas. Seguimos com a vida tranquilamente, para que Violet não sentisse a tensão. Você era especialmente gentil. Atencioso. Eu não queria aquilo. Nunca perguntava onde você tinha estado, porque pouco importava para mim. Tinha ido vê-la ou procurar um emprego? Eu não sabia. Pedi que cancelasse a visita dos seus pais no Natal, embora me parecesse uma punição para ambos.

"Por que *você* não liga para minha mãe?", você retrucou. "Parece que gosta de deixá-la a par do que acontece comigo."

Ela contou que eu tinha ligado.

Não sei que desculpa você deu a ela quando cancelou a visita. Não atendi as ligações dela depois, embora doesse toda vez que eu as ignorava.

Na oitava noite, encontrei você no escritório, arrumando sua mesa. Todos os seus projetos haviam sido realocados entre os profissionais que assumiriam seus clientes. O longo braço da luminária articulada estava todo recolhido, como se fosse ser envolto em plástico bolha e embalado para mudança. Talvez fosse mesmo. Procurei pelas lâminas e não as vi em nenhum lugar.

"Onde você colocou todas as suas coisas? Seus instrumentos?" Prendi o ar e senti vergonha por precisar saber onde as lâminas estavam. A ansiedade se insinuou no meu peito, me ameaçando. Você apontou para o armário e continuou mexendo em uma caixa cheia de folhas soltas. Abri a porta e analisei as prateleiras bagunçadas. Velhos jogos de tabuleiro, porta-retratos vazios e dicionários que eu guardara da época da faculdade. A lata estava ali, na segunda prateleira, entre seus livros de arquitetura e um porta-canetas cheio. Fechei a porta e me virei para você. Seus ombros começavam a se curvar para a frente, da mesma maneira que os do seu pai. Me perguntei se ela gostava de passar a mão pela linha do cabelo em sua nuca, se um dia ela ia raspá-los para você, como eu fazia de vez em quando.

"Como ela é?"

Você ergueu a cabeça. O cômodo parecia muito diferente sem as sombras da luminária que sempre dançavam pela parede enquanto você trabalhava. Você ficou imóvel. Voltei a prender o ar, pensando no que você diria a seguir. Mas você não falou nada. Perguntei de novo: "Como ela é, Fox?".

Então saí. Fui para a cama. Eu me perguntava se pela manhã você teria ido embora. Algumas horas depois, talvez só uma, senti seu lado do colchão afundar.

"Eu não estou mais saindo com ela."

Você tinha chorado. Eu sabia pela voz nasalada. Não havia nada dentro de mim. Nenhum alívio. Nenhuma raiva. Eu só estava cansada.

Pela manhã, levei café para você na cama, antes que Violet acordasse. Fiquei sentada ao seu lado enquanto você bebia.

"Perdemos muito quando Sam morreu", eu disse. Você coçou a testa. "Você nunca lidou com o luto direito. Nunca encarou isso."

Esperei que você falasse.

"Sam não é a razão pela qual nosso casamento está desmoronando. Ele não tem nada a ver com isso."

A porta do quarto se abriu. Violet entrou e ficou nos encarando. Você me olhou devagar, seus olhos sonolentos de repente tão arregalados quanto os dela. Então voltou a olhar para nossa filha.

"Bom dia, querida", você disse.

"Café?", Violet disse apenas. Você saiu atrás dela.

60

Foi imbecil da minha parte deixá-lo justamente ali. Embaixo da cama. Enfiei lá quando ouvi você chegar no meio da tarde. Você nunca notava os livros que eu largava ali. E não pensei nela, para ser sincera; eu mal existia no mundo dela, e ela mal existia no meu, além da logística da nossa rotina.

Não sei por que comprei. Sabia que não ajudaria, mas parecia algo que eu podia fazer para tentar tornar aquilo real. Para sentir algo além de uma curiosidade desesperadora. Dois meses haviam se passado desde que eu o confrontara quanto ao seu caso. E tudo o que eu conseguia pensar era: quem é essa mulher? Como ela é? Você se recusava a dizer uma palavra a respeito — eu só sabia que fora sua assistente. A mulher que você levara para almoçar com nossa filha.

Toda vez que eu pedia que contasse mais, você balançava a cabeça e só dizia, em voz baixa: "Não faz isso".

Achei o livro na mochila dela. *Sobrevivendo a um caso: Como superar a traição no casamento.* Violet estava comendo iogurte na bancada da cozinha, seu lanche de depois da aula, e levantou o rosto enquanto eu olhava para o livro em minhas mãos. Eu não sabia o que dizer a ela — Violet tinha dez anos. Sabia o que era um caso? Pensei nas crianças mais velhas da escola, a quem ela não hesitaria em perguntar a respeito.

"Por que estava com isso?", perguntei, nervosa. Violet ergueu as sobrancelhas para mim e voltou ao iogurte. "Responde."

"Por que *você* estava com isso?"

Fui embora.

Uma hora depois, bati à porta de Violet e perguntei se podíamos conversar. Ela girou a cadeira da escrivaninha lentamente e olhou para mim, sem expressão. Mostrei o livro e disse que queria esclarecer algo: aquele livro era parte de uma pesquisa para algo que eu estava escrevendo. Devíamos falar sobre o que aquela palavra do mundo adulto, "caso", significava — sobre o que ela *pensava* que significava. Eu não tinha aquele livro porque havia algo de errado entre nós dois. Nos amávamos muito.

"Tá", ela disse. Então voltou a baixar os olhos para o livro da escola.

Eu tinha certeza de que ela sabia quem era a mulher. Talvez as duas não tivessem se visto apenas no dia em que você levou Violet para o trabalho — eu não sabia quais segredos vocês dois compartilhavam. Era tão estranho para mim que ela não tivesse usado o lápis e a borracha de unicórnio dados pela mulher. Violet os deixara à mostra na prateleira do quarto, como troféus, posses estimadas que deviam significar mais para ela do que eu imaginara.

Joguei o livro no lixo lá fora, e me perguntei que outras mentiras eu poderia contar a ela para corroborar o que eu havia acabado de dizer. Eu queria voltar ao quarto e convencê-la, com a autoridade que uma mãe deveria ter, de que ela estava errada. Não queria que ela pensasse que eu era o tipo de mulher traída pelo marido. E, apesar de ter passado dez anos ressentida com a relação que você e Violet tinham, eu não queria que ela acreditasse que você era o tipo de homem que faria aquilo.

Eu sabia que a relação com minha família estava por um fio. Mas precisava me agarrar a ela. Não tinha mais nada.

Quando você voltou para casa aquela noite, eu o toquei com afeto quando achei que ela poderia estar olhando e o chamei de "querido", em vez de pelo seu nome. Fiquei ao seu lado no sofá enquanto você assistia ao jogo de hóquei. Apoiei uma mão na sua perna e o queixo no seu ombro, então a chamei para perguntar se ela havia entregue o dinheiro do almoço especial com pizza que haveria na escola. Violet me encarou e depois baixou os olhos para minha mão na coxa do pai dela e movimentou a cabeça devagar, para um lado e para o outro, uma única vez e de maneira evidente, só para me dizer que sabia o que eu estava tentando fazer. Ela tinha uma habilidade notável de fazer com que eu me odiasse.

Um mês depois — três meses depois de eu descobrir o seu caso —, acordei um domingo e soube. Tinha acabado. Precisávamos parar de fingir que íamos simplesmente passar flutuando por aquilo, como se fosse algo desagradável à margem do rio. A babá passou a tarde com Violet e fomos ao bar mais adiante na rua.

"Vocês continuam se vendo, não é?"

Você olhou pela janela, depois acenou impaciente para o garçom. Perguntei de novo se você podia, por favor, me contar sobre a mulher. Contar por que a amava. Você não evitou meus olhos. Pareceu estar discutindo internamente o quanto me contar, quais segredos estava pronto para entregar. Uma urgência brotou dentro de mim, e não suportei mais ficar ali a sua frente — precisávamos acabar com aquilo. Eu queria que você fosse embora.

Voltei para casa decidida, apertando o casaco junto ao peito. Peguei as malas do porão. Botei todas as suas roupas nelas, bem arrumadas, e as fechei. Liguei para uma empresa de mudança e pedi quatro caixas grandes de plástico e uma van para o dia seguinte. Encontrei um bloco de post-its na gaveta da sua escrivaninha e fui andando com ele pela casa, marcando quais das nossas coisas eu queria que você levasse: a pequena ilha com rodinhas da cozinha, a vitrola, o jogo de pratos dos seus pais, a passadeira do corredor da entrada, com pegadas dos sapatos que você nunca tirava quando eu pedia, o sofá da sala de estar, que depois de anos ficara com a marca da sua bunda, o vaso de vidro verde, a tábua de corte manchada por causa do sangue da carne vermelha, as cadeiras que você comprou para a mesa de jantar e que faziam as costas de todo mundo doer, toda a mobília do seu escritório e a maior parte das obras de arte da casa. Então fui até o armário do seu escritório e encontrei a lata com as lâminas. Peguei a maior, enrolei em uma echarpe de seda e guardei na minha última gaveta.

"Não me importa onde vai passar a noite. Apenas volta amanhã para embalar o resto das coisas." Eu até me despedi com um beijo, por hábito, um reflexo de mulher casada. Enquanto subia a escada, pensei nas coisas de Sam. Tudo o que tínhamos guardado dele estava em caixas no porão. Talvez você quisesse alguma coisa — um cobertor, um brinquedo. Talvez eu devesse perguntar. Talvez eu devesse lhe dar um dos itens que ainda mantinham um cheiro vago dele, mesmo depois de quase três anos. Abri a torneira da banheira e tirei a roupa. O barulho da água abafou seus passos, e eu me assustei ao vê-lo à porta. Escondi os seios e lhe dei as costas. Você parecia um intruso agora. Depois de todos aqueles anos, agora você parecia um intruso.

"E quanto a Violet?" Você não tirou os olhos de mim enquanto eu entrava na banheira. A água estava quente demais, mas eu me forcei a mergulhar.

"O que tem ela? A culpa é sua. Vai ter que pensar no que dizer."

Você olhou para cima e para longe, como fazia sempre que eu dizia alguma coisa que te fazia desejar que eu não fosse tão teimosa, ou vaga, ou difícil, ou indecisa. Ou impertinente. Ou sarcástica. Aquelas eram algumas das coisas que você não gostava que eu fosse. Você esfregou a testa. Parecia que eu o cansava. Que eu fazia com que você desejasse que eu nunca tivesse existido.

"Fiz o meu melhor para esconder isso dela, porque não quero que pense mal de você. Não quero que as coisas entre vocês dois mudem", eu disse. "Mas acho que ela sabe."

Fiquei esperando pela sua reação. Queria que você fosse grato a mim, que admitisse a culpa. Mas você só disse:

"Quero guarda compartilhada. Dividindo o tempo igualmente."

"Tá."

Você me viu afundar na banheira até que meu corpo inteiro fosse ampliado pela água. Então me encarou, a mulher dentro de quem havia estado por vinte anos. Eu me perguntei se ia tentar entrar na água comigo. Se, apesar de todas as minhas falhas, de todos os modos como eu o havia decepcionado, você ainda quereria sentir minha pele uma última vez. Levantei os olhos e não senti nada por você — amor, ódio, nada. O fim deveria mesmo ser assim? Algumas pessoas davam um jeito, lutavam uma pela outra, continuavam juntas pelos filhos. Seguiam com a vida de que achavam que precisavam. Mas eu não tinha nada para alimentar o fogo. Não tinha nada a dar.

E então eu compreendi o que você havia dito — guarda compartilhada. Eu ficaria sozinha com ela. Foi o que você quisera dizer com "e quanto a Violet?". O que quisera dizer foi: "e quanto a você e Violet, e quanto à vida juntas que terão de suportar sem mim? E quanto aos dias em que vocês não se falam, e às noites em que ela precisar de alguém e você simplesmente não servir? E quando você só estiver fingindo se importar como deveria, e ela souber disso? Quem vai acreditar nela?

Quem vai defendê-la? Quem vai reconfortá-la? Quem vai animá-la quando ela acordar pela manhã? Quem vai amá-la nos dias em que estiver sozinha com você e precisar ouvir que tudo vai ficar bem? Quem vai acreditar nela?

Você ficou ali, de jeans e suéter cinza, com as mãos nos bolsos, só me olhando. Exposto. Inadequado. Encarei seus olhos penetrantes.

"Vamos ficar bem", eu disse. "Sou a mãe dela."

61

Nosso cérebro está sempre alerta. Procurando por perigo. Uma ameaça pode surgir a qualquer momento. Quando a informação chega, duas coisas acontecem: ela atinge nossa consciência, onde podemos observá-la e recordá-la; e atinge o subconsciente, onde uma pequena seção do cérebro em forma de amêndoa chamada amígdala a filtra em busca de sinais de perigo. Somos capazes de sentir medo em menos tempo do que levamos para estar cientes do que estamos vendo, ouvindo ou cheirando. Levamos apenas doze milésimos de segundo. Nossa resposta é tão rápida que pode acontecer antes de termos consciência de que há algo de errado. Como acontece quando vemos um carro se aproximando. Quando vemos alguém prestes a ser atropelado.

Reflexos. Dizem que o reflexo mais natural do mundo acontece quando se dá à luz — o reflexo da ocitocina. O hormônio do amor. Ele produz leite e o ajuda a fluir, preenchendo os dutos, rumo à boca do bebê. Entra em funcionamento quando a mãe acha que precisa amamentar. Quando sente o cheiro do bebê, quando o toca ou vê. Mas também afeta o comportamento dela. Ele a deixa mais calma, reduz o estresse. Faz com que ela goste do bebê. Faz com que olhe para o bebê e queira mantê-lo vivo.

Circulava na internet um vídeo viral de uma mulher famosa, uma jovem aristocrata britânica que os tabloides amavam, com o filho difícil de controlar. Por três vezes, ela o pegava em momentos de perigo — agarrando sua mão quando ele escorregava nos degraus molhados saindo do avião, puxando-o pela gola da blusa para a proa escorregadia de um iate, tirando-o bem na hora do caminho de um pônei em meio a uma partida de polo. Como uma víbora abocanhando um rato no ninho dela. O instinto materno. Mesmo aquela mãe — cercada de babás, broches, com um enfeite de cabeça nos cachos.

Violet pegou meu celular uma manhã pouco depois de você ter se mudado e encontrou o vídeo no YouTube. Ela se sentou ao meu lado no sofá, sob a luz de uma tarde quente de domingo. Eu estava lendo. Ela me mostrou o celular.

"Você viu isso?"

Assisti ao vídeo. Ela ficou me olhando com atenção pelos sessenta segundos de duração.

"A mãe salva o filho todas as vezes", ela disse.

"Verdade." Deixei o livro de lado e peguei meu chá. Minha mão tremia ao segurar a xícara. Eu queria bater nela. Queria bater sua cabeça contra o sofá e fazer sua boca sangrar.

Sua putinha idiota. Sua assassina.

Em vez disso, saí e fui chorar em silêncio ao lado da pia da cozinha, com a torneira ligada. Estava arrasada. Sentia falta dele desesperadamente. Estávamos perto de seu aniversário de quatro anos.

62

Fiquei olhando para o espaço vazio que você deixou em nosso quarto. Você levou o quadro de Sam quando se mudou. Eu me sentei ao chão e o visualizei ali, a mãe, a mãozinha em seu queixo, seu toque na coxa do bebê. O calor da pele deles.

"Estou com fome." Violet me observava da porta, ainda usando a roupa com que fora para a escola. "O que está olhando?"

"Vamos pedir comida."

"Não quero."

"Tudo bem. Vou fazer espaguete."

Aquilo funcionou — ela me deixou em paz. Eu não a queria ali. Não conseguia tirar os olhos do buraco do prego na parede.

Fiquei cozinhando enquanto Violet terminava a lição de casa à mesa. Ela tinha o mesmo hábito que você, de aproximar o nariz do papel ao escrever quase a ponto de tocá-lo. Percebi como ela encurvava as costas e sorria, sem pensar. Então lembrei que você tinha ido embora. Que não era mais alguém pelo qual eu devia sorrir.

"Quer tomar sorvete depois do jantar e ver alguma coisa na TV?"

"Não temos mais TV."

"É mesmo. Quer jogar algo?"

Ela nem precisava responder aquilo.

"Que horas são? Ainda deve dar para ver um filme no cinema."

"Tenho aula amanhã." Ela apagou alguma coisa com vigor e soprou os restos de borracha para o chão.

"Bom, eu podia abrir uma exceção."

Coloquei um avental enquanto mexia o molho. Eu tinha ido comprar roupas enquanto você fazia sua mudança. Voltara da loja de departamentos já usando um suéter transpassado de caxemira creme que havia comprado. Eu nunca fazia esse tipo de coisa, comprar pilhas de roupas caras de uma só vez, mas queria me sentir imprudente naquele dia, e não conseguira pensar em nada melhor. Você ainda pagaria minha fatura do cartão de crédito.

"Ela tem uma blusa igual à sua."

Ela. Parei de mexer, como se não pudesse fazer movimentos bruscos para não assustar um animal. De canto de olho, notei Violet voltar à lição de casa, com o nariz a centímetros da página. Queria que ela continuasse falando.

"Legal", eu disse.

Violet olhou para mim — era mesmo?

"Ela deve ter bom gosto então." Dei uma piscadela e coloquei o espaguete na mesa. Violet deixou esfriar enquanto terminava de estudar e eu me recostei no fogão, perguntando-me o que mais ela poderia revelar.

"Você vai ficar com o papai amanhã. Está animada para conhecer a casa nova dele?"

"A casa nova *deles*."

Eu não sabia se ela estava mentindo para mim — parecia saber mais do que eu. Eu supunha que você tivesse ido morar sozinho, mas não perguntara a respeito. Talvez você tivesse falado com Violet sobre a separação antes mesmo que nós dois a discutíssemos. Tirei o avental e olhei para o suéter, me perguntando se era tarde demais para devolvê-lo. Tinha respingado molho na manga.

"Então tá, a casa nova deles. Está animada?"

"Tem algo sobre ela que você precisa saber", Violet falou, cortante. Eu segurava meu próprio prato de espaguete, prestes a me sentar com ela. De repente, percebi que estava quase sem ar — talvez por medo do que ela diria a seguir.

"O quê?"

Ela balançou a cabeça e voltou a olhar para baixo, e me dei conta de que ela nunca tivera a intenção de me contar nada. Talvez não houvesse nada para contar.

"Não precisamos falar sobre ela. É assunto do seu pai, não meu." Sorri. Enrolei um pouco de espaguete no garfo e levei à boca.

63

Minha mãe se reinventou quando me deixou, embora "reinvenção" talvez seja um termo generoso demais. Soube disso quando tinha doze anos e a vi em uma lanchonete nos limites da cidade. Ela estava de pé entre duas banquetas do balcão, pedindo um garfo limpo em uma voz que eu nunca a ouvira usar. Mas eu teria reconhecido suas costas em qualquer lugar — a curvatura de seus ombros, o formato de seus quadris. Quando lhe deram o garfo, ela agradeceu num tom que soava diferente do que usava quando era minha mãe. As palavras, em um tom de superioridade, tinham saído de sua boca quando ela girava sobre os sapatos pretos de salto. Ela entregou o garfo limpo ao homem com quem estava. E ele disse: "Obrigado, Annie, meu bem". Anne era nome do meio dela.

Depois, fiquei sabendo que o homem corpulento era Richard. Eu sabia que havia outro homem. Era quem ligava quando ela ainda estava lá, quem eu desconfiava ter alguma coisa a ver com o sangue no vaso sanitário. Mas não fora daquele jeito que eu o visualizara. Richard era bonito, mas tinha uma aparência pouco confiável, com seu cabelo molhado, sua pele brilhante e seu enorme relógio de ouro. Seu rosto parecia queimado de sol, embora ainda fosse março. Ele era completamente diferente do meu pai. E não parecia em nada com a pessoa, com a vida pela qual eu imaginara que ela havia me deixado.

Eu me afundei no banco, ao lado da sra. Ellington, que havia levado Thomas e eu até ali para comemorar nosso primeiro lugar na feira de ciências regional. Ela tinha acompanhado do outro lado do ginásio enquanto apresentávamos nossas descobertas para os juízes, diante do cartaz que produzíramos juntos, descrevendo nosso experimento na letra cursiva cuidadosa de Thomas e com os desenhos detalhados que eu havia feito para cada parte. Algo relacionado à luz ultravioleta — não me recordo agora. Mas me lembro que a sra. Ellington assentira com a cabeça ao longo de nossa apresentação, como se pudesse ouvir cada palavra que dizíamos apesar do barulho de uma centena de alunos reunidos. Eu a observei à distância e endireitei os ombros enquanto falava, como ela fazia. Queria deixá-la orgulhosa.

Fiquei olhando para minha mãe e Richard pelo que pareceram horas, enquanto eles comiam, usando o guardanapo de pano como se devia fazer. Ela usava uma blusa preta com transparência e o bordado de uma rosa grande perto do colarinho. Eu nunca a tinha visto usando algo tão sensual. Ele colocou dinheiro na mesa antes mesmo de ver a conta. A sra. Ellington também deu uma olhada. Ela não me disse nada, tampouco eu lhe disse qualquer coisa. Só tomamos nossos milk-shakes enquanto Thomas falava sobre o que podíamos fazer com os cinquenta dólares em dinheiro do nosso prêmio. A ansiedade me entorpecia. Eu me perguntava se minha mãe viraria a cabeça e me veria de relance. Uma pequena parte de mim desejava isso. Mas isso não aconteceu, e fiquei quase aliviada quando eles foram embora — não sabia ao certo se ela viria me cumprimentar caso me visse. Fomos embora do restaurante e voltamos para casa no carro da sra. Ellington.

"Você está bem, Blythe?" — a sra. Ellington deixou que Thomas corresse para dentro de casa enquanto me acompanhava até o fim da entrada para carros deles. Assenti e sorri, então agradeci pela carona. Não queria que a sra. Ellington soubesse o quanto doera ver minha mãe. Feliz. Linda. Melhor sem mim.

Naquela noite, me ajoelhei antes de ir para a cama e rezei para minha mãe morrer. Preferia tê-la visto morta do que como a mulher que havia se tornado, aquela pessoa transformada que não era mais minha mãe.

64

Nunca tinham me evitado antes, ao menos não que eu lembrasse ou soubesse. Mas teria sido mais fácil ficar cara a cara com a rainha do que ver você pessoalmente no ano depois que foi embora. Você só queria deixar ou buscar Violet na escola, e suas mensagens de texto eram breves. Eu queria conhecer a mulher por quem havia me deixado, a mulher que morava no mesmo apartamento onde minha filha passava metade do tempo. Queria saber como se comparava a mim. Queria ser capaz de visualizar vocês dois juntos. Estávamos evitando tribunais e advogados, por pedido seu, por isso eu tinha certa vantagem em nossas negociações. Mas quanto àquilo você era inflexível — ia nos apresentar quando estivesse pronto e não abria espaço para discussão.

"Eu adoraria conhecer a nova namorada do papai", eu disse a Violet depois de ela ter comentado que a mulher a havia deixado na escola aquela manhã. Era sexta-feira, e Violet ficaria comigo no fim de semana.

"Talvez ela não queira conhecer você."

"Talvez."

Violet pôs o cinto de segurança e olhou para a chave na ignição, desesperada para que eu desse a partida e assim a deixasse um passo mais próxima de sair do banco atrás de mim. Olhei pelo retrovisor e a expressão dela mudou — para pena. Eu não sabia se era genuína ou não.

"O papai tem um motivo para não querer que vocês se conheçam." Ela falava mais baixo, como se estivesse me contando um segredo, me dando uma pista de um mistério que eu ainda não sabia que estava tentando resolver. Violet olhou pela janela para a sequência familiar de predinhos baixos de arenito castanho-avermelhado pela qual passávamos no caminho de casa. Ela mal falou comigo pelo resto do dia.

Então imagino que você não tenha me deixado muita escolha além de fazer o que fiz.

Violet me disse que vocês iriam ao balé juntos, só os dois, na semana seguinte. A mulher não podia ir, tinha um compromisso recorrente às quartas-feiras, no mesmo horário. Vi na internet que o balé começava às sete da noite, e sabia que você levaria Violet para comer pizza antes.

O predinho no qual vocês moravam ficava em uma parte antiga da cidade, que eu conhecia muito bem. Peguei um táxi e desci alguns quarteirões antes. Eram seis e meia, e o trânsito ainda estava pesado. O motorista ficava me olhando pelo retrovisor, como se conseguisse sentir meu nervosismo, ver meus dedos puxando repetidamente o fio solto na barra do casaco. Dei uma gorjeta alta demais, para não ter de esperar pelo troco, e puxei o capuz sobre a cabeça de modo que a pele protegesse a maior parte do meu rosto. Caminhar fez bem aos meus nervos. Eu me acalmei enquanto olhava meus pés, um na frente do outro, até chegar ao seu prédio. Eu me recostei contra os tijolos aparentes, tirei as luvas e peguei o celular do bolso. Não tinha um plano, mas fazia sentido parecer ocupada, distraída com minhas mensagens, como qualquer outra pessoa na rua.

De canto de olho, fiquei atenta à porta do saguão — ficava mais fácil ver lá dentro conforme o céu escurecia. Algumas mulheres entraram e saíram, mas eu sabia que nenhuma era ela — eram velhas demais, grandes demais, tinham cachorros demais. Então uma mulher com um casaco acolchoado saiu do prédio, com o celular na mão, e sorriu para o porteiro. Seu cabelo comprido e enrolado estava puxado para um lado, e ela usava um brinco de diamante que reluzia sob as luzes do lustre do saguão. Ela levantou os braços para passar a alça da bolsa pela cabeça e começou a vestir luvas com estampa de oncinha — a noite esfriara rapidamente, o vento estava forte. Eu tinha quase certeza de que era ela. Então decidi arriscar e a segui.

Foi fácil acompanhá-la. Suas botas de camurça de cano baixo tinham salto pequeno e grosso, e ela andava devagar, como se não tivesse crescido na cidade. Ela apertava todos os botões dos faróis de pedestre, embora a maioria das pessoas soubesse que eram inúteis. Eu achei que ficaria preocupada com a possibilidade de ser pega fazendo aquilo, mas segui-la parecia muito fácil. A mulher fez uma ligação rápida, e eu me mantive vários passos para trás, sob os postes de luz. Então ela correu para pegar o farol verde, que quase perdera em sua distração. Meio quarteirão adiante, ela entrou num lugar aonde eu costumava ir quando estava no bairro — uma pequena livraria, com estantes ornamentadas de parede a parede e esferas enormes de vidro leitoso pendendo do pé-direito alto, que balançavam levemente toda vez que a porta se abria.

Conferi o aviso na vitrine — às quartas-feiras, o local fechava às seis horas. Eu me lembrava vagamente daquilo. Mas as luzes estavam acesas. Levei as mãos ao vidro para evitar o brilho do poste de luz e poder olhar melhor. Havia quarenta, talvez cinquenta pessoas lá dentro. Todas mulheres. Havia casacos espalhados por alguns bancos velhos de igreja e uma mesa lateral para as pessoas se servirem de vinho, além de uma torre de cupcakes patrocinada pela padaria ao lado. Ninguém parecia estar conferindo ingressos ou verificando nomes. Achei que fosse ver um anúncio sobre a visita de um autor ou uma mesa com pilhas de livros para autografar. As mulheres pareciam todas mais novas do que eu, e muitas usavam botas parecidas com as dela — o aluguel era caro no bairro de vocês, onde todas as lojas tinham as mesmas coisas. As duas mulheres de pé perto da vitrine carregavam bebês recém-nascidos em slings. Elas balançavam para um lado e para o outro enquanto conversavam, no mesmíssimo ritmo, e eu recordei a sensação, do tique-taque que não abandona seus quadris enquanto você sente o peso do seu bebê contra seu corpo.

Ela estava nos fundos, ajeitando o cabelo grosso e escuro, quando alguém tocou o ombro dela para cumprimentá-la. As duas se abraçaram, sua bochecha corada pressionada contra a amiga alta e loira. O rosto dela brilhava, seus olhos escuros e enormes estavam destacados pelo rímel, e o sorriso em sua boca não se desfazia. Ela pareceu se lembrar de algo que havia levado para a outra — enfiou depressa a mão na bolsa e tirou algo cinza de tricô. A amiga pressionou o que quer que fosse contra o peito e agradeceu. Outra mulher se juntou a elas e lhes passou taças de vinho.

O lugar começou a ficar cheio, e logo eu não conseguia mais enxergar do lado de fora. Fiquei decepcionada. Precisava de mais. Eu devia estar morrendo de medo de entrar por aquela porta — ela certamente havia visto uma foto minha em algum momento e poderia me reconhecer —, mas entrei, e acrescentei meu casaco à pilha. Eu conhecia a funcionária fechando o caixa e me aproximei, falando baixo.

"Você sabe quem é o anfitrião da festa?"

"Não é uma festa. É um grupo de mães. Uma reunião informal. Às vezes vêm palestrantes, ou alguma marca manda brindes. Só cedemos o espaço, esperando acabar fazendo algumas vendas."

"Então todas aqui são mães?"

"Acho que não obrigatoriamente, mas não sei por que alguém viria se não fosse." Ela deu de ombros e pediu licença, então foi para os fundos com uma bandeja de dinheiro. Olhei em volta e de repente ouvi a sinfonia de problemas maternais a minha volta — regimes de sono, introdução de sólidos, macacõezinhos com zíper em vez de botão, listas de espera de escolinhas. Me servi de vinho em um copinho de plástico e serpenteei até o outro lado do salão, até um ponto de onde ainda conseguia vê-la. Fiquei no celular, torcendo para ninguém vir falar comigo, mas levantava os olhos para vê-la a cada poucos segundos. Ela parecia estar contando uma história, usando a mão livre para fazer movimentos diminutos em pânico, como asas de borboleta. As duas outras mulheres assentiam e riam. Uma delas chegou mais perto e revirou os olhos ao falar, e elas riram de novo. Ela tocava bastante as pessoas, percebi. Braços, mãos, cintura. Era afetuosa, dava para notar. Pensei nos seus pés descalços sob o lençol, sempre tentando encontrar os meus à noite, sempre tentando se esfregar contra minhas panturrilhas, sentir meu calor, e pensei em como eu me afastava na cama. Para cada vez mais longe.

"Primeira vez?"

Alguém com um rabo de cavalo muito alto e batom vermelho forte surgiu na minha frente, segurando um postal que dizia *Noite de Folga da Mamãe*, com uma coleção de logos de pequenos negócios.

"Sim. Obrigada."

"Ótimo! Posso apresentar você a algumas pessoas. Como ficou sabendo de nós?"

Ela apoiou a mão na parte inferior das minhas costas e me conduziu até o meio do salão, sem esperar uma resposta.

"Sydney, ela é nova", a mulher disse alto, por cima da multidão, e apontou para mim como se precisassem prender uma identificação na minha orelha para conseguir me rastrear. Sydney ergueu os olhos e se espremeu por entre as pessoas para vir se apresentar a mim.

"Seu nome é...?"

"Cecilia." Foi o único que me ocorreu. Olhei por cima das cabeças na direção dos fundos, para onde ela estava até então, mas não consegui vê-la. Ela deixara as outras duas mulheres. Passei os olhos pelo salão e comecei a me sentir mal.

"Seja bem-vinda, Cecilia! Parabéns por ter conseguido sair de casa esta noite! Quantos anos tem o pequeno?"

"Obrigada... Sabe, só dei uma passada para saber melhor como funciona. Vou tentar vir na próxima." Mostrei o celular, como se alguém estivesse me mandando mensagens, como se eu fosse uma pessoa necessária. "Tenho que correr."

"Claro. Volta, sim." Ela tomou um gole de vinho e olhou em volta, considerando com quem conversar a seguir.

Meu casaco ainda estava no topo da pilha, mas eu a revirei mesmo assim, ganhando tempo, olhando por cima do ombro para tentar encontrá-la em meio à multidão. Eu precisava ir embora — já fazia tempo demais que estava ali. Cobri a cabeça com o capuz e fui para fora, em meio às rajadas de neve. Me sentei em um banco do outro lado da livraria e levei a cabeça aos joelhos.

Ela era mãe. Você tinha encontrado uma mãe melhor para sua filha. O tipo de mulher que sempre desejara.

65

Da segunda vez, eu estava nervosa.

Tinha comprado uma peruca de cabelo castanho e comprido em uma loja de itens para teatro. Você a acharia sem graça, mas era exatamente o que eu estava procurando. Meu coração acelerou enquanto eu escondia o cabelo loiro por baixo da touca de seda. Eu não sabia bem se parecia diferente o bastante, mas não conseguia pensar em outra coisa. Treinei um sorriso mais feliz diante do espelho e morri de vergonha. *Sua tonta. Sua idiota.* Por usar a peruca, por pensar que poderia me safar, por acreditar que você tinha sido sincero quando eu lhe perguntava se ela tinha filhos — por qualquer uma dessas coisas. Por todas elas.

Quando cheguei lá, Sydney, a líder não oficial do grupo, estava à porta, entregando amostras de uma pomada natural contra assaduras para quem quer que entrasse. Toquei as pontas do meu cabelo novo.

"Oi! É sua primeira vez? Seja bem-vinda!" Ela não falou diretamente para mim — era como se esperasse por alguém melhor prestes a chegar atrás de mim. Assenti, agradeci e guardei a pomada na bolsa. Haveria uma palestra, com o título "Um lar natural, você natural". O salão estava cheio de cadeiras. Peguei meu vinho e vasculhei a multidão. Fingi dar uma olhada nas estantes enquanto me mantinha atenta à porta, observando as mulheres se reunirem em grupos, elogiando roupas e perguntando sobre os filhos umas das outras. As mechas castanhas atrapalhavam minha visão periférica. Eu queria afastá-las, como se fossem moscas. Ainda não estava acostumada a ser morena. A mulher de rabo de cavalo alto que havia falado comigo da última vez me notou do outro lado do salão. Teria me reconhecido? Minhas bochechas queimaram, e eu me virei para procurar outra pessoa com quem conversar, qualquer outra, mas todas pareciam estar ocupadas. Eu me enfiei em um trio que discutia uma "política sem castigos" e sorri. Estava prestes a me apresentar quando a mulher tocou meu ombro.

"Meu nome é Sloane. Aqui está meu cartão. Os cupcakes são da Luna's. O vinho é da Edin Estates. Na semana que vem teremos uma especialista em sono, ela é *incrível*. Você já segue nossa página no Facebook?" Fiquei aliviada. Peguei o mesmo postal da mão dela. Continuei a conversa com as mulheres do grupo enquanto observava a porta, mas ela não veio. Sloane pediu para todas se sentarem, e a palestra começou. Eu fiquei na fileira dos fundos, perto da porta, para poder sair assim que conseguisse sem ser notada. A peruca coçava, e eu não tinha nenhum interesse em ficar ali, se não fosse por ela.

Quando estava prestes a me levantar, senti o ar frio entrando pela porta atrás de mim. Lá estava ela, fazendo um gesto de desculpas para a palestrante, indo na ponta dos pés até o banco enquanto descia o zíper do casaco. Voltei a virar o corpo para a frente devagar, de volta à palestra, e cruzei as pernas, prendendo o fôlego. Havia um lugar vazio ao meu lado. Ela se sentou ali, e uma onda de perfume doce me atingiu.

"Desculpa", ela sussurrou, depois de sua bolsa bater na minha perna. Sorri e mantive os olhos voltados para a frente, embora meu coração batesse tão forte que eu não conseguia ouvir uma palavra do que a palestrante dizia. Baixei um pouco os olhos, notando seu jeans rasgado, as botas que todas usavam, a bolsa cara deixada por ela no chão.

"Eu a sigo nas redes, ela é incrível." O cochicho me assustou. Assenti com entusiasmo, enquanto ela pegava um caderninho cor-de-rosa com a palavra ALEGRIA escrita na capa em letras douradas. Ela anotou como fazer produtos não tóxicos para limpar a casa enquanto eu assentia de vez em quando, fingindo me importar. Suas mãos eram compridas e bonitas. Encolhi as minhas, salpicadas de manchas de sol e centenas de rugas. Eu estava com quarenta anos — ela parecia ter pelo menos dez a menos. Não usava anéis. Eu às vezes usava minha aliança, mas a tinha tirado aquela noite.

Achava que a palestra não terminaria nunca. Quando finalmente acabou, virei para ela.

"Foi muito bom. Ela é ótima."

"Não é? Tenho uma amiga que faz literalmente tudo o que ela diz, e ela *nunca* fica doente, juro." Ela guardou o caderno na bolsa e apontou para a mesa. "Quer vinho?"

Eu a segui. No caminho, ela tocou várias pessoas para cumprimentá-las. Um ombro, um braço. Beijos e abraços. Ela serviu vinho para nós duas e apontou com o queixo para um espaço vazio em meio à multidão animada. Fomos até lá. Ela expirou longamente quando chegamos.

"Assim é melhor. Fica sempre tão cheio aqui. Eu não devia vir de blusa de lã." Ela puxou a gola do suéter cor de vinho e tomou um golinho de vinho. "Ah, desculpa. Meu nome é Gemma. Acho que ainda não tinha dito."

"O meu é Anne."

"Quantos anos têm seus filhos?"

Eu já tinha pensado em tudo. Era mãe solteira de duas meninas, uma de dois e uma de cinco. Ruiva e loira. Futebol e balé. Eu tinha ensaiado dizer o nome delas em voz alta.

"Tenho um, de quatro anos. O nome dele é Sam."

As palavras ecoaram. Eu o senti acender dentro de mim e

fiquei meio zonza, como se tivesse cheirado uma droga da qual me mantivera afastada por anos. Baixei os olhos, com medo de que ela os visse. Eu o imaginei em casa, jantando com você e Violet, se perguntando onde eu estava, se eu voltaria a tempo de colocá-lo na cama. Ele estaria cheio de histórias e tolices a essa altura. *Eu te amo até a imensa lua, ida e volta, dez mil trilhões de vezes, mamãe.*

"Também tenho um menino. Ele vai fazer quatro meses amanhã." O nome de Sam deixou de ecoar nos meus ouvidos e arregalei os olhos. Ela voltou a molhar os lábios no vinho, só para sentir o gosto. Notei que seus seios estavam enormes. Cheios de leite.

"Desculpa, você disse quatro meses?"

Ela pulou quando o vinho espirrou em suas botas de camurça — eu tinha deixado cair. Fiquei olhando para o copo de plástico vazio na minha mão.

"Ah, merda." Ela olhou em volta, procurando por algo com que se limpar. "Tenho lencinho umedecidos", ela murmurou, e começou a revirar a bolsa enquanto eu permanecia congelada ali, em silêncio. Ela puxou alguns lencinhos do pacote, enquanto eu repassava o calendário mentalmente. Era novembro. Voltei alguns meses. Ele tinha se mudado em janeiro? Sim. Sim, fora logo depois do Natal.

"Então ele nasceu em julho?"

"Isso, 15 de julho... Vou pegar uns guardanapos, os lencinhos não estão ajudando."

"Ah, desculpa." Corri para a mesa dos cupcakes. Voltei com um punhado de guardanapos e me abaixei para secar as botas. Ela as tinha tirado e estava sentada numa cadeira, com os pés virados para dentro. Esfreguei a camurça escura e me desculpei profusamente.

"É uma coisa que eu tenho... esse tremor nas mãos de vez em quando." Era impressionante quão facilmente mentiras me vinham.

"Ah... tudo bem." O tom dela mudou ao saber do meu novo problema. Ela levou a mão ao meu braço, como eu vira fazer com outras novas amigas ali. "Fica tranquila. Vai secar."

Ficamos ambas de pé. Ela era quase trinta centímetros mais alta que eu, só com as meias molhadas. Eu precisava olhar para cima para conversar com ela.

"Eu... você... quatro meses, é tão pouco!" Fiquei impressionada comigo mesma por conseguir falar. Por me controlar. "Você está ótima."

"Obrigada. Estou cansada. Ele dorme mal. Mal posso esperar pela palestra da especialista em sono na semana que vem. Talvez você tenha algumas dicas para mim. Você usou algum método? Deixava ele chorar? Não acho que consigo fazer isso. Não suporto vê-lo triste."

O bebê de quem ela falava era seu. Ela havia dado à luz o seu filho. Tinham lhe dado uma outra chance. Foi então que me dei conta dos dez meses de gestação de um bebê a partir da concepção. Ela tinha engravidado antes de você ser demitido. Você sabia que ela estava grávida bem antes de eu lhe pedir para sair de casa. Você sabia o tempo todo. Você sabia.

"Hum, ele meio que só pegava no sono, sabe? Eu não precisava fazer muita coisa."

"Sério? Desde que idade?"

O salão me pareceu cheio demais. Pensei nela fazendo força para o bebê sair. Em você vendo seu novo menino vir ao mundo.

"Uns quatro meses? Não lembro direito."

"Pensei em complementar a amamentação com fórmula. Dizem que a barriguinha cheia ajuda. Mas não sei muito bem de que tipo..."

"E o pai?"

"Como?" Ela chegou mais perto — estranhou a pergunta e achou que não tinha me entendido direito.

"Você tem um companheiro?"

"Tenho. Ele é ótimo. É um ótimo pai. Acabou de mandar isso, aliás." Ela sorriu e pegou o celular. Enquanto ela procurava por uma foto, seus lábios se moviam levemente, como se estivesse falando consigo mesma. Ela me mostrou a tela e ergueu as sobrancelhas, esperando minha reação, como se fosse a foto de uma pesada e enorme ereção. O bebê dormia no berço, com o cueiro enrolado em seu corpo. O lençol tinha luas e estrelas. Não dava para ver seu rostinho, por causa do ângulo da foto. Peguei o celular dela e fiquei olhando para aquele ser humano empacotado, aquele ser que era metade você, que compartilhava o DNA de nosso filho morto. "Ele consegue fazer o bebê dormir com tanta facilidade. Eles se amam muito."

"Que fofo." Devolvi o celular e toquei meu cabelo, me lembrando da peruca. Eu precisava sair dali — de repente estava quente demais, barulhento demais.

"E você? Tem um companheiro?"

"Não, eu... Ele nunca foi parte da equação. Então... Sou mãe solteira." Assenti para confirmar a mentira para mim mesma, torcendo para ela não fazer mais perguntas.

"Sabe, Anne, você me parece familiar."

"É?"

"É. Acho que a gente se viu antes."

"Pode ser." Me voltei para a pilha de casacos. Precisava sair dali.

"Onde você estudou?"

"Ah, em uma escola pequena a oeste de..."

"Você faz ioga?"

"Faço, vai ver que é daí. Experimentei um monte de estúdios diferentes, talvez a gente tenha se cruzado?"

"Não... acho que não é isso."

Comecei a abrir caminho até a saída. Ela veio atrás de mim.

"Eu estou sempre perambulando pelo bairro, vai ver que..."

"Ah. Já sei." Ela estalou os dedos. Prendi o fôlego e olhei para a porta. "Você se parece com minha instrutora de spinning. Parece *bastante*."

Liguei para você do táxi, a caminho de casa. Quatro vezes. Sabia que não atenderia. Precisava falar com você, perguntar se ele se parecia com Sam. Se fazia o mesmo biquinho, se tinha o mesmo cheiro. Eu me esquecera de perguntar o nome do bebê. Percebi que eu e você não nos falávamos desde que ele nascera. Talvez você achasse que eu contaminaria sua vida de alguma forma só com a minha voz, que você perderia algo daquela experiência merecida. Ela parecia uma ótima mãe — dava para saber só de vê-la. Ela parecia ser uma mãe muito, muito boa.

66

Fico pensando se você ficou olhando enquanto a vagina dela, inchada e queimando, se abria para entregar um novo ser, que era metade você, nas mãos de um médico que lhe dava os parabéns pelo seu filho. Um menino, pela segunda vez. Fico pensando se seus olhos se encheram de lágrimas quando alguém colocou o bebê escorregadio sobre o peito suado dela, e ele procurou pelo mamilo. Se você segurou a mão trêmula daquela mulher enquanto costuravam o períneo dela, puxando e repuxando até que o dano tivesse sido reparado. Se você a pegou pelo cotovelo e a conduziu até o banheiro do quarto, onde ela chorou de dor, com as coxas trêmulas, sangue saindo dela, as entranhas pesando, a vulva pulsando, o corpo muito fraco depois de uma experiência tão forte. Você esguichou água morna nas partes dela que sagravam, como o pessoal da enfermagem lhe ensinara antes? Você se deitou com ela na cama larga de hospital, e com o bebê, e se perguntou como tinha sido capaz de amar outra mulher? Colocou o celular no silencioso para que ela não ouvisse minhas mensagens chegando enquanto ela tentava fazer o colostro fluir para a boca do bebê? Defendeu que ele fosse circuncisado, como fez com Sam? Levou-a para a cama de casa no dia seguinte, usando o pijama macio de jérsei que ela havia comprado especialmente para a ocasião? E a cama para a qual a levou — era o mesmo lugar onde haviam feito aquele bebê, onde você a penetrava com tanta euforia que não dava a mínima para o que ia acontecer depois?

Passei dias sem dormir depois de ter conversado com ela. Não consegui dormir até ir para o porão.

Espanei a camada de poeira da caixa. As coisas de Sam estavam lá dentro. Macacões, cobertores, pijamas com pezinhos e mais algumas coisas que ele amava. O coelho Benny. Subi com a caixa e a deixei ao pé da cama. E comecei meu ritual. Com a luz noturna acesa. Hidratante de lavanda orgânica nas mãos, do tipo que eu costumava passar na pele dele depois do banho. A máquina de ruído branco estava no fundo da caixa. Ondas do mar. Eu a coloquei sobre a mesa de cabeceira.

Fechei os olhos e tentei recordar tudo o que havia ali. O macacão verde-claro dado por sua mãe. O pijama que combinava com o de Violet. O cobertor de musselina com estampa de coração. As meinhas vermelhas. O cobertor de flanela do hospital. Eu poderia listar tudo, poderia fazê-lo de novo agora, como em um jogo da memória. Nada tinha sido lavado. Havia tanto dele naqueles tecidos.

Aquela era uma indulgência que eu me permitira apenas algumas vezes desde que Sam morrera. Eu a guardava para quando fosse mais necessária.

Devagar, levei cada item ao rosto e inalei tão profundamente quanto possível, até meu nariz arder, deixando a mente absorver o que conseguisse encontrar... ele batendo nas panelas no chão da cozinha enquanto eu fazia o mingau de aveia, chupando a água com sabão da toalhinha molhada do banho, se aninhando para ouvir uma história, nu, feliz, o perigo de uma bunda sem fralda sobre o nosso edredom. Eu ansiava por aqueles breves filmes mudos dele. Não me importava que as memórias não fossem precisas, que a maior parte delas não tivesse acontecido exatamente como nas cenas que se passavam na minha cabeça — eu só precisava vê-lo, então podia senti-lo através daquelas coisas nas minhas mãos. Se eu me concentrasse o bastante, Sam poderia estar bem ali, ao meu lado, e eu poderia voltar a me sentir viva.

Quando terminei de acariciar cada uma das coisas dele, escolhi o pijama que ele mais usava, gasto nos joelhos de tanto engatinhar atrás de Violet, manchado de geleia de mirtilo no pescoço. O cobertor do berço, de malha leve. E Benny. Eu costumava ser capaz de encontrá-lo naquela pelúcia, distintamente, de inspirá-lo até preencher meu cérebro, como um anestésico. Mas seu cheiro tinha quase desaparecido, e Benny parecia meio úmido e bolorento. Passei o dedão pela mancha no rabo, que agora parecia ser apenas ferrugem antiga.

Eu também havia guardado uma fralda sem usar. Dispus tudo na cama, cada artigo, como deveria ser: a fralda dentro do pijama, o cobertor esticado embaixo, Benny perto de seu pescoço. Então eu o peguei e embalei nos braços, senti seu cheiro, beijei-o. Desliguei a luz noturna. Ajeitei as pontas do cobertor para ele ficar protegido e quentinho. Eu me movi com as ondas do mar e cantarolei a canção de ninar de sempre. Eu o embalei para cá e para lá. Quando ele parecia imóvel e pesado, respirando longa e profundamente, eu o pus na cama com cuidado, para não despertá-lo. Ajeitei os travesseiros de modo a garantir sua segurança. E dormi ali, com ele nos meus braços.

Pela manhã, guardei tudo com cuidado. Desci a caixa para o porão. Quando voltei à cozinha, coloquei a chaleira no fogo, subi as persianas e comecei outro dia sozinha.

67

Meu pai me disse que ia me deixar na casa da minha mãe no almoço de domingo. Fiquei perplexa. Não tínhamos falado muito dela desde que nos deixara dois anos antes, e eu não a via desde aquela vez na lanchonete, com a sra. Ellington. Ele me disse que ela havia ligado na semana anterior convidando. O modo como meu pai me contara aquilo dera a entender que eu não tinha escolha, mas lembro que eu também queria ir, apesar da traição dela, porque estava curiosa. Talvez ele também estivesse.

Quando ela abriu a porta, olhou além de mim para a entrada de carros da casa, procurando o reflexo do meu pai no retrovisor. Ela observou o carro se afastar e virar, então me encarou. Eu usava um penteado diferente, com duas tranças compridas, e meu rosto estava todo marcado por sardas novas, devido ao sol do verão.

"Que bom ver você", ela disse, como se tivéssemos nos encontrado por acaso no mercado.

Eu a segui para dentro. A casa, que do lado de fora parecia modesta, era recheada de objetos refinados que eu nunca havia visto, nem mesmo nos Ellington. Caminhos de mesa muito limpos, estátuas de vidro em pedestais e fotos iluminadas de cima por luzes individuais. Nada daquilo me parecia real. Lembrava um cenário de filme, como se atores fossem aparecer a qualquer minuto e assumir o palco. Richard chamou, e ela me levou para a cozinha, onde ele me entregou uma bebida rosa-escura numa taça.

"Fiz um Shirley Temple pra você." Eu o peguei de sua mão enorme e os dois ficaram me vendo tomar um gole.

"Esse é o Richard. Richard, essa é a Blythe." Ela se sentou à mesa e olhou em volta, incentivando-me a fazer o mesmo. A cozinha parecia imaculada, como se nunca fosse usada. O que podia ser o caso.

"Pedi sanduíches."

Richard olhou para mim, e de novo para minha mãe. Ela levantou as sobrancelhas para ele, como se dissesse: *Está feliz agora?*

Ele me fez algumas perguntas sobre a primeira semana de aula e disse que gostava do meu nome, então pediu licença para fazer uma ligação. Minha mãe desembrulhou os sanduíches e me perguntou o que eu andava fazendo. *Nos últimos três anos ou só nesse fim de semana?*, eu quis perguntar. Mas estava claro que devíamos fingir — assim como aquela casa que ela havia montado era um fingimento. Assim como aquela vida que por algum motivo ela queria me mostrar. Ela se inclinou sobre a bancada para alcançar uma faca e sujou a blusa de maionese.

"Merda", disse, esfregando a mancha com um pano de prato. "Só usei uma vez."

Comi meu sanduíche de peru e ouvi os dois conversarem sobre algum lugar na costa da França. Aonde eles tinham ido durante o verão. Eu me perguntei de onde vinha tanto dinheiro, por que eles moravam naquela casa entediante naquele bairro medíocre a meia hora da cidade. Sempre havia imaginado que ela havia nos trocado por uma vida urbana, boêmia, cheia de pessoas tão bonitas quanto ela. Claramente não era o caso de

Richard. Mas ele tampouco combinava com as estátuas de vidro e as porcelanas elegantes. Parecia tão deslocado quanto eu sabia que ela estava.

Seu cabelo, sua pele, seus lábios e suas roupas estavam diferentes — até mesmo sua voz. Novas texturas, cheiros e tons. Cada parte dela que eu conhecera no passado adquirira o brilho, o verniz, o cheiro de uma loja de departamentos. Depois, vi pilhas de papel de seda e sacolas de lojas chiques das quais nunca havia ouvido falar guardados em seu armário. Ela me mostrara a casa de qualquer jeito, e ao fim acabamos nos demorando no quarto. Não havia comprimidos na mesa de cabeceira. Notei que havia uma mala pequena no canto, aberta, com algumas coisas dela jogadas ali. Ela me viu olhando.

"Não tive tempo de desfazer a mala. Ficamos bastante na cidade. Por causa dos negócios de Richard. Moramos um tempo lá, na verdade." Ela tirou a blusa de seda manchada e procurou outra no guarda-roupa, então suspirou. "Odeio esse lugar, mas..."

Mas o quê?, eu pensei. Ela usava um sutiã preto com renda. Senti uma vontade humilhante de colocar o rosto entre os seios dela, só para sentir o cheiro de sua pele, como se aquele lugar pudesse me lembrar da minha infância.

Mais tarde naquele mesmo dia, saí do banheiro sem fazer barulho e fiquei olhando do corredor enquanto Richard agarrava a cintura dela por trás e a puxava para ele. Ela esticou o braço e enfiou os dedos em seus cabelos grisalhos.

"Senti sua falta. Nunca mais some assim."

Ela soltou a mão da dele.

"Queria que você não tivesse ligado para ele."

"Bom, isso te trouxe de volta para casa, não foi?"

Richard tinha me convidado, não minha mãe. Era uma armação para trazê-la de volta da cidade. Mas devia haver uma pequena parte dela que queria me ver, que ainda se preocupava com o que meu pai e eu pensávamos dela.

Contei até dez e fui para a cozinha. Meu pai chegaria em breve. Agradeci a eles pelo almoço e fiquei olhando pela janela, em busca do carro dele. Esperei que ela dissesse alguma coisa — *Volte em breve. Que bom que você veio. Estava com saudade.*

Minha mãe se despediu com um aceno da porta, certificando-se de que meu pai pudesse dar uma boa olhada nela.

Ele não perguntou nada sobre a visita — sobre a casa, sobre Richard, sobre o que havíamos comido. Mas, no jantar, enquanto terminávamos de lavar a louça juntos, em silêncio, eu disse a ele: "Não era você que a deixava infeliz". Eu precisava que ele soubesse. Meu pai não respondeu — dobrou o pano de prato úmido, deixou-o sobre a bancada e saiu da cozinha.

Foi a última vez que vi minha mãe.

68

Quando Violet estava comigo, era como viver numa casa com um fantasma. Ela raramente falava comigo, mas fazia com que sua presença fosse notada. Deixava as luzes acesas, as torneiras pingando. Parecia fazer o ar de um cômodo mudar. Àquela altura eu já sabia bem como era o ressentimento, o bastante para reconhecê-lo na densidade do ambiente ao redor dela.

A quem ela culpava pela separação? A resposta óbvia seria eu, isso se ela culpasse alguém. Acho que ela gostou de ver nossa família dividida em duas. Pareceu desabrochar em seu novo papel como filha do divórcio, desfrutando tranquilamente da anistia que recebera de mim. Fazia um tempo que seus professores não tinham nada a nos dizer. Eu me perguntava se estaríamos na calmaria que precede a tempestade.

Uma manhã, a caminho da escola, me virei para trás no carro e lhe passei um muffin. Ela estava procurando alguma coisa debaixo do cachecol, mas parou para aceitá-lo. Quando voltei a olhar para a frente, ela puxou do pescoço uma correntinha de ouro delicada, com um pingente redondo pequeno, parecida com uma que você havia me dado anos antes, e eu nunca usara. Observei pelo retrovisor enquanto ela a tocava com ternura.

"Quem te deu isso?"

"Gemma."

Ela não mencionara o nome dela para mim desde aquele primeiro almoço, no dia em que foi para o trabalho com você. Eu desejava desesperadamente manter minha relação secreta com Gemma, então nunca perguntava a Violet sobre ela. Não queria dar nenhum motivo para que tocassem no meu nome na sua casa.

Não demorei muito para ficar próxima de Gemma. Ela era falante, cheia de energia e gostava que lhe fizessem perguntas. Tinha o hábito de disparar a falar e de repente, no meio de uma frase, fechar os olhos e dizer "Estou tagarelando, né? Me fala de você", enquanto tocava meus pulsos com toda a delicadeza, como se acariciasse as patinhas de um coelho. Eram gestos encantadores, e eu compreendia o alívio que você devia ter encontrado nela enquanto nós dois assistíamos às paredes do nosso casamento desmoronando silenciosamente sobre nós.

Começamos a nos sentar juntas durante as palestras semanais, antes de nos misturarmos às outras mulheres. Eu ficava tão perto de Gemma quanto podia, para não perder a chance de ouvir algo de novo. Ela era um quebra-cabeça que eu montava lentamente, semana a semana. Meu coração batia depressa durante todo o tempo que eu passava com ela, ávido, desesperado para saber mais a seu respeito. Às vezes eu me pegava encarando-a, imaginando como você devia parecer ao lado dela. Como a tocava. Como a comia. Como a olhava cuidando do filho de vocês, acalmando-o para que dormisse, fazendo cócegas nele pela manhã. Como ela o fazia totalmente feliz.

"Na verdade, eu adoro. Adoro ter uma enteada."

Retornei da minha fantasia e a vi claramente. Ela nunca mencionara Violet. Eu estivera esperando por aquilo.

"Ela tem onze anos, para algumas meninas essa é uma

idade difícil. Mas ela parece gostar de mim. Tenho sorte. Quer dizer, as pessoas têm histórias horríveis de enteados..."

Alguém mudou de assunto. Depois, quando estávamos a sós, retomei a conversa.

"Eu não sabia que você tinha uma enteada."

"Ah, eu não falei? O nome dela é Violet. É uma fofa. Meu marido e a ex compartilham a guarda igualmente, então ela passa bastante tempo com a gente."

"Parece que vocês se dão bem."

"Não temos nenhum problema. Funcionamos muito bem como família. Meu marido adora isso. Curte muito quando estamos os quatro juntos."

"E quanto à mãe dela?"

"Não chega a fazer parte da nossa vida. É uma longa história. Ela tem alguns problemas, então meio que mantemos distância."

Assenti, mas fiquei em silêncio, esperando que ela continuasse falando.

"Eles têm uma história, e eu não me meto. Ela não é a pessoa mais amorosa do mundo, pelo que entendi. Mas quem somos nós para julgar, né?" Ela suspirou e olhou em volta.

Eu queria mais. Queria saber todas as mentiras que você havia lhe contado a meu respeito. "Violet tem sorte de poder contar com você então."

"Isso é muito gentil, obrigada. Eu a amo como se fosse minha filha."

Procurei a verdade no rosto dela. Pela mesma sensação de desconforto que me consumira quando se tratava de Violet. Mas Gemma balançou o corpo no ritmo da música e deixou o copo vazio sobre o caixa. "Vamos indo?"

Pigarreei e a segui até a porta. "E Violet gosta do bebê?"

"Ela adora Jet. É a melhor irmã mais velha do mundo."

Quando a abracei para me despedir, senti seus seios cheios de leite contra os meus.

69

Eu tinha arranjado outro celular, com um número diferente, para que eu e Gemma pudéssemos trocar mensagens durante a semana. A princípio, foi uma rápida série de gentilezas entediantes — *Você vai? Eba, eu também!* Depois: *Foi tão bom te ver! Tenha uma ótima semana!* Mais para a frente, ela começou a me pedir conselhos, em meio aos corredores da farmácia, procurando o remédio certo para um resfriado, ou em dúvida se Jet devia usar fraldas descartáveis ou reutilizáveis na natação. Ela era uma mulher confiante, falante e animada, mas parte dela sempre precisava ser reassegurada quando se tratava de Jet. Ela queria ser a mãe perfeita, fazer, comprar e dar o seu melhor, e muitas vezes pedia minha opinião. Eu achava aquela vulnerabilidade encantadora. O modo como o bem-estar do filho a consumia, como estava constantemente avaliando a si mesma e tudo o que dava a ele.

Ela adorava ser mãe, mas também adorava servir de mãe. Dar seu afeto, cuidar, ser atenciosa, amar, abraçar, alimentar. Ela se regozijava com aquilo. Quando perguntei se ela pensava em parar de amamentar em breve — o bebê estava com quase um ano —, ela balançou a cabeça vigorosamente. Eu deveria saber, ela me dissera uma vez: sempre que o amamentava, ela sentia uma onda de emoção que nunca experimentara antes do nascimento do bebê, algo inexplicável, que vinha de dentro. Parecia até que estava descrevendo um orgasmo, eu disse.

"Quer saber, Anne? É ainda melhor."

Rimos, mas ela falava sério.

"Eu adoraria conhecer Sam", ela me disse uma quarta à noite, enquanto vestíamos os casacos. "Não seria legal juntar os dois?"

"Seria ótimo."

Ela nunca retomou a ideia, e eu tinha uma série de boas desculpas para dar se necessário. Conflito de horário. Doença (ela morria de medo de germes). Viagens de última hora. Continuar com aquilo era muito mais fácil do que eu imaginara.

Uma vez, era quase meia-noite quando ela me ligou, e Violet estava na casa de vocês. Ela estava preocupada. Jet estava com o peito tão congestionado que tinha dificuldade de respirar. Ela não sabia o que fazer. Devia levá-lo ao pronto-socorro? Devia ligar o chuveiro quente e fazê-lo inalar o vapor?

"O que seu marido acha?" Eu sabia que vocês não eram casados — ainda não tínhamos nos divorciado —, mas ela o chamava de marido mesmo assim.

"Ele não está em casa. Viajou a trabalho e não atende o celular."

"Ah." Fiquei surpresa por você ter deixado Violet passar a noite sozinha com Gemma sem me dizer nada. Pensei no nosso acordo flexível, em como eu havia sido justa na divisão do tempo. Devíamos avisar um ao outro se fôssemos deixar Violet com outra pessoa. Você tinha começado a se aproveitar da preferência dela por você, pedindo uma noite a mais aqui e ali, não me contando quando ela viajava com você no fim de semana. Sabia que estava no controle. "Então você está sozinha?"

"A filha dele está aqui. Se formos ao pronto-socorro, vou ter de acordar Violet para que ela vá junto. Amanhã ela tem o primeiro treino de basquete na escola, antes da aula, e ficaria morta de cansaço. Talvez... ela tem onze anos, talvez possa ficar sozinha. O hospital fica literalmente a quatro quarteirões. Ela nunca acorda, nunca mesmo. Mas, nossa, vou me sentir péssima se ela acordar e não me encontrar aqui." Gemma expirou devagar enquanto pensava. "Não, não, vou ter que acordar Violet se for para o hospital."

Não sei o que deu em mim.

"Pode deixar. Pode deixar a menina aí, ela vai ficar bem. Não vai acontecer nada. Coloca o monitor no quarto dela e fica acompanhando do hospital. Ela já é grande. Eu o levaria agora mesmo se fosse você."

"Sério? Merda. Acha mesmo?"

"Sim, com certeza. Vai lá. Vai ser rápido, e ela não vai acordar. Melhor não arriscar... ele é só um bebê. Não pode brincar com isso. Você nunca se perdoaria."

Eu nunca teria deixado Violet sozinha. Mas queria que você ficasse bravo com ela. Furioso. Queria que ela fizesse algo que você considerasse terrível.

"Ah, eu não sei, Anne."

"Leva o bebê", eu disse, com urgência. "Estou ouvindo daqui, e a coisa parece feia. Estou preocupada."

Fiquei com nojo de mim mesma quando desliguei o celular.

Ela me mandou uma mensagem de manhã dizendo que a haviam mandado para casa depois de quatro horas de espera, aconselhando que ligasse o chuveiro quente e o segurasse em meio ao vapor. Ele estava bem.

Na semana seguinte, quando a vi no grupo de mães, ela me disse que você tinha surtado quando ela admitira ter deixado Violet sozinha. Imaginei você lançando sobre ela uma série de palavras maldosas, por entre os dentes cerrados, como fazia quando estava realmente furioso. *Pensei que podia confiar em você para cuidar dela. Pensei que fosse uma mãe melhor.*

"Não sei, Anne, acho que não devia ter feito aquilo. Eu não estava pensando direito."

"Desculpa, talvez eu não tenha te dado o melhor conselho. Mas você fez o que achou que era melhor."

"É. Pode ser." Ela estava mais quieta que o normal aquela noite, e eu sabia que estava chateada comigo. Mandei uma mensagem para ela enquanto esperava o táxi para ir para casa.

Tudo bem? Você parecia chateada.

É só uma semana ruim. Nada pessoal, prometo!

Ela era boazinha demais para entrar em confronto. Eu me senti mal ao pensar que a havia traído. Aos poucos, ela se tornara a única pessoa de quem eu precisava.

70

Deixei de fora uma parte importante da nossa amizade. Talvez a mais importante. Quando eu estava com Gemma, era a mãe de Sam. Ele ganhava vida em mim outra vez, de um modo que achei que nunca poderia acontecer. Estar com Gemma era como viver no mundo do faz de conta, e meu amigo imaginário era o amor da minha vida. Meu filho lindo. Meu menininho tagarela com espaço entre os dentes da frente que corria de pés descalços pelos corredores de casa usando sua camisa preferida de beisebol, mesmo manchada. Ele adorava trenas, o dia da coleta do lixo e colecionar saquinhos de açúcar de restaurantes. Ele me perguntava todo dia sobre a Mãe Natureza e como ela controlava o clima. Nadávamos aos fins de semana e comíamos muffins de manhã, a caminho da escola. Os sapatos dele estavam sempre apertados. A boca dele estava sempre franzida. Ele adorava ouvir sobre o dia em que havia nascido.

Às quartas, eu me permitia passar o dia todo pensando no que diria quando chegasse ao grupo de mães — que ele passara a noite acordado e eu estava exausta, que ele chorara quando eu o deixara com a babá. Talvez algo dito pela professora quando eu fora buscá-lo na escola aquela tarde. Montar uma narrativa em torno de Sam era viciante — eu repassava as histórias obsessivamente, pensando em como ele seria e em como eu cuidaria dele se estivesse vivo. Se Violet não o tivesse matado. Embora eu tentasse evitar que ela surgisse em meus pensamentos naqueles dias. Eles eram sagrados, pertenciam apenas a Sam. Quando Gemma a mencionava numa conversa, eu me eriçava toda, mas ouvia. Meus sentimentos eram conflitantes — eu estava sempre ávida por uma janela aberta para a vida de vocês juntos, mas odiava que Violet existisse na periferia dessa segunda chance de Sam.

Eu adorava quando Gemma me perguntava sobre ele. Ela me disse uma vez que meus olhos se iluminavam quando eu ouvia o nome dele, e eu não tinha dúvidas de que Gemma conseguia ver como eu me acendia por dentro. Ninguém nunca o mencionava, e ali estava ela, dando-lhe espaço, tempo, valor. Gemma queria saber dele. Para ela, Sam importava. Então Gemma também importava para mim, profundamente.

Eu não tinha pensado nas fotos.

Ela me perguntou um dia se eu tinha uma foto de Sam para lhe mostrar. E se inclinou para olhar o celular que eu segurava despreocupada, esperando que eu fosse simplesmente passar por centenas de fotos dele, como as que ela tinha de Jet.

"Na verdade, acabei de fazer uma limpa no celular. Estava sem memória de novo." Tentei parecer irritada com aquele fato tecnológico. Joguei o celular dentro da bolsa e mudei de assunto com toda a tranquilidade.

Aquela noite, eu me servi uma taça de vinho tinto e fiquei procurando na internet fotos de meninos de quatro anos de idade parecidos com Sam. Revirei as redes sociais de desconhecidos cujo perfil era aberto. Passei horas imersa na vida de crianças felizes, soprando bolhas de sabão, andando de charrete, sujas de sorvete. Já tinha quase terminado a garrafa de vinho quando encontrei o menino perfeito. Cachos escuros, um espaço entre os dentes da frente quando sorria e os mesmos olhos azuis enormes. *Siobhan McAdam, mãe de James durante o dia, boleira durante a noite.*

Tracei seu rosto na tela. Ela parecia cansada. Parecia feliz.

Salvei uma dúzia de fotos de James e deixei uma como fundo de tela do celular — ele estava num balanço, com as mãos para cima, como se estivesse prestes a iniciar a descida em uma montanha-russa. Sam adorava balanços.

Eu comprava coisas de bebê em brechós e levava para Gemma, fingindo que eram coisas que Sam não usava mais — eu nunca conseguiria me separar de suas roupas ou seus brinquedos reais, e você ou Violet poderiam reconhecê-los. Ela sempre abraçava o que quer que eu lhe levasse, como se estivesse abraçando Sam. Eu adorava vê-la fazer aquilo. Adorava vê-la pensando nele.

Uma semana, ela me levou um lindo jogo de blocos de montar que eu sabia que tinham sido caros.

"Na verdade, foi meu marido quem sugeriu que eu trouxesse pra você. Ganhamos de presente, mas já temos um."

Concluí que ela não devia ter contado a você sobre meu papel no incidente do pronto-socorro. Apertei a caixa contra o peito em gratidão, como ela fazia com as coisas que eu lhe dava. As pessoas fazem isso quando passam muito tempo juntas, não fazem? Assumem para si gestos sutis do outro, começam a agir de forma parecida. Eu me perguntei se ela já havia me imitado sem saber, talvez a maneira como eu mexia nas pontas do meu cabelo de quarta à noite. Ou o modo como eu às vezes estalava a língua quando estava pensando. E me perguntei se eu passaria pela sua cabeça caso ela fizesse isso, ainda que de modo passageiro, efêmero, um pensamento que some tão rápido como surgiu.

Na saída, pedi a ela para lhe agradecer pelo presente. E então disse uma coisa que não deveria ter dito — que adoraria conhecer você, Jet e Violet. Era impossível, claro, mas eu queria falar sobre vocês, de alguma maneira. Gemma assentiu e disse que também gostaria: eu e Sam podíamos visitá-los para comer pizza, como ela havia sugerido antes.

"E como andam as coisas com Violet?"

"Com Violet? Tudo bem. Está todo mundo bem." Ela estava distraída, mandando uma mensagem no celular.

Fiquei pensando se ela mentia para mim. Se já olhara para minha filha e tivera a sensação de que havia algo de errado com ela. Se desconfiava que seu filho corria perigo.

Gemma se despediu com um beijo e eu toquei seu braço, como ela sempre tocava o meu.

Estávamos chegando perto demais. Prometi a mim mesma que não iria ao encontro na semana seguinte. Levei o jogo de blocos para casa e o deixei no quarto de Sam.

71

Eu não iria. Tinha mandado uma mensagem para ela dizendo que não me sentia muito bem — que Sam havia tido uma noite difícil e que eu mesma não havia dormido muito na noite anterior. Ela me respondeu com uma carinha triste, depois escreveu que sentiria minha falta. Eu não queria decepcioná-la.

Nós nos sentamos no fundo e trocamos novidades sobre a última semana em voz baixa. As dela eram uma série de problemas sem importância que a preocupavam, as minhas, coisas fofas que Sam havia feito ou dito.

Fazia quase um ano que nos víamos nas reuniões de quarta e conhecíamos a maior parte das frequentadoras assíduas, embora em algum momento Gemma e eu tivéssemos nos estabelecido como uma dupla. As outras mães reservavam dois lugares para nós se o lugar estivesse cheio, e perguntavam a uma de nós onde a outra estava quando nos atrasávamos. Eu pensava no motivo de Gemma ter se interessado por mim, entre todas as mulheres ali. A resposta, tenho certeza, era que eu a procurara tanto que não lhe dera escolha. Ainda assim, queria acreditar que havia algo em mim que a atraía — ela me achava uma mãe maravilhosa, capaz, amorosa e comprometida, e ser minha amiga lhe dava um grande conforto enquanto ela navegava pelo primeiro ano de vida do filho. Aquilo fazia com que eu me sentisse uma parte clandestina da nova família que você havia construído, finalmente a um passo de distância das garras do seu julgamento.

Nos despedimos das outras e enrolei meu cachecol no pescoço.

"Meu marido está aqui." Gemma apontou para a porta. Ali estava você. Do lado de fora, me encarando. Apertei a lã em minhas mãos e prendi o fôlego. Eu me virei devagar, de modo a lhe dar as costas. Você nos olhava.

"Vem. Vou te apresentar." Ela pôs as mãos nos meus ombros e me conduziu até a porta. Eu não sabia o que fazer.

"Gemma, eu... preciso ir ao banheiro."

"Ah, vai ser rapidinho. Vamos ver um filme agora, mas quero que você o conheça, já que ele está aqui."

Baixei os olhos enquanto tentava pensar. O que eu podia fazer? Subi o cachecol até o queixo e afundei o chapéu na cabeça. Tirei as mechas castanhas e compridas de dentro do casaco e as ajeitei sobre os ombros. Como se você não fosse me reconhecer. A mulher que amara por vinte anos. A mãe dos seus filhos. Fiquei ali à sua frente, tão nua como sempre estive. Ela beijou você. Não precisava se esticar como eu. Seus olhos eram como balas de revólver. Engoli em seco, e lágrimas se acumularam em meus olhos, embora a causa pudesse ser o frio cortante, até onde Gemma sabia.

"Fox, esta é Anne. Anne, este é Fox."

Minha cabeça saíra voando como um balão de papel no céu noturno — eu não estava mais ali, presa sob o seu olhar fixo, à espera de ser massacrada pelo que quer que você dissesse em seguida. Era a única forma de sobreviver à vergonha, ao medo, ao arrependimento depois de você descobrir o que eu havia feito. Eu me deixara ali e observava lá de cima.

"Muito prazer." Eu lhe ofereci uma mão enluvada. Você olhou para Gemma. Então voltou a olhar para mim. Não tirou as mãos dos bolsos. O casaco que você usava tinha sido um presente de aniversário meu.

Ela se virou para você com uma preocupação genuína, como se o único motivo possível para sua grosseria fosse ter sofrido um aneurisma. Você tirou a mão do bolso, devagar, e apertou a minha. Fazia um ano e meio que não nos falávamos. Fazia ainda mais tempo que não nos tocávamos. Seu rosto estava vermelho por causa do frio, e você parecia mais velho. Talvez estivesse dormindo menos por causa do bebê, talvez fosse o estresse do emprego que eu imaginava que você tivesse arranjado. Ou talvez eu só tivesse perdido a noção do tempo — apesar de tudo, nas lembranças que me vinham mais fácil, você ainda era o homem por quem eu estava apaixonada anos atrás.

"Muito prazer." Você olhava por cima da minha cabeça enquanto falava, e eu soube que ia nos poupar da humilhação. Eu duvidava que estivesse fazendo aquilo por mim.

Gemma pareceu desconfortável. Seus maneirismos, em geral leves e fluidos, desapareceram, e ela ficou tensa. Dava para ver mesmo por baixo do casaco acolchoado. Acho que ela percebeu que havia algo de errado, mas estava frio demais para ficarmos ali parados por tanto tempo, e outras mulheres esperavam para se despedir dela. Nós três nos afastamos do perigo um do outro. Eu me misturei à multidão parada na calçada, depois comecei a correr. Eu não sabia mais o que fazer. Precisava estar tão longe de você quanto possível.

72

Não sei se Gemma lhe contou o que aconteceu depois.

Imagino que você só tenha dito a ela na volta do cinema. Ou talvez tenha levado dias. Talvez quisesse poupá-la da decepção pelo máximo de tempo possível, até sentir que era desonesto continuar guardando segredo. Talvez não quisesse admitir ter passado tanto tempo casado com uma mulher capaz de fazer algo tão impensável. Tão perturbador. Talvez sentisse vergonha por associação. Gemma não entrou em contato naquela semana, e não ousei escrever para ela. Seu silêncio incomum era a prova de que você havia revelado quem eu era. Parei de ir aos encontros de quarta à noite.

Talvez ela tenha lhe contado muito pouco a respeito do nosso ano de amizade. Mas ele significou muito para mim. Eu nunca tivera uma amiga como ela, alguém por quem meu carinho era tão fácil, tão caloroso. Ela era como um cálido dia de verão. Eu me sentia em relação a Gemma como já me sentira em relação a você. Antes. Foi só depois de ela sair da minha vida que me dei conta de como estava sozinha.

Minha curiosidade me corroeu, até que um dia criei coragem e perguntei a Violet.

"Como está Gemma?"

"Por quê?"
"Só queria saber."
"Ela está bem."
"E o bebê?"
Nunca tínhamos mencionado o bebê. O garfo permaneceu na boca dela enquanto Violet encarava os legumes no prato, se perguntando, tenho certeza, como eu sabia — talvez estivesse processando a alteração na balança do poder, o fato de que não contava mais com aquele segredo.

"Ele está bem." Algo no modo como ela pigarreou depois me deixou desconfortável. Ela pediu licença para sair da mesa e nenhuma de nós voltou a mencionar Jet naquela noite. Antes de ir para a cama, Violet perguntou se podia passar o fim de semana com você — seus pais viriam visitar. Eu não falava com sua mãe desde que descobrira seu caso. Ela me ligara algumas vezes, mas àquela altura tinha desistido de me deixar mensagens.

"Tudo bem, mas seu pai é quem deveria me pedir isso."

Ela deu de ombros. Ambas sabíamos que não havia lugar para protocolos na bagunça que tínhamos criado. Meu celular soou do outro lado do cômodo. Era Gemma. Ela tinha me mandado uma mensagem:

Podemos conversar?

Curvei as costas em alívio.

Nós nos encontramos no dia seguinte para tomar um chá, perto da livraria. Eu não dormira na noite anterior, repassando versões do que diria, de como poderia me explicar. O que me deixava mais nervosa, estranhamente, era o fato de que ela veria meu cabelo natural, e não a peruca castanha que eu passara a adorar. Foquei meus nervos nesse embate específico — meu cabelo. Não na manipulação doentia, não no modo tresloucado como eu trouxera meu filho de volta à vida, não na chocante facilidade com que eu mentira, como se estivesse apenas batendo papo com desconhecidos numa manhã atribulada.

Vi da porta que ela havia pedido chá para nós duas. Quando eu a cumprimentei, não nos abraçamos como costumávamos fazer. Eu me sentei e tentei pegar as pontas do meu cabelo, então lembrei — eu era Blythe, não Anne. Em vez disso, ajeitei o colarinho da camisa. Tinha vestido uma roupa de que sabia que Gemma gostava — ela elogiara uma vez, tocando a manga para sentir o peso do linho.

"Não sei o que dizer." Eu não planejara falar primeiro, mas foi o que fiz.

Gemma assentiu, depois balançou a cabeça, desconfortável, e eu compreendi. Mordi o lábio enquanto ela colocava um pouco de leite no chá. Ela esperou um momento, então empurrou o leite e o açúcar na minha direção. Ouvimos minha colher batendo na porcelana enquanto eu mexia o chá. Estava claro que ela não queria falar. Talvez só quisesse saber o que eu diria se tivesse a chance.

"Não espero que me perdoe. Não há perdão para o que eu fiz."

Ela olhou para além de mim, vendo o mundo passar diante do café. Seus olhos seguiam cada pedestre, como uma professora contando silenciosamente os alunos na volta do recreio. Eu me perguntava se ela havia se arrependido de ter sugerido aquele encontro. E me perguntava se devia simplesmente calar a boca.

"Tenho vergonha de mim mesma, Gemma. Muita vergonha. Olhando para trás, não consigo acreditar no que fiz, não consigo acreditar que sou capaz de algo tão... psicótico. Eu..."

Fiquei esperando que ela me destroçasse. Seus olhos deixaram lentamente a janela para avaliar meu cabelo. Fazia anos que eu o usava daquele jeito. Me perguntei se ela notava os fios brancos e rebeldes em meio ao loiro-acinzentado. Se ela achava que eu parecia mais velha daquele jeito.

"Se tiver alguma pergunta para fazer, qualquer coisa..."

"Sinto muito pelo seu filho. Sinto muito que o tenha perdido."

Suas palavras me chocaram.

"Não consigo imaginar perder Jet." Ela tocou o próprio lábio.

Soltei o ar e toquei o meu também, tentando imaginar de onde vinha aquela compaixão. Ela deveria me desprezar. Ainda que meu filho tivesse morrido.

"Fox nunca me contou o que aconteceu." Ela baixou os olhos para o chá e movimentou a xícara. "Só sei que ele teve um filho, que vocês tiveram um filho, juntos, e que ele morreu num acidente. Sempre imaginei uma batida de carro. Foi isso?"

Eu havia contado tantas mentiras. Não podia contar outra. Abri a boca e a verdade saiu. Contei exatamente como recordava. Passo a passo. A lembrança das luvas rosas no carrinho. O som da batida do carro. Que o cinto de segurança ainda estava afivelado quando ele morreu. Que não pudemos ver o corpo depois. Que a enteada que ela amava e em quem confiava, a irmã do seu bebê, havia empurrado o carrinho para a rua e matado meu filho.

Ela não reagiu enquanto me ouvia. Ficou imóvel e com os olhos fixos nos meus durante toda a minha fala. Pensei tê-la visto engolir em seco, como as pessoas fazem quando estão lidando com alguma coisa, uma constatação que prefeririam não haver tido. Vi a mais leve rachadura se espalhar pelo gelo. Inclinei-me para ela.

"Gemma. Você às vezes acha que tem algo de diferente em Violet? Já teve qualquer gota de preocupação de que seu filho não estava seguro sozinho com ela?"

Gemma afastou a cadeira, e o som alto das pernas raspando no piso me deu arrepios. Ela pôs uma nota de vinte sobre a mesa, pegou o casaco e saiu para a neve do início de novembro. Não parou nem para vesti-lo.

73

Dentro da casa em que todos costumávamos morar, há um par de sapatos à porta. A chaleira está sempre fumegando. Uso o mesmo copo de água seis vezes antes de lavar. Quebro os tabletes de sabão da máquina de lavar louça ao meio. Os cabides de cada armário ficam a cinco centímetros de distância uns dos outros, e não há ninguém para mudá-los de lugar. Há manchas de chá no chão do corredor que ainda não removi, embora pense em fazê-lo todos os dias. Dou uma importância exagerada a gavetas organizadas e rego as plantas em excesso. Há quarenta e dois rolos de papel higiênico no porão. Quase sempre esqueço de tirar esse item da lista de compras de mercado que volto a pedir a cada quinze dias pela internet.

Torço para um rato aparecer. Sei que isso é esquisito, mas às vezes anseio pelo reconforto de um visitante regular, algo se mexendo dentro de uma sacola no armário ou o bater de patas na madeira; uma companhia breve, muda, previsível.

Alguns fins de semana, assisto a corridas de Fórmula 1. O assovio agudo dos motores e os comentaristas britânicos me fazem voltar às manhãs de domingo, antes das aulas de natação, em que eu levava ovos e café para você e torradas sem casca para Violet.

*

Eu me acostumei à solidão, mas havia alguém que só me visitava quando Violet estava na sua casa. Era um agente literário malsucedido que Grace me apresentara. Ele gostava de me comer devagar, com as cortinas do quarto abertas, ouvindo os passos na calçada de concreto. Acho que a sensação de proximidade dos desconhecidos do lado de fora o fazia gozar mais rápido.

Ao começar sua descrição assim eu passo uma impressão errada. Ele era cuidadoso e inteligente, e era uma razão para eu cozinhar à noite e abrir uma garrafa de vinho. Ele usava o papel higiênico. Esquentava a cama de vez em quando, quando eu precisava. Eu gostava do fato de que nunca me perguntava sobre Violet — eles não existiam um para o outro. Nesse sentido, nunca conheci um homem com quem fosse mais fácil conviver. Ele não gostava de pensar no fato de eu ter filhos — de que meu corpo havia dado à luz e amamentado. Você considerava a maternidade a máxima expressão de uma mulher, mas ele não; para aquele homem, a vagina não era nada mais que um receptáculo para seu prazer. Pensar nela de outra maneira o deixava fisicamente enjoado, como outras pessoas se sentiam quando doavam sangue. Ele me contou isso uma vez, quando eu lhe disse que ia fazer um papanicolau.

Ele lia meus escritos e conversávamos sobre o que eu poderia fazer e o que venderia. Ele queria que eu escrevesse para adolescentes, algo comercial e angustiado, que pudesse funcionar com a capa certa. Em outras palavras, algo que ele poderia representar e transformar em dinheiro. Às vezes, eu me perguntava sobre seus motivos. Mas eu estava à beira da idade em que as mulheres temem desaparecer para qualquer pessoa que não elas mesmas, com seu corte de cabelo e seu casaco práticos. Eu as vejo todo dia, andando pela rua, como se fossem fantasmas. Acho que ainda não estava pronta para ser invisível. Não naquela época.

1972-4

A responsabilidade paternal de Henry pareceu ter morrido com Etta. Seu coração despedaçado o impedia de se importar com qualquer outra pessoa. Ele se culpava pelo suicídio dela, ainda que fosse o único a fazê-lo — Cecilia sabia que ele amava Etta e que havia se esforçado. Ninguém disse nada a ela sobre o ocorrido. Ninguém sabia o que dizer.

Ela mal ia à escola depois disso, mas era esperta o bastante para não se ausentar tanto a ponto de ser expulsa. Achava difícil encarar as pessoas ali, e o sentimento parecia mútuo. Cecilia desconfiava de que tudo o que viam quando olhavam para ela era sua mãe morta, enforcada numa árvore.

Ela passava a maior parte do tempo lendo poesia, gosto que descobrira perambulando pela biblioteca municipal durante o horário em que deveria estar na aula. A coleção deles não era muito grande. Ela finalizara as duas prateleiras em cerca de duas semanas e meia, e então começara do zero. Tinha sonhos nos quais encontrava Etta com a cabeça no forno, morta, como Sylvia Plath, e às vezes dormia com os livros da escritora debaixo do travesseiro.

Cecilia começou a escrever suas próprias poesias, preenchendo caderno após caderno, embora não soubesse se eram *boas. Ela o fez até completar dezessete anos, um ano antes de se formar na escola. Àquela altura, tinha decidido que precisava ganhar seu próprio dinheiro se quisesse deixar a cidade e se tornar uma nova pessoa.*

Ela começou a trabalhar como cuidadora da sra. Smith, uma idosa que morava algumas portas adiante. A sra. Smith colocara um aviso de PRECISA-SE DE AJUDA na porta da frente, escrito no que parecia ser a caligrafia de uma criança. Estava surda e quase cega, mas ainda conseguia fazer a maior parte das coisas sozinha. Ela precisava de alguém para ajudar com as coisas de que suas mãos já não davam conta sozinha. Assim, Cecilia remendava suas roupas com linha e agulha e acrescentava a quantidade correta de pimenta no ensopado. Ela não estava acostumada a ajudar outras pessoas, então achou aquele papel inesperadamente satisfatório, embora um pouco entediante às vezes. Mas gostava de poder perambular por uma casa que lhe era familiar sem que os demônios de outra pessoa ameaçassem seu dia. Havia certo tipo de paz e ordem ali que ela nunca sentira antes.

A sra. Smith morreu enquanto dormia, e foi Cecilia quem a encontrou, com metade do corpo caído para fora da cama. Um seio murcho havia escapado da camisola branca. Enquanto pensava no que fazer a seguir, Cecilia pegou a latinha que ficava na primeira gaveta da cômoda da mulher. Ela a havia visto guardar dinheiro ali quando voltava do banco, toda semana. Havia seiscentos dólares, o bastante para comprar uma passagem para a cidade e garantir estadia e alimentação por alguns meses. Cecilia se perguntou se a sra. Smith não desejava que ela ficasse com aquele dinheiro — nunca tentara escondê-lo dela, e não tinha parentes próximos. Talvez pensar naquilo só tivesse feito com que se sentisse menos culpada ao pegar até o último dólar.

Henry levou Cecilia até a estação de trem na manhã seguinte. Ele não disse nada, nem adeus. Mas ela sabia que era apenas porque não conseguia. Ela o beijou pela primeira vez na vida — um beijo em cada uma das bochechas cheias de pelos dele. Henry não fazia a barba com muita frequência desde que Etta morrera. Cecilia lhe disse a única coisa que poderia dizer: obrigada.

Ela saiu do carro dele e ajeitou sua melhor roupa, uma saia de veludo cor de ameixa e uma blusa que comprara de segunda-mão. O resto de suas coisas estava na mala verde-azulada com o monograma de Etta, um presente de Henry que ela nunca usara. Etta nunca desejara ir a lugar nenhum.

Cecilia havia feito dezoito anos e sabia que tinha uma beleza clássica, do tipo que a mãe nunca tivera. Ela desconfiava de que aquilo funcionaria mais a seu favor na cidade grande do que em casa. Ela mal saiu do táxi e já viu Seb West, o porteiro de um hotel refinado, pelo qual ela não poderia pagar. Aquele era o único lugar na cidade do qual já ouvira falar — ela não tinha nenhum outro endereço para dar ao taxista. Seb lhe oferecera a mão enluvada, e os dois praticamente não se soltaram mais.

Seb mostrou a cidade a Cecilia e a apresentou a seus amigos. Um deles a ajudou a conseguir um trabalho mal pago na empresa de aluguel de carros de luxo. Ela ajudava na contabilidade e mantinha o escritório arrumado. E ia almoçar com as outras mulheres do escritório. Uma delas falou de um pequeno estúdio vago, em cima de uma galeria de arte que havia ido à falência, mas Cecilia não poderia arcar com os custos de morar sozinha. Seb se mudou com ela para dividir o aluguel, e pagava todo o resto na vida de Cecilia. Eles viraram oficialmente um casal.

Ela desfrutava da liberdade da cidade. De ter um lugar importante aonde ir pela manhã. De comprar um café e ficar lendo poesia no parque durante os intervalos. De encontrar pessoas que não faziam ideia de onde ela tinha vindo. Ou de quem.

Cecilia estava certa quanto a sua beleza e ao tipo de atenção que atraía. Olhos masculinos a seguiam pela rua e pelo escritório, e ela estava sempre sendo tocada — uma mão aqui, outra mão ali. Ela se sentia poderosa e vulnerável ao mesmo tempo. Seb e Cecilia saíam para beber com frequência, ou iam a sessões de leitura de poesia em bares. Ela se sentia uma presa tão logo ele virava as costas. Mesmo amigos de Seb, que sabiam que os dois estavam juntos, punham a mão um pouco baixo demais quando se apertavam contra ela para passar.

Uma noite, Lenny, um amigo que Seb admirava muito, a pressionou contra a parede do bar e enfiou a língua na garganta dela enquanto o outro estava no banheiro. Cecilia o empurrou e quis não ter gostado daquilo.

Mas ser desejada daquele jeito era excitante. Fazia com que se sentisse livre pela primeira vez na vida. Então Cecilia deixava esse tipo de coisa acontecer com frequência com Lenny.

Logo, eles começaram a se encontrar durante as pausas para o café no trabalho. Cecilia adorava ouvi-lo. Ele disse que poderia ajudá-la a trabalhar como modelo. Afinal, ele dizia, ela não devia desperdiçar sua beleza em um trabalho de escritório sem perspectiva e dormindo com um porteiro. Ele gostava de frisar que havia algo de especial nela, algo que não sabia dizer exatamente o que era. Ela disse a ele que adorava poesia e esperava conseguir um trabalho em uma editora um dia, talvez até ver seus próprios textos publicados. Ela nunca contara a Seb nada daquilo. Lenny disse que tinha um amigo com contatos importantes. Ele podia apresentá-la a ele. Lenny lhe dizia que ela devia abandonar Seb e ir morar com ele.

Uma semana depois, Cecilia descobriu que estava grávida.

Ela perdeu a cidade tão rapidamente quanto a havia descoberto.

Seb não tinha economias e insistiu para que se mudassem para a casa dos pais dele no subúrbio até conseguir guardar mais dinheiro. Ele estava animado para começar uma família. Tivera uma infância feliz, e se lembrava de grandes jantares de Dia de Ação de Graças e de acampar nas férias.

Cecilia ficou devastada.

Quando finalmente criou coragem de contar a Seb sobre seu desejo de fazer um aborto, ele lhe disse para nunca repetir aquilo. Disse que ela poderia voltar para casa e pedir ao padrasto o dinheiro para o procedimento, se achasse que a ideia de ter um bebê com ele era tão terrível assim.

Cecilia não conseguia parar de pensar na mãe pendurada na árvore.

Ela se sentia encurralada, tola. Então cedeu.

74

Nada distinguia aquele lento período de tempo entre a perda de Gemma e o que aconteceu depois, e que a trouxe de volta à minha vida. Não foi um ano digno de nota. Violet ia fazer treze anos, mas eu não passava muito tempo com ela — de alguma maneira, você havia rearranjado as coisas para que ela só viesse uma vez por semana. Em determinado momento, mandei um e-mail para um advogado, alguém que uma amiga havia contratado em seu divórcio. Agendamos uma ligação, mas, quando o dia e a hora chegaram, só fiquei olhando enquanto meu celular tocava sobre a mesa. Eu não tinha forças para brigar, e parecia que Violet era mais feliz sem mim.

Por isso, fiquei surpresa quando me ligaram da escola para perguntar se eu poderia acompanhar uma viagem de campo a uma fazenda. Seria no dia seguinte — uma mãe que costumava fazer esse tipo de coisa ficara doente e precisara cancelar. A ideia de Violet me ameaçando com sua frieza costumeira diante dos colegas de classe me apavorava. Mas concordei em ir. Bati na porta de Violet para dar a notícia. Ela não teve nenhuma reação. Não levantou os olhos da pulseira de contas que confeccionava com toda a paciência. Suas mãos eram tão diferentes das minhas.

Eu me sentei mais ou menos no meio do ônibus, ao lado de um pai que passou a maior parte do tempo lendo e-mails no celular enquanto deixávamos a cidade, em meio ao barulho da animação adolescente. Violet estava muitas fileiras atrás de mim, do outro lado do ônibus, na janelinha. A menina sentada ao lado dela era alta e tinha seios bem desenvolvidos. Estava de costas para Violet, inclinada sobre o corredor para fofocar com uma dupla de morenas com tranças embutidas. Os olhos de Violet acompanhavam a paisagem passando lá fora.

Ela parecia não prestar atenção aos cochichos, mas eu sabia que conseguia ouvir cada palavra: vi quando engoliu em seco devagar. Eu me lembrava da sensação de ser excluída. Achava que Violet não se importava com esse tipo de coisa — se enturmar com os descolados da turma. Ela parecia ficar muito mais confortável na periferia, quase sempre sozinha; não era como as outras meninas de sua idade. Nunca tinha sido.

Quando chegamos à fazenda, o grupo seguiu, e fiquei para trás para observá-la. Violet acompanhava as passadas das meninas do ônibus, que não davam muita atenção a ela. Quando pararam à entrada do pomar de macieiras, Violet olhou em volta, à minha procura. Acenei de leve, ao fim do grupo. Ela sacudiu o rabo de cavalo por trás dos ombros e se juntou, rígida, ao pequeno grupo de meninas que conversavam alto enquanto um fazendeiro dava instruções de como colher as maçãs do jeito certo, para não prejudicar a safra do ano seguinte. O professor distribuiu sacos plásticos.

Tínhamos uma hora no pomar, depois nos ensinariam a fazer tortas. Eu me afastei dos outros pais, que também tendiam a manter distância, e encontrei o local onde ficavam os pés de maçã McIntosh. Algumas fileiras adiante, identifiquei o tom vermelho do casaco de Violet por entre as árvores. Ela estava sozinha, segurando um saco com uma mão e alcançando os galhos com a outra. A graciosidade de seus movimentos me surpreendeu. Ela verificava a casca das maçãs, atrás de imperfeições. Quando puxava uma, sentia seu cheiro e a virava nos dedos. Parecia tão madura, suas bochechas não eram mais redondas como as de uma criança, a linha da mandíbula estava proeminente. Apesar da feminilidade emergente que começava a defini-la, ela se movia exatamente como você. Eu o via no modo como ela transferia o peso de um pé para o outro e cruzava os braços atrás das costas. Mas ela sustentava a cabeça como eu — inclinada, com uma tendência a olhar para cima quando estava pensando em uma resposta, ou procurando a palavra certa em um vocabulário que parecia crescer ainda mais rápido que suas pernas compridas.

A brisa ficou um pouco mais forte e a distraiu, cachos de cabelo escuro atingiram seu rosto. Ela deixou a sacola ao lado dos pés e pegou um elástico de cabelo, voltou a fazer um rabo de cavalo e depois passou a mão pelo topo da cabeça. Seus olhos seguiam fixos no chão. Eu me perguntei o que ela estava olhando, talvez um pássaro ou uma maçã apodrecendo. Mas, conforme me aproximava, me dei conta de que não tinha nada ali; ela só estava perdida em pensamentos, parecendo triste.

Quando sentiu minha presença, ela pegou o saco e caminhou na direção de um grupo de alunos que havia desistido da colheita e estava comendo as maçãs. Ela se sentou, cruzou as pernas e mordeu uma fruta.

O professor assoviou e começou a reunir os alunos. Vi Violet acompanhar os colegas até ao celeiro. Enquanto eu mesma entrava, perdi-a de vista em meio à multidão. Passei os olhos pelos bancos enquanto as crianças se sentavam. Vi as meninas do ônibus sentadas juntas, numa das mesas.

"Alguém viu Violet?"

Uma delas me olhou e negou com a cabeça. As outras escreviam seus nomes com as espirais de casca de maçã sobre a mesa. "Vocês são amigas dela, não?"

Outra menina olhou em volta, pedindo permissão para falar. "Somos. Acho que sim. Quer dizer, mais ou menos."

Duas delas riram. A que falara as cutucou para ficarem quietas.

Meu coração batia forte. Olhei por todo o celeiro, mas não a encontrei.

"Sr. Philips, sabe onde está a Violet?"

"Ela foi se deitar no ônibus. Estava com dor de cabeça, e disse que você ia com ela."

Fui correndo até o estacionamento, mas não encontrei o motorista e o ônibus estava trancado. Um funcionário disse que não havia visto nenhum estudante perambulando. Vasculhei os fundos da propriedade, perto dos estábulos, perguntando se alguém havia visto uma menina morena. Conferi as pilhas de feno do outro lado, então vi um labirinto em um campo de milho à distância, atrás de uma corda de proteção.

"Alguém entrou ali? Estou procurando pela minha filha." Àquela altura, eu já gritava. Parecia fora de mim. Tentava recuperar o fôlego.

Um jovem retocando a placa de ENTRADA fez que não com a cabeça.

Foi então que eu soube que ela tinha partido. Estava me punindo por ter ido junto. Tínhamos aprendido a coexistir nos mantendo a um raio de distância uma da outra — era nosso acordo tácito. Mas acompanhar a viagem de campo violara a regra. Corri de volta para o celeiro. Encontrei o professor e disse a ele que Violet tinha sumido, que de alguma forma ela havia ido embora. Ele disse que ia procurá-la e pediria a outro pai para avisar o pessoal da fazenda.

Ele não me disse para não me preocupar. Não me disse: *Ela tem que estar em algum lugar.*

Vi que os meninos numa das mesas olhavam em volta, cientes de que havia algo de errado. Um deles veio até mim e perguntou o que estava acontecendo.

"Não estamos encontrando Violet. Sabe aonde ela poderia ter ido?"

Ele ficou quieto. Fez que não com a cabeça e voltou para os amigos, então todos olharam para mim. Desconfiei de que sabiam de alguma coisa. Fui até a ponta da mesa, me inclinei e respirei fundo, para que minha voz não falhasse. "Alguém sabe aonde Violet foi?"

Todos balançaram a cabeça, como fizera o primeiro menino. Então um deles disse, muito educado: "Sinto muito, sra. Connor, mas não sabemos".

Eu via nos olhos deles que também estavam com medo.

O pai ao lado do qual eu me sentara na vinda se oferecera para vasculhar a propriedade mais uma vez comigo. Àquela altura, minha mente estava girando. Minhas pernas estavam entorpecidas. Eu já havia me sentido daquele jeito antes, quando Violet tinha dois anos e sumira num parque de diversões. Nós a encontramos minutos depois no carrinho de algodão-doce. Tinham se passado apenas minutos. Minutos durante os quais eu sabia que ela provavelmente estava segura, só ligeiramente fora do meu campo de visão.

E então havia Sam. Eu tentava não pensar nele. Tentava mesmo.

"Não consigo respirar", eu disse, e o pai me ajudou a sentar sobre o cascalho.

"Coloque a cabeça entre as pernas." Ele massageou minhas costas. "Ela tem celular?"

Neguei com a cabeça.

"Você conferiu seu celular?"

Não respondi. Ele o encontrou na minha bolsa.

"Você tem seis ligações perdidas."

Peguei o celular dele e destravei a tela. As ligações perdidas eram de Gemma.

"Violet", eu disse quando ela atendeu, com a voz falhando. "Ela sumiu."

"Recebi uma ligação há uns cinco minutos. De um caminhoneiro, pedindo que eu fosse buscar Violet." Gemma fez uma pausa, como se não fosse me contar onde ela estava. "Ela está em um posto de parada à beira da estrada. Estou indo para lá." Gemma desligou sem se despedir. O outro pai me ajudou a ficar de pé e fomos atrás do professor para cancelar a busca. Fiquei sentada na lojinha de presentes, com uma garrafa de água, ligando para você sem parar, mas você não atendia.

Uma hora depois, estávamos de volta ao ônibus, sentados nos mesmos bancos da ida. O volume estava perceptivelmente mais baixo agora, efeito do ar fresco abafando o vulcão de energia de antes. Ninguém falou em Violet — era como se ela nunca tivesse estado lá. Quando chegamos ao estacionamento da escola, fiquei no meu assento, esperando os alunos saírem do ônibus. Verifiquei os fundos para me certificar de que ninguém havia esquecido nada, e encontrei uma pulseira no banco onde as meninas de trança estavam. A pulseira de contas roxas, amarelas e douradas na qual Violet trabalhara diligentemente na noite anterior. Devia tê-la feito para uma delas. Estava aberta, abandonada. Fiquei girando as contas nos dedos, para a frente e para trás.

"Ei", eu disse para as três meninas. Elas estavam sentadas nos degraus da escola, esperando que os pais fossem buscá-las. "Vocês deixaram cair?"

Duas delas ficaram olhando para o chão.

"Eu perguntei se uma de vocês deixou cair."

Estendi a palma com a pulseira e as três balançaram a cabeça. Fechei a mão e fiquei encarando as meninas até que um carro parou ali. Elas só olharam para a frente, sem dizer nada.

Coloquei a pulseira no fundo da última gaveta, onde sabia que Violet não a encontraria. Tudo o que havia acontecido naquele dia mudara a maneira como eu a via. Ela se sentia impotente em meio aos amigos, e não queria que eu visse aquilo. Não era mais a menina que intimidava os outros facilmente, que podia magoar os outros sem esforço com o que dizia ou fazia. Eles não se deixavam levar por Violet, e por um momento quase me senti mal por ela.

Liguei para Gemma aquela noite, embora não estivesse certa de que ela fosse atender. Endireitei-me na cadeira da cozinha quando ela o fez.

"Só queria notícias. Como ela está?"

"Meio quieta. Mas bem." Eu a ouvi cobrir o microfone e sussurrar alguma coisa. Gemma ficou em silêncio. Eu a imaginei se voltando para você e revirando os olhos. *Ela não entende. Violet estava fugindo DELA. ELA é o problema.* Imaginei você gesticulando para ela desligar. Imaginei a garrafa de vinho que vocês deviam ter aberto agora que as crianças dormiam. Olhei para minha cozinha silenciosa e escura. Eu queria recordar Gemma de que já havia sido a mãe a quem ela recorria, antes de descobrir tudo. Que ela procurara em meu rosto por segredos de como cuidar de seu próprio filho. Eu havia mentido. Mas era a mesma mulher que ela considerara sua melhor amiga. Não conseguia evitar.

"Como você está? E o Jet?"

"Tchau, Blythe."

75

Não vi Violet por muito tempo depois da viagem de campo. Eu preenchia o tempo escrevendo, concordando quando o agente literário perguntava se podia ir em casa, embora em dado momento tenha começado a me sentir ainda mais solitária na presença dele.

    Ele ligava o chuveiro enquanto eu verificava o clima. Chuvoso e frio. Leve um guarda-chuva, eu dizia. Ele perguntava sobre meus planos. Escrever, chamar alguém para limpar as calhas. Ele estava com tempo para tomar um café? Não tinha — havia aquela reunião das oito. Ele ia vir à noite? Não podia — ia jantar com um novo autor. Viria no dia seguinte. Eu faria o ensopado de cordeiro? Ele entrava no boxe, e do outro lado do vidro molhado, distorcido, podia ser qualquer pessoa — era então que eu o observava. Ele deixava a porta do banheiro aberta, para não embaçar o espelho. Eu não gostava das marcas que a toalha deixava quando ele a passava antes de se barbear. Não gostava dos pelinhos na minha pia. Antes que ele terminasse, eu ia ferver água para o chá. Lá embaixo, ele se despedia com um beijo, e eu mal me inclinava em sua direção. Não tenho certeza de que ele notava.

76

Em um dia aleatório de junho, Violet ligou para perguntar se podia passar o fim de semana comigo. Ela não quisera passar o fim de semana comigo desde o começo do ano letivo. Cancelei meus planos com o agente e pedi a ela que dissesse a você que ficaria comigo. A mochila que colocou no meu porta-malas quando fui buscá-la na escola estava cheia de roupas que eu nunca havia visto. Eu estava perdendo tanto da vida dela. A legging dourada me deixou triste — era algo que eu compraria para ela se tivesse visto numa loja, mas nem pensava mais em lhe comprar roupas.

Fomos ao cinema e depois tomamos sorvete. Não falamos muito, mas ela parecia menos agitada. Menos arisca. Fui cuidadosa e lhe dei espaço. Em determinado ponto, estávamos no carro e um esquete começou no rádio, algo sobre uma gata no cio. Eu não tinha certeza de que ela compreendera, mas olhamos uma para a outra e rimos, então senti meu estômago se contorcer. Não pelo momento compartilhado entre nós, mas por quão estranho aquilo parecera — e pelo tanto de coisas que havíamos perdido.

Violet tinha a mesma idade que eu quando vi minha mãe pela última vez.

Eu costumava me despedir dela da porta do quarto. Aquela noite, me sentei na beirada da cama e toquei seus pés com uma mão, sob o cobertor. Eu os apertei. Eu costumava fazer aquilo quando ela era mais nova e ainda me deixava tocá-la. Ela levantou os olhos do livro e os fixou nos meus. Não recolheu os pés.

"Vovó está com saudade. Ela disse outro dia."

"Ah", eu disse, surpresa que ela tivesse me contado aquilo. Sua mãe e eu ainda não tínhamos nos falado.

"Também estou com saudade dela."

"Por que não liga pra ela?"

"Não sei." Suspirei. "Acho que falar com ela me deixaria triste demais. Aposto que ela adora o Jet, não?"

Violet deu de ombros, desdenhosa. Por um momento, me perguntei se ela não sentia ciúmes da atenção que ele recebia em casa, mas então me ocorreu que ela sabia que seria melhor para mim não ficar ouvindo sobre o filho de vocês. Os olhos dela brilharam ao passar pelo quarto, e eu me perguntei se ela também pensara em Sam. Eu queria desesperadamente mencioná-lo, trazê-lo para o quarto conosco. Baixei os olhos para a forma dos pés delas sob a minha mão. Senti-me estranhamente calma.

"Quer falar sobre algo? Da escola ou... qualquer outra coisa?" Eu não queria sair do quarto dela. Não queria tirar a mão dela.

Violet balançou a cabeça. "Não, tudo bem. Boa noite, mãe." Ela voltou a abrir o livro na página marcada com o dedo e se ajeitou sobre o travesseiro. "Obrigada pelo filme."

Aquela noite, peguei no sono no sofá, ainda de roupa, pensando em como ela estava boazinha. Me perguntei se as coisas não estariam mudando.

Acordei com passos leves no piso de madeira do andar de cima. Fazia seis anos que Sam tinha morrido, mas meu instinto de despertar no meio da noite ao menor ruído continuava tão forte quanto na época em que ele nascera.

Violet andava na ponta dos pés, do quarto dela para o meu. A porta se abriu. Estava procurando por mim? Eu me perguntei se ela me chamaria. Seus passos ficaram ainda mais silenciosos. Ela estava perto da minha cômoda agora. Ouvi o puxador de latão tocando a madeira. E de novo ao fechar. Ela tinha sido rápida. Eficiente. Imaginei qual gaveta havia aberto, o que estava procurando. A pulseira que eu encontrara largada no ônibus meses atrás estava guardada ali. Claro. Eu devia ter jogado fora — nunca imaginaria que ela iria encontrá-la. Não conseguia recordar a última vez que Violet entrara no meu quarto. Ouvi seus passos voltando à cama. Esperei, dei um tempo para ela voltar a dormir, então subi a escada silenciosamente. Coloquei a camisola e abri a gaveta — a pulseira continuava ali. Se ela a tinha encontrado, não a levara.

Ela foi agradável durante o café da manhã. Não amistosa, não falante, só agradável. Eu a deixei na sua casa e fiquei olhando do carro enquanto ela corria pela entrada e porta adentro. Podia ver Gemma pela janela da sala, correndo para cumprimentá-la, para recebê-la em casa.

Foi então que a ideia me ocorreu pela primeira vez. Voltar mais tarde, depois do pôr do sol. Observar vocês à noite.

77

Depois que você e eu nos conhecemos, parei de recorrer ao meu pai para as coisas das quais mais precisava. Conforto, conselhos. Ele já não era tão útil para mim. Meu pai deve ter percebido isso pelo modo como eu evitava entrar em detalhes sobre minha vida quando ele ligava, voltando o foco para ele. Eu não lhe dava mais acesso. Tenho vergonha disso — porque eu sabia que era a única coisa que ele tinha.

No dia em que me deixou no dormitório da faculdade, ele se despediu com um beijo na testa e se afastou em silêncio. Quando olhei pela janela horas depois, meu pai ainda estava lá, recostado a uma árvore, olhando para o prédio. Fechei a cortina antes de ele perceber que eu o havia visto. Às vezes penso a respeito — nele parado ali.

No mês da formatura, me ocorreu certa manhã que ele não me ligava desde que eu voltara para casa nas festas de fim de ano. Pensei em ligar para ele aquela semana, mas não o fiz, embora tenha dito a você que sim, e que ele estava louco para me ver. Em vez disso, apareci na casa dele sem aviso na noite seguinte às provas. Eu disse que precisava deixar algumas coisas do dormitório ali. Trocamos algumas cordialidades e ele foi para a cama cedo. Decidi ficar mais uma noite. Na noite seguinte, fiz um frango do jeito que sabia que ele gostava. Esperei que ele voltasse do trabalho, mas as horas passavam e nada. Quando ele chegou, pouco depois das dez, cheirava a bebida e se sentou à mesa da cozinha, olhando para o prato de comida fria enquanto eu me recostava contra a bancada. Acho que ambos pensamos na minha mãe. Servi uma dose de uísque para cada um de nós e me sentei. Não planejara a pergunta, mas a fiz mesmo assim:

"Por que ela me deixou?"

Quando acordei pela manhã, ele já tinha ido embora. Minha cabeça latejava por causa da garrafa de uísque que tínhamos tomado juntos. Voltei para o campus e terminei de empacotar minhas coisas. Eu e você íamos morar juntos, a mudança seria no dia seguinte. Depois daquela noite, ficou difícil pensar nele. Eu estava desesperada para esquecer de vez meu passado. Meu pai era uma parte grande demais de mim e da minha mãe, embora nunca tivesse sido o problema.

Quando a polícia me ligou para dizer que ele havia sido encontrado morto em casa, que suspeitavam que havia morrido durante o sono por conta de um ataque cardíaco, passei o telefone a você e deitei sobre o calor dos tacos de madeira ao sol da manhã. Fazia quatro meses que morávamos naquele apartamento.

"Que bom que o visitou", você disse, agachando-se para tocar meu cabelo.

Eu me virei para o outro lado. Só conseguia pensar na última coisa que meu pai dissera aquela noite, olhando para o fundo do copo. Estávamos bebendo e conversando havia horas.

Eu olhava para você e dizia a Cecilia: "Não temos sorte?". Mas ela não conseguia ver...

Ele interrompera a frase no meio e deixara a mesa sem dizer mais nada. Estava me contando sobre os dias logo depois que eu nascera. Eu absorvera cada palavra.

Agora sei que eu e minha mãe partimos o coração dele.

Voltei para casa para organizar o funeral e me aproximei do imóvel com cautela. A sra. Ellington tinha uma chave e havia limpado o lugar antes que eu chegasse — eu soube de imediato, porque a casa cheirava a limão, e ela sempre usava óleo de limão na limpeza. Reconheci os lençóis limpos da cama de hóspedes da casa dos Ellington.

Ela veio à tarde me fazer companhia. Daniel e Thomas me ajudaram a esvaziar a casa no dia anterior ao funeral — doei tudo, porque a queria vazia. Queria que tudo desaparecesse.

Coloquei a casa em que cresci à venda por um preço abaixo do mercado. Não senti nada ao entregá-la. A sra. Ellington veio no dia em que assinei a papelada.

"Ele tinha muito orgulho de você. Você o fez muito feliz."

Toquei sua mão. Era bondade dela mentir para mim.

78

Três dias depois da agradável visita de Violet, Gemma ligou. Eu sabia pelo tom de sua voz que estava perturbada.

Ela havia encontrado Jet na área de serviço aquela manhã, brincando com uma lâmina afiada. Ele estava prestes a cortar o jeans que usava quando ela entrara.

"É sua?"

"Como assim?" Eu estava indo para casa, voltando da piscina. Tinha ido ver os azulejos de Sam. Ainda não havia processado o que ela dissera — estava surpresa demais com a visão do nome dela na tela do meu celular.

"A lâmina veio da sua casa?"

Pensei na lâmina que eu havia pego da sua lata quatro anos antes, enfiada no fundo da gaveta da cômoda, enrolada em uma echarpe. Eu não havia tocado nela desde que a guardara lá. Violet. Então me perguntei se foi por isso que ela entrara no meu quarto. Se de alguma forma sabia que estava lá.

"Não consigo pensar em outro lugar de onde poderia ter vindo. Fox não guarda as dele aqui. Violet disse que as ferramentas dele continuam jogadas no seu porão, para todo mundo ver. Perto das roupas para lavar."

"Isso é um absurdo", eu disse, começando a sentir calor. Eu

a visualizei passando a lâmina a Jet, enquanto Gemma estava em outro cômodo, depois indo embora. Meu rosto ficou ainda mais quente.

"Você deveria ter sido mais cuidadosa, Blythe. Ela podia ter se machucado."

Ela bufou e desligou. Tinha se tornado maldosa. Antes, sentia pena. Agora, só não gostava de mim.

Xinguei em voz baixa e me apressei para chegar em casa. Tirei as botas e corri escada acima. Entrei no quarto e abri a gaveta. A echarpe continuava lá, mas a lâmina não.

79

Não dormi por semanas depois daquilo. E, quando dormia, sonhava com Sam. Seus dedos eram cortados um a um enquanto ele se remexia em meus braços, gritando. Não sei quem fazia aquilo. Violet, imagino. Então eu sentia as pontinhas dos dedos dele na minha língua, enquanto os chupava e mastigava. Como se estivesse com a boca cheia de jujubas. Cuspi na pia quando acordei, esperando ver sangue. De tão real que aquilo me parecia.

Violet veio para casa no mês seguinte. Ficamos mais quietas daquela vez, fomos menos agradáveis uma com a outra. A frieza havia retornado. Ela sabia que Gemma tinha me ligado. Eu sabia que ela havia pegado a lâmina, mas não estava certa de que deveria confrontá-la a respeito. Eu não tinha ideia do que fazer. Estava exausta por causa da falta de sono, e era mais fácil ignorar aquilo.

Decidi deixar para lá, até que um dia ela me fez uma pergunta. Eu estava alvejando o tapete do banheiro no tanque lá embaixo. Ela apontou para o símbolo na embalagem do alvejante e manteve a boca aberta por um momento, antes de deixar as palavras saírem: "Isso quer dizer que a pessoa morre se beber mesmo que só um pouquinho, né?". Ela fez outra pausa. "Por que você guarda algo tão perigoso aqui?"

"Por que está perguntando isso?"

Ela deu de ombros. Não queria uma resposta — foi embora, e eu a ouvi ligando para você para pedir que a pegasse mais cedo. A ansiedade subiu pela minha espinha, a sensação de pânico familiar e paralisante quase fechando minha garganta. Eu já havia passado por aquilo. E mal sobrevivera.

Guardei o alvejante no armário dos produtos de limpeza. Passei os olhos pela prateleira. Registrei mentalmente o que havia ali.

Liguei para Gemma de novo e de novo naquela tarde, com o peito martelando. Ela atendeu à noite.

Contei a ela o que Violet havia dito. Contei a ela sobre a lâmina que sumira da minha gaveta.

Eu disse que só estava preocupada com ela e com sua família. Que estava preocupada com Jet. Que precisávamos pensar em Violet de uma maneira diferente. Ela tinha um passado e eu temia que algo acontecesse de novo — meus instintos me diziam isso. Levei a cabeça à mesa enquanto esperava ela falar. Eu estava tão cansada de pensar em Violet. Não queria mais que ela fosse meu problema. Meu maior medo.

Gemma ficou quieta. Então falou, com calma:

"Ela não empurrou Sam, Blythe. Sei que você acredita que foi assim. Mas você inventou isso. Viu algo que nunca aconteceu. Ela não fez nada."

Gemma desligou. Ouvi a chave na porta — ele tinha vindo passar a noite. Chamei-o da cozinha e tirei a roupa. Trepamos na mesa, enquanto ele levantava meus seios flácidos e dependurados, que haviam sido sugados até a morte, como se imaginasse em que posição eles ficavam antes.

80

Eu tinha pensado em retornar àquela esquina por anos. A ideia me vinha sem qualquer esforço, como a de ir ao cinema em uma tarde de domingo sem nada para fazer. *Bem, sempre tem essa opção. Eu poderia fazer isso hoje.* Então me convencia a limpar o banheiro ou organizar os armários da cozinha.

Esse dia do qual estou falando, porém, foi diferente. Eu não tinha conseguido dormir, de novo, e me arrastava pela casa sem um objetivo, incapaz de fazer mais do que apenas encarar as coisas: o saleiro que precisava ser reabastecido, o relógio do forno uma hora adiantado, a pilha de correspondência inútil a centímetros do cesto de papel. Ouvi a voz de Gemma repetidamente por meses, um eco abafado, como se alguém tivesse embrulhado minha cabeça com papel-alumínio. Ela falara comigo como se soubesse de algo que eu não sabia. Como se tivesse estado presente no dia em que ele morrera. *Como você sabe o que aconteceu?*, eu queria gritar ao celular. *Como poderia saber?*

Mas é preciso admitir, conforme o tempo foi passando comecei a duvidar de mim. A convicção que carregara por anos de alguma forma perdia força. Eu tinha dificuldade em repassar aquele dia com clareza em minha mente. Às vezes era a primeira coisa que eu fazia quando acordava — vasculhar minha memória atrás daquela cena. Tinha esvanecido? Estava mais distante do que no dia anterior?

Eu poderia ter ido andando — não morávamos tão longe. Mas ir de carro fazia aquilo tudo parecer tão distante quanto eu precisava que fosse. Dei uma volta pelo bairro e estacionei a um quarteirão de onde havia acontecido. Fechei os olhos e recostei a cabeça no apoio. Passei um tempo ali no carro.

Então andei. Ergui os olhos sob o capuz e vi a placa do café do Joe. As letras antes desbotadas e descascadas agora eram de um preto brilhante. Levei a mão ao peito, para ver se conseguia sentir o coração pulsando sob o casaco. Cada batida parecia um lamento.

Virei e encarei o cruzamento.

Tudo nele parecia diferente da minha lembrança. No entanto, quão diferente um cruzamento podia ser de outros? O asfalto cinza, rachado e desbotado, com leves linhas de alcatrão, parecendo veias, a tinta amarelo-iridescente marcando as faixas de pedestres que talvez as pessoas não usem. Os semáforos balançavam ao vento, e o farol de pedestres soava enquanto o tráfego fazia estrondo atrás de mim.

Vasculhei o pavimento, procurando por uma marca. Sangue. Detritos. Então me recordei que o tempo era algo real, que dois mil quatrocentos e quarenta e dois dias longos e vazios haviam se passado. Aguardei por um intervalo no tráfego. Fui para a rua e me agachei no ponto onde ele havia morrido — na pista da direita, ligeiramente para a esquerda, a alguns metros da faixa de pedestres. Passei a mão pelo asfalto e a pressionei contra minha bochecha fria.

Olhei para o meio-fio e imaginei o carrinho deslizando para a rua. A canaleta na beirada, de que eu me lembrava tão bem, não estava mais lá. A beirada do cimento era lisa, com um declive na direção da rua. Eu podia ver a elevação de onde estava agachada, e não era tão leve como eu recordava. Fui até a calçada e peguei um protetor labial no bolso. Coloquei-o no chão e o vi rolar a partir da ponta da minha bota, primeiro devagar, então ganhando velocidade, até parar no meio da rua. O farol abriu, e o protetor labial ricocheteou sob os carros passando. Um homem de meia-idade e terno diminuiu o passo para me olhar enquanto passava. Desviei o rosto e me levantei.

A cena voltou a passar em minha mente. Saindo do café. Parando na calçada. Segurando o chá na mão esquerda. Segurando o carrinho com a mão direita. Tocando a cabeça dele pela última vez. A sensação do vapor quente subindo. Violet ao meu lado. O puxão no meu braço. A queimadura na minha pele. As luvas cor-de-rosa de Violet no carrinho. A parte de trás da cabeça de Sam se afastando. Quão rápido? Tivera impulso? Poderia ter rolado tão longe sem um empurrão? Ela havia tocado o carrinho?

Vi a cena se desenrolar de todas as maneiras possíveis, repetidamente, bem à minha frente. Talvez. Poderia ter acontecido.

Alguém esbarrou no meu cotovelo ao passar, depois mais alguém, e de repente me vi de pé em meio ao fluxo de pessoas, com embalagens de comida ou café nas mãos. Tive a sensação de ser invisível em meio àqueles seres humanos com uma vida real, com um trabalho, indo a lugares que importavam, sendo aguardados por outras pessoas que precisavam deles. *Fodam-se todos vocês*, pensei, e quis gritar com eles. *Meu filho morreu! Ele morreu bem aqui! E vocês passam todos os dias como se não fosse nada!* Eu sentia raiva e estava exausta. Me virei e olhei para o café.

Foi o último lugar em que eu olhara nos olhos de Sam enquanto ele estava vivo. Agora, tudo era diferente. Vi através da vitrine que a madeira do piso havia sido trocada por uma cerâmica branca em padrão escama de peixe, e o papel de parede xadrez tinha sido substituído por molduras de tinta com efeito de lousa. Tentei recordar como eram as mesas antes daquelas altas de aço inoxidável. Estava tranquilo para a hora do almoço — costumava ser um lugar movimentado.

Entrei e notei que não havia mais o sino de porta de que Violet e Sam tanto gostavam. Joe estava ali, de costas para mim, mexendo na máquina de café expresso.

Inspirei fundo. "Joe", eu disse, e ele levantou o rosto devagar. Seus ombros caíram. Ele deu a volta no balcão e esticou as mãos para pegar as minhas. Então as apertou.

"Sempre torci para que você viesse."

"Está tudo diferente", eu disse, olhando em volta.

Joe revirou os olhos. "Meu filho. Ele está assumindo o negócio. Ando mal das costas, e preciso passar muito tempo de pé aqui." Sorrimos um para o outro. "Como você está?"

Olhei para o cruzamento através da vitrine.

"Do que você se lembra?" Engoli em seco. Não havia planejado entrar ali, não havia planejado falar com ele.

"Ah, querida", ele disse, e voltou a pegar minha mão. Ele olhou através da vitrine comigo. "Só me lembro de como você estava perturbada. Em choque. Sua filha se agarrava à sua cintura, querendo que você a pegasse, mas você não conseguia se inclinar. Não conseguia se mover."

Violet nunca havia feito aquilo — nunca havia se agarrado a mim, nunca recorria a mim em busca de conforto, como as outras crianças fazem com as mães. Apertando, querendo.

Nós nos sentamos a uma mesa com vista para a vitrine e ficamos vendo o farol abrir e fechar e os carros passarem. O céu estava branco.

"Você viu quando aconteceu?"

Ele se retraiu, mas não tirou os olhos da rua. Estava pensando no que me dizer. Eu me virei, e de canto de olho notei que ele sacudia a cabeça.

"Você viu como o carrinho foi parar lá?", tentei de novo, e fechei os olhos.

"Foi só um acidente terrível e bizarro."

Abri os olhos e olhei para as mãos dele, entrelaçadas sobre a mesa. Joe as apertou, como se uma onda de dor percorresse seu corpo.

"Pensei bastante em você ao longo dos anos, em como conseguiria seguir em frente depois daquilo." Seus olhos estavam vidrados. "Sempre agradeci a Deus por você ter aquela menininha por quem viver."

Quando cheguei em casa, a porta bateu atrás de mim com o vento forte de novembro, quase prendendo meus dedos. Escorreguei até o chão e joguei a chave contra a parede. Pensei em Sam, em como o rosto dele estava começando a mudar daquelas feições genéricas de bebê para quem ele seria um dia, no cheiro do meu leite doce que eu sempre sentia na dobrinha de seu pescoço, no último puxão no meu mamilo quando tinha terminado. Em como ele procurava meu rosto no escuro enquanto mamava.

Fechei os olhos e tentei sentir o peso do corpo dele no meu colo. Eu poderia chegar lá; poderia ficar lá. O programa matutino na televisão soando ao fundo, o vapor da chaleira na cozinha. O som vago dos pés descalços de Violet no andar de cima. A água fluindo da pia do banheiro enquanto você se barbeava antes de ir para o trabalho. A sensação do meu cabelo sujo. O choro ascendente vindo do outro quarto. Aquela vida, banal e sufocante. Mas reconfortante. Era tudo. Eu tinha deixado tudo ir.

Talvez o tivesse deixado ir também.

81

Sim, meia garrafa de vinho fora consumida naquela noite. Mas fazia dias que eu vinha pensando em ligar para você. Eu me encolhi no sofá enquanto ele dormia lá em cima. No seu lado da cama. Preferia que ele não tivesse ficado. Era quase meia-noite.

Eu tinha repassado diferentes versões do que diria a você, mas nada parecia certo. Não queria me desculpar pela mãe que havia sido para ela — não me sentia culpada. Não queria dizer que estivera errada — eu não sabia se era o caso. Só queria que você soubesse que algo dentro de mim havia mudado. E que eu queria ver mais nossa filha.

Gemma atendeu na terceira vez que liguei. "Está tudo bem?"

Talvez esteja, eu quis responder. Talvez finalmente esteja.

Mas, em vez disso, pedi para falar com você. Você estava ao lado dela na cama, eu ouvi o farfalhar dos lençóis quando você virou para pegar o celular.

"Preciso ver ela mais vezes. Quero fazer melhor."

Perguntei a você sobre o quadro, aquele que você tinha levado do nosso quarto quando se mudou. Não planejara perguntar aquilo, nem havia pensado nele aquela noite. Mas, de repente, eu o queria desesperadamente. Me levantei e fiquei andando pelo cômodo enquanto você me deixava à espera na linha silenciosa. Imaginei o quadro pendurado na parede branca e pristina do corredor de sua linda casa nova, Gemma tocando a moldura dourada de leve ao passar, pensando em seu filho pequeno e no modo como ele tocava o rosto dela.

"Não sei onde está."

82

Fui buscar Violet na escola na semana seguinte. Ela estava sentada sozinha nos degraus frios, como uma pedra em uma cachoeira, cercada de crianças.

"Podemos fazer o que você quiser hoje à tarde", eu disse, enquanto ela afivelava o cinto. "Você escolhe. Temos um novo acordo agora. Toda quarta e quinta você fica comigo."

De canto de olho, eu a vi digitando furiosamente no celular.

"Quero ir para casa", ela acabou dizendo, enquanto olhava pela janela.

"Nós vamos, mas primeiro vamos fazer algo legal. Do que está a fim?"

"Não, quero ir para a minha casa. Com Gemma. E o papai."

"Bom, você é minha filha. E eu sou sua mãe. Então vamos tentar agir como mãe e filha."

Entrei no estacionamento de um posto de gasolina e parei o carro. Não sabia onde a levar. Ela estava virada para a porta do passageiro, digitando, e eu me dei conta de que nem sabia que ela agora tinha um celular.

"Pra quem está mandando mensagem?"

"Para a mamãe e o papai."

Não demonstrei nenhuma reação — sabia que ela esperava uma.

Em vez disso, enchi o tanque e depois peguei a estrada.

Duas horas depois, paramos para pegar comida no primeiro drive-thru depois da saída. Eu não sabia que Violet tinha virado vegetariana — ela só comeu as batatinhas. Em nenhum momento naquelas duas horas ela perguntou aonde íamos. Só apoiou o braço na janela e ficou passando os dedos lentamente pelas mechas de cabelo, alisando-as, sentindo os fios sedosos como se fossem a crina no arco de um violino. Era algo que eu também fazia quando pequena.

Senti o coração amolecer quando entrei no estacionamento e peguei o tíquete da máquina. Fazia muito tempo que eu não passava por ali. Saí do carro e esperei no frio que ela se juntasse a mim, mas Violet nem se moveu. Abri a porta e levei uma mão ao seu ombro.

"Quero que você conheça alguém."

Ela não disse nada enquanto esperávamos na recepção. Apresentei minha identidade e prendi os crachás de visitante no meu casaco e no dela. Violet me seguiu em silêncio até o elevador e pelo corredor do quarto andar. O ar parecia envelhecido mas asséptico, a não ser pelas eventuais lufadas com cheiro de xixi.

"Entra."

Ela estava sentada de pernas cruzadas em uma cadeira com estofado laranja, com palavras cruzadas em branco sobre as pernas. As luzes do quarto estavam apagadas, e a caneta em sua mão estava tampada. Um cobertor de trama solta envolvia seus ombros. Ela abriu a boca para falar, então suspirou. Esquecera o que ia dizer. E então:

"Você veio! Estava te esperando!"

Violet ficou olhando enquanto eu a abraçava gentilmente. Acendi o abajur atrás da cadeira, e ela olhou para a lâmpada, surpresa com a luz. Fiz sinal para que Violet se sentasse ao pé da cama.

"Estou tão feliz de ver você." Ela esticou a mão para mim e eu corri o dedão por sua pele, tão fina quanto papel de arroz. As veias se moveram sob meus lábios quando beijei sua mão. Ela cheirava a parafina.

"Você está tão linda hoje", ela disse, com tanta sinceridade que de repente me senti linda mesmo. Agradeci. Seus lábios estavam secos, e peguei o copo de água na mesa de cabeceira e o ofereci a ela. "Não, obrigada, querida. Toma você. Está sempre com tanta sede. Desde pequena."

Violet olhou para mim, e eu percebi por sua boca retorcida que estava incomodada. Sentia-se desconfortável, naquele prédio que não conhecia, com aquele cheiro estranho, e uma mulher que nunca tinha visto. Ela se mexeu na cama e olhou para a porta.

"Quero te apresentar alguém. Esta é Violet, minha filha." Violet olhou rapidamente para a desconhecida na cadeira e murmurou em cumprimento.

"Ah. Ela é linda, não?"

"É, sim."

"Você sabe como vim parar aqui?", ela me perguntou, com a expressão preocupada.

Peguei a mão dela de novo e assenti. "Você veio de carro. Não morava muito longe daqui, em uma casa em Downington Crescent. Lembra?"

"Não lembro."

Uma enfermeira entrou, com uma bandeja coberta, e a colocou sobre uma mesinha com rodas. "Hora do jantar!"

"Leda, quero que conheça minha filha." Ela pegou minhas mãos e sorriu para a enfermeira. "Ela não é linda?"

Violet olhou para mim pela primeira vez. Ela se levantou e foi até a porta, com as mãos nos cotovelos. Ela baixou o queixo, e eu me perguntei se ia chorar. A enfermeira sorriu para mim, então abaixou a cama e afofou o travesseiro fino. Ela pôs duas cápsulas em um copo de isopor sobre a mesa de cabeceira e tirou a tampa da bandeja. O ar se encheu de um cheiro horrível de legumes em conserva aquecidos. Violet nos deu as costas.

"Ah. Agora tenho que comer e me preparar para dormir." Ela se levantou da cadeira devagar, então tentou dobrar o cobertor que estivera em seus ombros. Foi ao banheiro e fechou a porta. Arrumei o prato e os talheres para ela e deixei as palavras cruzadas sobre a cômoda. Violet me olhava, quieta. A descarga soou, então a observamos enquanto ela voltava a se acomodar na cadeira.

"Já vamos indo." Eu me inclinei para beijar sua bochecha. "Venho visitar no fim do ano. Tem visto Daniel e Thomas? Eles têm vindo visitar?"

"Quem são eles?"

"Seus filhos." Fazia muito tempo que eu havia perdido o contato com eles.

"Não tenho filhos. Só tenho você."

Voltei a beijá-la enquanto ela olhava para a faca e o garfo, imaginando o que fazer com eles. Pus o garfo em sua mão e a ajudei a pegar uma vagem. Ela assentiu e levou a vagem aos lábios.

Entramos no carro e deixei o motor ligado por um minuto, sem sair do lugar. Esperava que Violet pegasse o celular e começasse a mandar mensagens. Ela não o fez. Em vez disso, ficou olhando para a frente, enquanto voltávamos para a estrada sob o céu escuro. Me perguntei se havia pegado no sono. Na metade do caminho de casa, ela finalmente falou comigo.

"Quem era aquela mulher? Não era sua mãe. Ela era negra." Seu tom era mordaz. Como se eu estivesse tentando enganá-la. Como se eu quisesse fazê-la de idiota.

"Ela foi o mais próximo que tive de uma mãe."

"Por que você não vai atrás da sua mãe de verdade?"

Fiz uma pausa, pensando em como dar uma resposta sincera.

"Porque tenho medo de descobrir quem ela se tornou."

Passei os olhos da estrada para o perfil sombreado de Violet. A tristeza produziu um nó na minha garganta. Por quase catorze anos, eu tentara encontrar algo entre nós que não estava ali. Ela tinha vindo de mim. Eu a havia feito. Eu a havia feito, aquela coisa linda ao meu lado, e houvera um tempo em que a quisera, um tempo em que eu pensara que ela seria meu mundo. Agora, ela parecia uma mulher. Uma sabedoria feminina se insinuava em seus olhos, e ela estava prestes a florescer sem mim. Ela estava prestes a escolher uma vida que não me incluía. Eu seria deixada para trás.

1975

Cecilia soubera logo cedo que não fora feita para ser mãe. Ela o sentia fisicamente, conforme se tornava mulher. Quando via uma criança de mãos dadas com a mãe, arrastando os pés pelo chão, virava o rosto. Era uma reação física, como recuar quando a água saía quente demais da torneira. Até onde ela sabia, não possuía aquilo que outras mulheres possuíam — não se sentia acolhedora nem via graça em uma coxa gordinha. E certamente não desejava se ver refletida em outro ser vivo.

A menstruação vinha todos os meses desde os doze anos, como uma amiga fiel lembrando: você sangra. Você verte. Não precisa de um bebê dentro de você. Não ouça se o mundo lhe disser o contrário.

Ela tinha sonhos e sua liberdade. Mas então desistiu de tudo.

Às vezes, quando o bebê se mexia dentro dela, Cecilia se perguntava se seus sentimentos estavam mudando. Uma vez, ela se postou diante do espelho e ficou olhando para o calombo que era o pé do bebê se mover no alto de sua barriga como o arco de uma lua crescente. Ela riu alto, e o bebê se moveu um pouco mais. Ela riu um pouco mais. Os dois estavam se divertindo, juntos.

Ela foi sedada para o parto. O bebê não queria sair, então abriram Cecilia e usaram um fórceps que fazia a cabeça da criança parecer um triângulo. Quando Cecilia voltou a si, o bebê já estava enrolado no cobertor, em algum lugar em meio aos recém-nascidos.

"Você teve uma menina", a enfermeira disse a ela, como se fosse exatamente o que Cecilia quisesse ouvir.

Seb a levou na cadeira de rodas até a janela do berçário e bateu no vidro para chamar a atenção da funcionária.

"É aquela ali." Cecilia apontou para o bebê certo, três fileiras para a frente, quatro para a esquerda.

"Como você sabe?"

"Eu só sei."

A enfermeira pegou a bebê e a levantou para que a vissem. Estava com os olhos arregalados e imóvel. Cecilia achou que parecia com sua antiga boneca, Beth-Anne.

Do outro lado, a enfermeira perguntou se a mãe queria amamentar. Cecilia olhou para Seb e perguntou se, em vez disso, eles podiam ir lá fora. Ele a levou até a porta da frente do hospital. Cecilia estava de camisola e pantufas, arrastando o suporte das bolsas de fluidos da terapia intravenosa pelo cimento. Ele passou os cigarros dela, e Cecilia ficou encarando o estacionamento enquanto fumava.

"Poderíamos entrar no carro agora e ir embora. Só nós dois." Ela apagou o cigarro no joelho.

Seb sorriu e balançou a cabeça. "Os analgésicos devem estar fazendo efeito." Ele a virou para voltar para dentro. "Vem. Precisamos escolher um nome."

Eles levaram a bebê embora e a colocaram em um cesto de vime sobre a mesa da cozinha da casa dos pais dele. O leite não desceu. A menina engordou rapidamente tomando fórmula, e Cecilia achou que ela se parecia com Etta. Ela mal chorava como os outros bebês, mesmo à noite. Seb dizia a Cecilia quase todos os dias: "Não temos sorte?".

83

A escova ficou presa em meu cabelo comprido e molhado. Minha mãe se sentou no vaso sanitário e soltou mecha após mecha das cerdas. Eu disse que ela podia cortá-lo — tinha onze anos e ainda não me preocupava com minha aparência. Mas ela insistiu que eu não ia gostar do meu cabelo curto. Eu não entendia por que ela se importava tanto com aquilo, e tão pouco com o resto. Fiquei quieta enquanto ela puxava minha cabeça. O rádio tocava ao fundo, sofrendo interferência a cada poucos segundos. Fiquei olhando para os arco-íris desbotados da minha camisola.

"Sua avó tinha cabelo curto."

"Você se parece com ela?"

"Não muito. Éramos parecidas em alguns aspectos, mas não na aparência."

"Vou me parecer com você quando crescer?"

Ela parou de puxar meu cabelo por um momento. Estiquei o braço para sentir o cabelo emaranhado, mas ela afastou minha mão.

"Não sei. Espero que não."

"Também quero ser mãe um dia." Minha mãe parou e ficou quieta. Levou uma mão ao meu ombro e a deixou ali. Arqueei as costas — a delicadeza de seu toque me parecia estranha.

"Você não precisa ser, sabe? Não precisa ser mãe."

"Você gostaria de não ter sido?"

"Às vezes eu queria ser uma pessoa diferente."

"Quem você queria ser?"

"Ah, não sei." Ela voltou a puxar o nó. O rádio era só estática agora, mas ela ignorou o barulho. "Quando eu era mais nova, sonhava em ser poeta."

"E por que não é?"

"Eu não era boa." Então ela acrescentou: "Não escrevi uma palavra desde que você nasceu".

Aquilo não fazia o menor sentido para mim — que minha existência tivesse tirado a poesia dela. "Você pode tentar de novo."

Ela riu. "Não. Agora está tudo perdido."

Ela fez uma pausa, ainda segurando meu cabelo. Eu me recostei nos seus joelhos. "Tem muita coisa em nós mesmos que não conseguimos mudar, sabe? É como nascemos. Mas algumas partes são moldadas pelo que vemos. E pela forma como as pessoas nos tratam. Como fazem com que nos sintamos." Ela finalmente conseguiu soltar a escova, então a passou novamente por um punhado de cabelo, até alisá-lo. Eu me encolhi enquanto ela terminava. Ela me deu a escova por cima do meu ombro e descruzei minhas pernas ossudas para me levantar.

"Blythe?"

"Oi?" Eu olhei para ela, à porta.

"Não quero que aprenda a ser como eu. Mas não sei como ensinar você a ser uma pessoa diferente."

Ela nos deixou no dia seguinte.

84

Na manhã seguinte, depois de visitarmos a sra. Ellington, ouvi Violet ligar para Gemma no banheiro, enquanto ligava o chuveiro para abafar suas palavras. Não fiquei do lado de fora ouvindo — fui para a cozinha e fiz o café da manhã para ela. Me sentei diante dela, com uma xícara de café na mão, e a observei comer.

"Quê?" Ela ergueu a colher, irritada, derramando leite na mesa. Não falava comigo desde o carro. Notei uma alça fina de sutiã aparecendo, por baixo do amplo decote da blusa.

"Fico feliz que tenha Gemma em sua vida. Levei você para conhecer a sra. Ellington por isso, para que saiba que eu entendo. Quero que se sinta amada por alguém em quem confie. Alguém a quem possa recorrer. E essa pessoa não precisa ser eu, se você não quer que seja."

Ela largou a colher na tigela de cereal e afastou a cadeira da mesa, sacudindo a louça. Meu café derramou. Eu a alcancei quando a porta da frente já estava fechando.

"Espera. Você esqueceu o casaco. Eu te levo", eu disse, tentando virá-la para mim. Não esperava que reagisse daquele jeito — pretendia que fosse uma oferta de paz, que chegássemos a um entendimento mútuo: não era a mim que ela queria, e eu reconhecia aquilo.

"É claro que você fica feliz em me entregar para ela. Sou seu maior arrependimento, não sou?"

"Você sabe que não é verdade."

"Você é uma mentirosa. Você me odeia." Ela tentou se soltar de mim, mas minha pegada era forte. Pensei em Sam. Em seu corpo prensado no carrinho. No que acontecera ou não acontecera. Na dor. Em como eu sentia falta do meu bebê. Em como sentia falta da minha mãe. Na culpa, no medo e na dúvida que tinham me incapacitado por anos. Eu a puxei para mais perto, torcendo seu braço com mais força do que deveria. A adrenalina disparou pelas minhas pernas, e voltei a sacudi-la com força, puxando-a para mais perto do meu rosto. Nunca havia experimentado o prazer físico de machucá-la daquele jeito. Prometo a você.

Então me dei conta de como ela parecia satisfeita. Os cantos de seus lábios se erguiam lentamente enquanto ela se encolhia. *Vai em frente. Continua me machucando. Deixa uma marca.* Eu a soltei. Então ela saiu correndo.

Ela não estava nos degraus quando fui buscá-la depois da aula. Estacionei e entrei pra perguntar onde Violet estava. Disseram que ela tinha ido para casa, porque não estava se sentindo bem. Que você havia ido buscá-la.

Mandei uma mensagem. *Achei que tínhamos concordado com o novo horário.*

Você respondeu. *Não acho que vai dar certo.*

Aquela noite, ouvi uma batida leve na porta da frente, tão leve que quase não me levantei da cama para ver o que era. Vesti um roupão e desci a escada no escuro, com cuidado. Abri a porta. Não havia ninguém ali. Só um volume grande embalado em plástico-bolha, com um bilhete grudado. Eu o abri sobre o chão frio. Era o quadro. O quadro de Sam. O bilhete era de Gemma.

Você merece ficar com isso. Estava pendurado no quarto de Violet desde que Fox o deu a ela, mas ela o tirou esta tarde. A moldura está rachada. E ela furou a tela. Sinto muito por isso.
Eu não sabia o quanto significava para você.
Por favor, dê espaço a ela.
Espero que entenda.
Feliz Natal,
Gemma

Você ainda não havia voltado para o seu carro. Eu reconheceria sua silhueta em qualquer lugar, o formato dos seus ombros, os cotovelos subindo enquanto andava. Não pensei antes de chamar seu nome. Você não pensou antes de se virar. Então ali estávamos, olhando um para o outro. Desconhecidos, família. Esperei que você voltasse a se virar na direção do carro. Mas, em vez disso, você começou a voltar. Para a varanda que reformara, para a casa que amara. A casa que, no papel, ainda era nossa. Você olhou além de mim, para a emenda do acabamento da porta, onde um pedaço de madeira apontava como uma lâmina.

"Você devia consertar isso."

"Obrigada. Por ter trazido de volta." Apontei para o quadro atrás de mim, parcialmente desembalado à entrada da casa.

"Agradeça a Gemma."

Assenti.

"Você não pode mais ligar pra minha esposa. Tem que seguir em frente com a sua vida. Sabe disso, não sabe? Pelo bem de todos."

Eu sabia. Mas não queria ouvir aquilo de você.

Você me deu as costas, e achei que talvez fosse embora. Fiquei olhando para a lateral do seu rosto, tentando decidir o que sentia por você agora. Fazia muito tempo que não ficávamos tão próximos um do outro. Você não me parecia real, era mais como um personagem de uma vida que nunca havia sido minha. Eu queria tocar seu queixo, tocar você, descobrir a sensação do toque agora que você amava outra pessoa, agora que era pai de um filho que não era nosso.

"O que foi?", você perguntou, sentindo que eu o olhava.

Balancei a cabeça. Balançamos a cabeça um para o outro. Então você fechou os olhos e começou a rir.

"Pensei em algo no caminho para cá, sabe?" Você se sentou no alto da escada e falou para a rua. Eu me sentei ao seu lado, fechando o roupão a minha volta. "Tem algo que eu nunca te contei." Você voltou a rir, e deixou os ombros caírem. Eu não tinha a menor ideia do que ia dizer.

"Lembra aquela vez, logo depois de Sam nascer, em que suas melhores roupas sumiram do armário? E não conseguíamos encontrar em lugar nenhum?"

"Foi aquela empresa de limpeza que você contratou, aquele lugar barato", desdenhei. Eu me lembrava. Achei que estava ficando louca. Em determinado momento, todas as minhas blusas boas tinham desaparecido. Eu usara apenas roupas largas por meses depois do parto, então não tinha como afirmar quando acontecera, mas aquilo era muito estranho. Tínhamos testado uma empresa nova de limpeza, e a única explicação que eu conseguia encontrar era que eles tivessem levado as peças. Na época, estava cansada demais, ocupada demais para me importar. Você me disse para ficar tranquila que substituiríamos tudo.

Você deixou a cabeça cair e voltou a rir. "Bom, um dia..." Você apertou a ponte do nariz, e seus ombros se sacudiram. "Um dia, fui pegar uma blusa que você tinha me pedido no seu armário e..." Você não conseguia terminar. Estava chorando. Fazia anos que eu não via alguém rindo tanto.

"O que foi? Que saco, conta logo!"

"Abri a porta do seu armário e estava tudo... estava tudo

cortado." Você mal conseguia botar as palavras para fora. Lágrimas escorriam pelo seu rosto. Você balançou a cabeça e ofegou. "Todos os braços tinham sido cortados, e todas as barras... peguei uma depois da outra e pensei: *Que merda é essa?*" Você enxugou o rosto com as costas da mão. "Então olhei para baixo, e lá estava Violet, escondida debaixo dos seus vestidos, segurando um dos estiletes do meu escritório. Ela era a culpada. Tinha feito a festa, como se fosse a porra do Edward Mãos de Tesoura. Então joguei suas roupas fora e nunca te contei."

Meu queixo caiu. Minhas roupas. Ela havia atacado meu guarda-roupa. Enquanto eu estava lá embaixo, no sofá, dando de mamar, ela estivera lá em cima, destruindo todas as roupas boas que eu tinha. E você a acobertara.

"Isso é bizarro." Foi tudo o que consegui dizer. Você olhou para mim e riu de novo, todo feliz. Era exasperador. Balancei a cabeça e chamei você de idiota, baixinho. Não deveria ter achado aquilo engraçado.

Então um sorriso irrompeu. Não consegui evitar. Comecei a rir também. Era absurdo. Você ainda tinha aquela força sobre mim, aquele jeito de fazer com que eu quisesse ser como você. Nossa risada parecia o uivo de uma dupla de cachorros velhos à noite. Ríamos diante da ideia de algo tão bizarro, diante do ridículo de ter escondido tal coisa de mim. Diante da ideia de que, depois de tudo, pudéssemos estar ali, naquela noite, na varanda fria, juntos.

"Você devia ter me contado." Limpei o nariz no roupão e deixei a risada acalmar.

"Eu sei." Agora você estava tranquilo, e algo mudara em sua expressão. Você me olhou nos olhos pela primeira vez em anos. Ficamos sentados ali, juntos, sob o peso de tudo o que não diríamos. Tive de desviar o rosto. Fechei as pálpebras pesadas e pensei no nosso filho. Nosso lindo filho. Pensei em Elijah, o menino do parquinho. Pensei nas crianças que ela importunava. Nas noites em que encarara Sam no escuro enquanto ele dormia. Em seu afastamento. Nas lâminas. No leãozinho que ela jogou pela janela na volta do zoológico. Nos segredos e na vergonha da minha mãe. Em minhas expectativas. Em meus medos mortais. Em coisas que eram normais, em coisas que eu havia exagerado. No que eu tinha visto. No que eu não tinha visto. No que você sabia.

Você pigarreou e se levantou.

"Ela nem sempre era fácil. Mas merecia mais de você." Você olhou para a rua, na direção do carro, e subiu o zíper do casaco. Com as mãos no bolso, desceu um degrau, afastando-se de mim. "E você merecia mais de mim."

Quando entrei em casa, havia uma mensagem de voz no meu celular. De uma senhora, ela não disse quem era. Identifiquei um estertor em sua voz e um som oco ao fundo. Ela ligara para avisar que minha mãe havia morrido naquele dia. Não disse onde ou como. Fizera uma pausa e tapara o fone, talvez por ter sido interrompida. Então deixara um número de telefone. Os dois últimos dígitos foram cortados — ela demorara muito para falar.

85

Ela está de pé à janela da casa de vocês, na véspera de Natal, estendendo o braço para fechar a cortina, e eu saio do carro, com estas páginas na mão. Fico no meio da rua, em meio à neve caindo sob a luz amarela do poste, e a observo.

Quero que ela saiba que eu sinto muito.

Violet solta o braço ao lado do corpo. Então ergue o queixo e nossos olhos se encontram. Acho que vejo uma leveza tocando suas bochechas. Acho que ela vai levar a mão ao vidro, como se precisasse de mim. Sua mãe. Eu me pergunto, por um breve momento, se vamos ficar bem.

Ela diz alguma coisa, mas não consigo entender o que é. Eu me aproximo da janela e dou de ombros, balanço a cabeça. *Quê?*, eu digo a ela. *Repete?* Ela movimenta os lábios mais lentamente desta vez. E então se inclina para a frente com tudo. Suas mãos empurram o vidro, como se quisesse quebrá-lo, e ela as mantém ali. Consigo ver seu peito subindo e descendo.

Eu empurrei ele.
Eu empurrei ele.
São as palavras que eu acho que a ouço dizer.

"Repete!" Dessa vez, eu grito. Estou desesperada. Mas ela não repete. Percebe as páginas que carrego nos braços. Eu também olho para elas. Então olhamos uma para a outra, e não consigo mais encontrar aquela suavidade em seu rosto.

Sua sombra aparece nos fundos do cômodo, e ela se afasta da janela, se afasta de mim. Ela é sua. As luzes da sua casa se apagam.

Um ano e meio depois

Muitas estações se passaram desde que ela percebeu como as lufadas de ar quente do começo de junho são agradáveis a seus pulmões. Ela para diante de sua casa e inspira de novo, profundamente, com a barriga, como vem praticando ao fim de todas as sessões de terapia. Ela solta o ar, contando um, dois, três, então procura a chave.

As manhãs de sábado são bem parecidas com qualquer outro dia da semana. Ela corta fora os cabinhos, divide cada morango que comprou ao meio e os come de almoço, lentamente, à mesa da cozinha. Logo, ela vai levar um copo pequeno de água para cima, para o quarto que já foi do seu filho. Ela vai cruzar as pernas e depois se sentar sobre a almofada para meditação colocada bem em frente à janela. Ela vai alongar as costas e vai ficar ali, à luz da tarde, pelos próximos quarenta e cinco minutos, sem pensar em nada. Nem nele. Nem nela. Nem nos erros que cometeu como mãe. Nem na culpa que carrega pelo estrago que fez. Nem na solidão insuportável.

Não, ela não vai pensar em nada disso. Deu duro demais para deixar tudo isso para trás.

Sou capaz de seguir adiante apesar dos meus erros.
Sou capaz de me curar da dor e do sofrimento que causei.

Ela vai repetir essas afirmações em voz alta e vai levar as mãos ao peito, então vai abrir e fechar as mãos, ela vai soltar tudo.

Quando é hora de jantar, ela fecha o laptop e prepara uma salada. Ela se permite ouvir um pouco de música, só três canções — algumas de suas alegrias ainda são medidas. Mas esta noite ela vai mover os ombros ligeiramente, vai bater o pé. Ela está tentando, e tentar tem sido mais fácil.

Depois do jantar, como faz toda noite, ela acende a luz da frente de casa. Faz isso para o caso de sua filha decidir que é finalmente hora de vê-la.

Lá em cima, ela cantarola um verso que ouviu na cozinha. Tira a roupa. A banheira se enche de água quente, e o espelho embaça. Ela está reclinada sobre a bancada, limpando o espelho, querendo examinar o rosto limpo, apalpar a pele solta sob os olhos, quando o celular toca.

Ela se assusta e agarra uma toalha junto aos seios, como se houvesse um intruso no outro cômodo. A tela do celular brilha ao fim da cama. *Minha filha*, ela pensa. *Pode ser minha filha*. Ela paira naquela esperança por um momento.

Ela desliza o dedo pela tela e leva o aparelho ao ouvido.

A mulher está histérica. Procura desesperadamente as palavras, mas parece que nunca vai encontrá-las. Ela vai até o outro lado do quarto e depois para um canto, como se procurasse um ponto com sinal melhor, como se aquilo fosse ajudar a mulher a falar. Ela tenta acalmar a outra pessoa e, enquanto faz isso, percebe quem está do outro lado da linha. Ela fecha os olhos. É Gemma.

"Blythe", ela finalmente sussurra. "Aconteceu alguma coisa com Jet."

Agradecimentos

Madeleine Milburn, obrigada por ser uma agente e um ser humano excepcional, e por sua paixão, sua visão, seu entusiasmo e seu cuidado. Você muda vidas.

À equipe muito especial da Madeleine Milburn Literary, TV & Film Agency, especialmente Anna Hogarty, Georgia McVeigh, Giles Milburn, Sophie Pélissier, Georgina Simmonds, Liane Louise Smith, Hayley Steed e Rachel Yeoh. Muito obrigada por tudo o que fazem.

Pamela Dorman, obrigada por acreditar neste romance e em mim. Aprender com você tem sido uma honra e um prazer, e fico muito feliz de estar entre seus autores. Agradeço a Brian Tart e à equipe da Viking Penguin, com cujas mãos tive a sorte de poder contar neste livro: Bel Banta, Jane Cavolina, Tricia Conley, Andy Dudley, Tess Espinoza, Matt Giarratano, Rebecca Marsh, Randee Marullo, Nick Michal, Marie Michels, Lauren Monaco, Jeramie Orton, Lindsay Prevette, Andrea Schulz, Roseanne Serra, Kate Stark, Mary Stone e Claire Vaccaro.

Maxine Hitchcock, outra mãe de Oscar, obrigada por sua convicção, pela mão cuidadosa que aprimorou este romance, e por ser tão encantadora durante o processo. Agradeço a Louise Moore e à maravilhosa equipe da Michael Joseph pelo apoio desde o início: Clare Bowren, Claire Bush, Zana Chaka, Anna Curvis, Christina Ellicott, Rebecca Hilsdon, Rebecca Jones, Nick Lowndes, Laura Nicol, Clare Parker, Vicky Photiou e Lauren Wakefield.

Nicole Winstanley, obrigada por sua orientação fundamental, como editora e como mãe, e por sua generosa confiança em mim ao longo do caminho. Sua crença neste livro significa tudo para mim. A Kristin Cochrane e à fantástica equipe da Penguin Canada e da Penguin Random House Canada, agradeço por defenderem este livro com tanto ardor e por tornarem o sonho desta ex-assessora de imprensa realidade, especialmente Beth Cockeram, Anthony de Ridder, Dan French, Charidy Johnston, Bonnie Maitland, Meredith Pal e David Ross.

A Beth Lockley, cujo brilhantismo é incomparável e cuja amizade eu estimo tanto há mais de uma década, agradeço por encorajar este livro desde que era apenas a semente de uma ideia, pelos conselhos sábios que sempre sigo e pelo tipo de apoio genuíno que eu gostaria que toda mulher tivesse na vida.

Aos editores estrangeiros que embarcaram no projeto com tamanho entusiasmo, obrigado.

Linda Preussen, obrigada por me ajudar a aprender a escrever uma história melhor, e Amy Jones, obrigada pelo voto de confiança tão significativo.

À dra. Kristine Laderoute, que me concedeu tão obsequiosamente sua experiência na área da psicologia.

A Ashley Bennion, a estimada outra metade do nosso grupo de escrita de duas pessoas, por ter lido incontáveis rascunhos, pelas centenas de e-mails trocados, e por anos de apoio dentro e fora da página.

Tenho a sorte de contar com a amizade maravilhosa de mulheres realmente notáveis. Agradeço a cada uma de vocês pelo apoio e por sempre me perguntar: "Como anda a escrita?", mesmo que eu quase sempre me esquive de responder. Em especial, agradeço a Jenny (Gleed) Leroux, Jenny Emery e

Ashley Thomson. E Jessica Berry, por sua ajuda preciosa com este livro, e pelo incrível entusiasmo que tornou toda a jornada ainda melhor.

À família Fizzell, agradeço o amor e o carinho.

Jackelyne Napilan, obrigada por sua preocupação constante.

Sara Audrain e Samantha Audrain, obrigada por serem tão animadas, e por tornarem dias lentos de verão com um livro nas mãos nosso status quo. A Cathy Audrain, obrigada por garantir o amor pela leitura em nossa casa e por ser o exemplo mais devotado e amoroso de mãe que poderia existir. A Mark Audrain, pelo gene da escrita, por sua crença inabalável em mim, e por ficar tão orgulhoso. É uma dádiva ter sido criada por pais como os meus, que encorajavam sonhos grandes e trabalho duro. Sou grata a eles todos os dias.

Comecei este romance quando meu filho tinha seis meses. A maternidade e a vida de escritora começaram juntas para mim, e ambas têm sido uma alegria e um privilégio. Oscar e Waverly — vocês me inspiram infinitamente, e isso é para vocês. E, finalmente, agradeço a meu parceiro, Michael Fizzell, por tornar tudo possível, e tudo melhor.

TIPOGRAFIA Meridien
DIAGRAMAÇÃO Verba Editorial
PAPEL Pólen Natural, Suzano S.A.
IMPRESSÃO Gráfica Bartira, março de 2024

A marca FSC® é a garantia de que a madeira utilizada na fabricação do papel deste livro provém de florestas que foram gerenciadas de maneira ambientalmente correta, socialmente justa e economicamente viável, além de outras fontes de origem controlada.